심재기 교수 산문선 ❶

한국인의 말씀 사랑

우리말에 숨은 사연

明文堂

책머리에

어느새 60년이 넘도록 우리말을 배우고 가르쳐 왔다. 이 세상에 태어나서 우리말을 배우고 가르치는 일 이외에 내게 다른 일이 있을 수 없다는 생각으로 살아온 세월이기도 하였다. 열정이 앞서던 젊은 시절에는 어린 중학생들에게 주먹질도 해 가면서 우리말 사랑의 바른길을 강조했었다. 그러다가 언제부터인가 우리 말에 대한 애정을 가벼운 수필 형식으로 발표하여 왔다. 이제 이것들을 묶어 한 자리에 모아 놓고 보니 나의 치졸한 목소리가 부끄러운 뿐이다.

그러나 이 부끄러운 글들은 그런대로 우리말에 대한 나의 숨김없는 애정을 드러내고 있다. 나는 이 글 묶음을 내 어린 시절에 나에게 우리말을 공부하도록 이끌어 주신 국어선생님들께 바치고 싶다. 나의 중·고등시절은 1950년대 초반이었다. 아직 6·25전쟁의 상처가 아물지 않았고 원색적인 가난이 사그라지지 않던 그 시절, 나의 국어선생님들은 '우리말 사랑' 이라는 일종의 종교적 신념을 제외한다면 다른 것은 보잘 것이 없는 분들이었는지도 모른다. 가난이 흉될 것이 없던 때이니 뒤집어 짓기를 해 입은 양복마저 소매 끝이 나달나달 해어졌었다는 것을 새삼 들출 필요는 없을 것이다. 일본 식민지 시절에 청춘을 살았으니 대체로 국어국문학을 정식으로 배울 기회가 없었다는 것도 들출 필요가 없을 것이다. 또 선생님들의 서가에는 국어국문학에 관련된 책이 별로 없었다는 것도 문제삼지 말아야 한다. 고작해야 최현배 선생의 〈우리말본〉과 양주동 선생의 〈고가연구〉 같은 책이 몇 권의 소설책과 시집들 사이에 꽂혀 있었던 것 같다. 그러나 몇십 번을 읽었던지 까맣게 손때가 묻은 그 책들의 겉장은 거의 떨어져나갈 지경이었고 날깃날깃한 책장을 넘기면 두겹 세겹으로 붉은 줄이 그어져 있는 것을 볼 수 있었다. 보통 때에는 어쩌면 바보처럼 보이던 선생님들, 그렇지만 민족문화를 보존하고 계승하는 데 가장 기초가 되는 것은 우리말을 바르게 알고, 바르게 쓰는 것이라고 주장하실 때에는 그 형형한 눈빛에서 불똥이 튀지 않는가 여겨져서 나는 몇 번이고 온몸이 조여오고 가슴이 터질 것 같은 감동을 맛보았었다.

그래서 나는 국어선생이 되었다. 그러나 어린 시절의 스승을 머리에 떠올리며 강단에 섰을 때, 나는 옛 스승들만큼 우리말에 대한 신념과 열정을 지니지 못했음을 깨닫게 되었다. 부끄럽기 그지없었다. 그렇지만 내 앞에 다른 길을 선택할 여지는 없었고, 나는 내 나름대로 떠듬떠듬 우리말이 어떻게 아름다운가를 그려나가지 않을 수 없었다.

여기에 모인 글들은 그러한 내 안간힘의 흔적들이다. 이 책을 읽는 이들이 만일 이 글들을 통하여 조금이나마 우리말의 소중함과 아름다움을 깨닫는 데 도움을 받았다면, 그것은 오로지 그 옛날 나에게 우리말을 가르쳐 주셨던 저 가난한 시절의 스승님들 덕분이라고 믿는다.

2018년 1월 22일

抱川 先山下 遠慕齋에서 지은이 씀

차례

• 우리말에 숨은 사연

낱말 뜻 바로 알기

우리말 사랑과 순수성 유지

• 언어와 통일(統一)

• 민족의 문자문화

우리말에 숨은 사연

이름이 남기는 것

금년 여름에는 유별나게 신문지상에 추한 이름을 남긴 사람들이 많았다. 신문에는 어차피 많은 이름들이 실리기 마련이겠지만, 기억하고 싶지도 않은 이름들이 자꾸 우리의 시야를 어지럽힐 때 그것이 사회의 불건전성을 나타내는 것 같아서 우리들은 한없이 우울했었다.

원래 이름은 사물에 붙여진 하나의 헛껍질로서 그것이 제값을 바르게 얻으려면 그 알맹이도 의미가 들어가야 하는 것이며, 그 의미가 특별히 좋은 것일 때 그 이름을 남길 가치가 있게 된다.

가령 지략과 용기, 그리고 충성과 지조의 화신(化身)으로 추앙받는 신라 사람 박제상(朴堤上)에 대하여 생각해 보자.

그 이름은 후세에 길이 남겨야 할 가치가 있는 것이다.

그런데 삼국사기(三國史記)에는 혁거세(赫居世)의 후예요, 파사왕의 5세 손이라는 가계(家系)와 함께 그를 박제상이라 기록하고 있으나, 삼국유사(三國遺事)에는 아무런 설명도 없이 그를 김제상(金堤上)이라 하여 성을 갈아버렸다. 그러나 우리는 그의 성이 박(朴)이건 김(金)이건 상관하지 않는다. 제상(堤上)이 아니라 다른 이름이었대도 좋다.

우리는 단지 그가 남긴 정신과 삶의 양식을 전해오는 이름에 결부시켜 기억하기만 하면 된다. 분명한 것은 제상(堤上)의 정신을 기억하기 위해서 그 이름을 기억했다는 사실이다. 도봉산 바위에 아무리 깊고 크게 이름 석 자를 새겨 놓아도 뒷날 아무도 그 이름에서 생각나는 것이 없다면, 그것은 실로 무의미한 세 개의 음절에 지나지 않는다.

심리학자 오토 랑크의 말이 생각난다. "참다운 천재는 자기 작품을 통하여 인간으로서의 가치를 획득하여야 한다. 왜냐하면 작품은 작가를 올바르게 밝혀야 할 짐을 지고 있기 때문이다. 올바르게 밝힌다는 말은 무엇인가? 그것은 영원불멸할 수 있는 자격을 얻어 죽음조차도 초월하는 것을 뜻한다." 이 말에서 우리는 적어도 천재가 되지 않는 한, 자기 이름을 후세에 남기려 해서는 안된다는 교훈을 배운다. 천재도 영웅도 아닌 우리 평범한 백성들은 모름지기 도봉산 골짜기 바위 위에 철부지들이 새겨 놓은 무의미한 음절이 될지언정 세상 사람들의 눈살을 찌푸리게 하는 신문지상의 활자는 아니 되어야 하겠다.

문패설門牌說

몇백 년쯤 세월이 흐르면, 요즈음 우리가 범상하게 보아 넘기는 물건들도 틀림없이 민속박물관 같은 곳에 소중하게 진열될 것이다. 그때에 우리 후손들이 매우 진기하게 생각할 유물 가운데에는 문패라는 품목도 들어있을 법하다. 왜냐하면, 겨우 백 년 전까지만 하여도 16세 이상 남자의 신분증 구실을 하던 호패(戶牌)에 대하여 지금 우리들은 거의 경이로운 심경으로 박물관 속에서나 구경하게 되었으니 말이다.

두어 달 전에 아파트로 이사를 오니까 전에 살던 한옥에서는 요긴하던 물건들이 갑자기 쓸모를 잃고 말았다. 연탄집게며 마당 빗자루며 쓰레기통 같은 것이야 내 집을 사 오는 사람에게 물려주었거니와 대문에 붙였던 내 이름 석 자의 문패야 어찌 하리오. 이삿짐 속에 꾸려서 가지고는 왔으나 아무도 자기 집 아파트 문짝에 문패를 붙이는 사람이 없고 보니 그것은 서가 꼭대기 손 자라지 않는 곳에서 먼지를 쓰고 앉아 있을 수밖에 없게 되었다.

내 문패는 거의 나와 비슷한 연륜을 가지고 있다. 선친의 네 분 형제 가운데서 통틀어 첫 번째 아들로, 그것도 선친 회갑년에 만득자로 태어난 나는, 말하자면 우리 가문의 금지옥엽이었다. 그리하여 내 나이 대여섯 무렵인가 천자문을 깨칠 때쯤 아들을 자랑하고 싶어 참으실 수 없었던 아버님께서는 결 좋은 감나무 쪽을 얻어다가 손수 내 문패를 장만하셨던 것이었다. 노르스름한 나뭇결 위에 아버님의 달필로 쓰여진 해서체의 내 이름 석 자는 아버님의 함자(銜字)와 나란히 어쩌면 그보다도 더 싱싱하게 대문 위에서 빛나고 있었던 것 같다. 해방이 되고 6·25가 터지고 몇 번씩 이사를 하면서도 내 문패는 번번이 우리 집 이삿짐 속에 섞여 옮겨 다녔었다. 남의 집 셋방살이를 하던 한때는 어느 날엔가 빛을 보리라는 기대를 안고 마치 신주처럼 내 서가 한구석에 모셔져 있기도 하였다.

그러나 아파트로 이사를 온 지금에 와서는 여간해서 내 문패가 다시 빛을 볼 것 같지 않다. 팽창하는 도시 인구를 수용하기 위하여 능률 위주의 바둑판 같은 시가지가 점점 늘어갈 것이고, 또 모두 비슷비슷한 콘크리트 아파트가 점점 늘어갈 것이다. 이름 석 자보다는 주민등록번호 같은 것으로 개개인은 호수가 붙여져서 식별되는 일이 점점 많아질 것이다.

파초잎이 사랑방 창문에 얼비치고 사군자 병풍과 예서의 당호가 은은한 묵향을 풍기던 그 옛날 아버님의 사랑방이 없어진 지금에 와서 문패 하나 못 붙인다는 것이 무어 그리 슬픈 일일까 보냐. 감상도 금기일 수밖에 없는 현대문명에 적응하려면 차라리 몇백 년 뒤, 역사 사전에나 올려질 '문패' 라는 항목의 설명문이나 지어보는 것이 좋을듯 하다.

"집 주인의 이름을 적어서 단독 가옥의 출입문 위쪽에 붙이는 작은 패조각, 크기는 폭 9cm 내외, 길이 20cm 내외, 두께 3cm 내외로 돌, 나무, 합성수지를 그 재료로 하였음. 재료가 좋은 것일수록 그 주인의 재력을 나타냈으며, 필체가 우아한 것일수록 주인의 인품을 반영하였음. 20세기 후반에 와서 아파트로 주거의식이 바뀌면서 점차 사라져 버림."

그러고 보니 내 문패가 혹 뒷날 박물관에 남겨질지도 모른다. 먼지를 털고 다시 니스칠을 입혀서 아버님의 추억을 모시듯 곱게 간수해 두어야 할까 보다.

정말로 돋보이기

사람들은 대체로 다른 사람과 똑같이 보이는 것을 싫어한다. 그래서 옷을 입어도 되도록 남들과는 다른 색상과 디자인을 선택한다. 유니폼을 입어야 할 경우가 아닌데 누군가가 나와 똑같은 옷을 입은 걸 보면 당장 벗어 던지고 다른 옷으로 바꾸어 입는다. 짐작건대, 수치감으로 몸을 떠는 사람까지 있을 것 같다. 이처럼 남과 내가 구별될 뿐만 아니라 남들보다 내가 훨씬 뚜렷하게 보이려고 하는 욕망은 사람들이 지닌 숨길 수 없는 본성의 하나이다.

이 본성을 '돋보이기' 라고 이름 붙이면 좋을지 모르겠다. 돋보인다는 것은 기분 좋은 일이다. 우리가 좋은 옷을 입으려 하고 몸매를 예쁘게 가꾸며 얼굴도 곱게 치장하려는 것은 사실 남들보다 돋보이고 싶은 욕망 때문이라고 할 수 있다. 그러나 가만히 생각해 보면, 돋보이는 것은 우리가 겉모양을 꾸미는 것만으로 되는 것은 아닌 듯 싶다. 꾸미지 않고 돋보일 수 있으면 더욱 좋고, 돋보이려는 생각조차 아니했는데 돋보인다면 더더욱 좋을 것이다. 그러니까 돋보인다는 것은 눈에 보이는 모양이 아니라 가슴으로 느끼고 행동으로 표현되는 무형의 존재가 아닌가 싶다.

옛날이야기이다. 중국 노(魯)나라에 의고자(義故姉)라는 여인이 있었다. 이웃 제(齊)나라의 군대가 쳐들어오자 한 아이는 안고, 한 아이는 손을 잡고 피난을 하였다. 적군이 가까워 몹시 다급하게 되었다. 그러자 그 여인은 안았던 아이는 땅에 놓고 손잡았던 아이만을 안고 산으로 도망하였다. 먼저 안겼던 아이가 좇아가며 울건만 그 여인은 뒤도 돌아보지 아니하였다. 제나라 장군이 이상히 여겨 좇아가 잡아다가 문초하였다.

"안고 간 아이는 언니의 자식이고, 버린 아이는 내 자식입니다. 둘 다 데리고 갈 힘이 없어 내 자식을 버렸습니다."

"네 자식이 더 귀하지 않았단 말이냐?"

"그럴 리가 있겠습니까? 내 자식은 사사로운 사랑이오나 언니의 자식은 공의(公義)로운 사랑이오니, 공의를 배반하고 사정(私情)을 좇아 내 자식을 살린다면 이 세상에 의는 없어지옵니다. 의로움이 없으면 세상이 어떻게 유지되겠습니까?"

제나라 장군이 느낀 바 있어 군대를 철수시켰고 노나라 임금은 의고자를 불러 포상하였다는 것은 차라리 군더더기 이야기일 것이다.

내가 살고자 할 때, 남을 먼저 살려야 한다는 이 괴롭고 힘든 원리는 '돋보이기' 의 경우에도 예외 없이 적용되는 듯싶다. 내가 돋보이고자 할 때 남을 먼저 돋보이게 해야 할 일이다. 그러고 보면 '돋보이기' 라는 것이 결코 쉬운 일이 아니다. 하기야 누구나 할 수 있는 일을 가지고 '돋보이기' 라고 한다면 그것은 하잘것없는 허영심을 충족시키는 자랑 이외에 아무것도 아닐 것이다.

그렇다면 정말로 돋보이기 위하여 우리에게 필요한 것은 무엇인가? 그것은 값진 의상도, 또 찬란한 보석도, 그리고 남들이 우러러보는 명예도 아닐 것이다. 그것은 나 아닌 남을 돋보이게 하기 위하여 겸손스레 나를 낮추고 드디어는 나를 감추는 마음이 아닐까? 화장대 앞에서 내 얼굴을 곱게 가꾸려고 할 적마다 우리는 한 번쯤 생각해 보아야 할 것이다.

'나는 누구를 돋보이게 하려고 지금 거울을 마주하였는가?' 하고.

외래어를 보는 눈

경복궁 근정전 앞뜰에는 국립중앙박물관이 자리 잡고 있다. 한때 우리 정부의 종합청사이어서 중앙청이라 불리던 이 건물은 원래 일제가 세운 조선총독부 청사였다. 식민지 정권의 권위를 선양하는 동시에 우리 민족의 정기를 말살하는 이중 효과를 나타냈던 건물, 우리로서는 치욕의 건물이요 부끄러운 증거물이 아닐 수 없다.

어느 날 광화문을 지나는 버스 안에서 나는 고등학교 학생 둘이 말다툼하듯 나누는 대화를 들은 적이 있다.

"글쎄 이 박물관 건물이 위에서 보면 꼭 날 일(日)자로 되어있다는 거야. 왜놈들이 경복궁 앞뜰에 '일본' 이란 도장을 콱 찍어 놓은 것이지 뭐. 헐어 없애야 하는 건데…"

"야, 헐어 없앤다고 일제 식민지 36년간의 수치스런 역사가 없어진다던? 오히려 잘한 짓이야. 중앙박물관의 첫 번째 전시물로 삼자구. 우리 후손들에게 두고두고 식민지 시대의 수모를 되새기게 하려면 그 이상의 방법이 어디 있겠어?"

역사적 건물 하나를 두고도 보는 관점에 따라 없애버릴 대상이 되기도 하고 보존해야 할 유물이 되기도 한다. 한 시대를 유행하던 언어의 문제도 마찬가지일 듯싶다.

반계(磻溪) 류형원(柳馨遠)은 일찍이 중국 전래의 외래어에 대하여 다음과 같이 술회하였다.

〈세종대왕 시절에 무릇 물건의 이름을 부름에 있어서 고유한 우리말이 쓰이지는 않고 모두 중국말로 부르는 습관이 널리 퍼졌었다. 그렇듯 중국말로 오랫동안 통용하며 익숙하게 된 것으로 지금도 쓰이는 낱말이 많이 있으니-당디(當直), 갸스(家事), 하츄(下處), 퉁(銅), 투퀴(頭盔), 다홍(大紅), ᄌᆞ디(紫的), 야칭(鴉青), 갸디(假的), 망긴(網巾), 퉌뎡(團領), 텨리(帖裡), 낫반(腦包), 쳔량(錢糧), 간게(甘結), 텨즈(帖子)같은 것들이다.〉

이로 미루어 보면 새 문물의 수입 창구가 중국 쪽으로 열려 있던 조선조 초중기에는 조정이나 양반 지식층에서 즐겨 중국어 낱말을 입에 올렸음을 알겠다. 이들 가운데에서 오늘날까지 쓰이는 것은 고작 '다홍(빛)' '자주(색)' 정도의 낱말뿐이지만 반계(磻溪)가 생존했던 17세기 후반만 해도 중국어 낱말들은 상당한 세력을 지니고 있었던 모양이다. 반계는 이 글을 통해서 이른바 한어(漢語)의 무분별한 통용이 마땅치 않다는 뜻을 내비치려 하였던 것 같다. 그러나 이제 와서 보면 언어문화사의 자그마한 흔적일 뿐, 흘러간 옛이야기가 되었다.

요즈음 거리를 지나다 보면 가게의 간판들이 실로 가관이다. 우리 동네 어구의 예만을 들어보기로 한다.

뷰티 싸롱, 커트 · 파마 · 드라이(헤어 파트너 미장원)
마스터 · 제록스 · 프린트(스마트 복사집)
카페, 커피 · 스낵 · 드링크(아트 프랜 레스토랑)
카 인테리어, 배터리 · 펑크 · 씨트 카바(페숀 자동차 수리점)
언더웨어, 케쥬얼 유니섹스(해피하우스 양품점)

자 이쯤 되면 영어 모르는 귀신은 이 거리에 얼씬도 할 수 없게 되어 버렸다. 이제는 옛날 식으로 제사(祭祀)를 지내는 집도 많지 않겠거니와 설사 제사를 지낸다 해도 조상의 혼령들은 틀림없이 골목 밖에서 서성대며 "내가 우리 큰아들 사는 마을을 잘못 찾아온 것 아니여?" 하면서 자손의 집을 못 찾고 돌아설지도 모를 일이다.

그러나 분명코 세월은 약이라 하였거니, 백 년이나 이백 년쯤 뒤에 박물관 건물처럼 남아 있을, 그리고 '다홍' 이나 '자주' 라는 빛깔 이름처럼 남아 있을 서양 낱말들은 그렇게 많지는 않을 것이다.

북한의 속담

'요동백시(遼東白豕 : 요동 땅의 흰 돼지)' 라는 속담이 있다. 옛날 요동 땅에 사는 이가 머리 색깔이 흰 돼지를 얻었다. 매우 진기한 것이니 임금께 진상하여야겠다고 마음먹고 그것을 안고 하동 땅을 지나가는데, 그 마을 돼지를 보니 머리 흰 놈이 많이 있었다. 마음속으로 크게 부끄러워하며 집으로 돌아오고 말았다. 그래서 '요동백시' 는 별것도 아닌 것을 굉장한 것으로 여기는 좁은 견문을 일컫게 되었다.

요즈음 통일에의 열망이 높아지면서 북한의 실상을 알고자 하는 분위기도 고조되고 있다. 그러나 북한은 지난 70여 년간 이 세상에서 철저한 폐쇄사회로 지내왔고, 더구나 우리 남한 사람들에게는 굳게 닫혀진 곳이었기에, 북한에 관한 한 우리들은 '요동백시'의 꼴을 면하기 어려운 형편이다. 그렇지만 우리는 그곳 사정을 짐작해 보는 일을 아니할 수는 없다.

일상으로 쓰이는 말〔言語〕이야 달라질 수도 없고 달라지지도 않았지만, 새로운 낱말이 생긴 것과 말의 쓰임이 달라진 것은 상당히 많으리라 짐작된다. 속담(俗談)의 쓰임에도 상당한 변화가 생겼을 것이다. 속담이란 원래 수십 년 수백 년에 걸쳐 만들어지고 쓰이는 것이라 이해 못 할 것이 있지는 않겠지만 남한과 비교하여 특별히 다른 점 한가지가 발견된다. 그것은 당 관료(黨官僚)나 위정자들이 사상교양을 수단으로 일반 백성들에게 사용하는 속담과 일반 서민들이 북한 사회에 대하여 풍자하는 방편으로 쓰는 속담이 각기 다르다는 사실이다.

관청용 속담을 예로 들어 보자. 백성들의 불평불만을 막기 위하여- '물은 깊을수록 소리가 없다.' 청소년의 노력동원을 합리화하기 위하여- '젊어서 고생은 금을 주고도 못 산다.' 주민들의 자발적 노력 동원은 부추기기 위하여- '입에 들어가는 밥술도 제가 떠 넣어야 한다.' 미국의 음험한 침략성이 결국은 탄로될 것임을 강조하기 위하여- '자루에

든 송곳은 감추지 못한다.'

한편 어려움을 감내하며 당과 김일성 부자와 삼대 세습자에게 충성할 것을 종용하기 위하여- '마음이 맞으면 삶은 도토리 한 알을 가지고도 시장 멈춤을 한다.' 와 같은 속담도 쓰인다 하는데, 이것은 어쩐지 억지로 만든 말이지 속담으로 정착된 표현은 아니라는 인상을 준다.

그러나 다른 한편, 일만 서민들은 그렇게 시달리고 속기만 하지는 않는 모양이다. 서민용 속담의 예를 살펴보자. 언제 어디서나 첫머리에 장식처럼 인용되는 김일성의 교시, 김정일의 지시를 가리키어- '약방의 감초' 아무리 고달파도 끝없이 지속되는 노력동원인 천리마운동, 샛별보기 운동, 천삽뜨기 운동을 가리키어- '헌 바지 이잡기.' 당으로부터의 통제와 감시를 경계하라는 풍자의 뜻으로- '믿으며 의심하기.' 김일성의 목숨도 끝날 때가 있을 것이라는 기대감을 나타내기 위하여- '수령은 짧고, 인민은 영원해.' 같은 속담들이 믿을만한 사람들 사이에 귓속말로 퍼지고 있다고 한다. 그뿐만 아니라 당과 사회제도에 대한 불만, 생활고에 대한 불만을 나타내는 은어(隱語)도 심심치 않게 유행하고 있다는 것이다. 가령 '주먹치기' 는 제대로 알지도 못하면서 아는 체하고 설치는 당의 '핵심분자들의 행위' 를 가리키는 말이요, 박수를 치지 않으면 불평불만분자로 의심을 받으므로 마음에도 없는 박수라도 열심히 쳐서 자신의 안전을 도모해야 하기 때문에 '보약' 이란 낱말은, 곧 '박수치기' 를 가리키는 말이라 한다.

서글프지 않은가. 백성들이 쓰는 속담과 관리들이 쓰는 속담이 따로따로 평행선을 긋고 있는 저쪽 사회를 우리는 이렇게 강 건너 불처럼 건너다보며 안타까워만 하고 있으니.

뜻이 깊다는 것

얼마 전에 젊은 여성의 필체인 듯한 편지 한 통을 받았는데 거기에 이런 구절이 들어 있었다.

"선생님, 사람 이름이나 땅 이름을 고유한 우리말로만 짓는 날이 언젠가는 찾아올 것이라고 생각합니다. 그때에는 한자(漢字)는 쓰고 싶어도 쓸 수 없겠지요. 그렇지만 한글로 지은 이름은 어쩐지 가볍다는 느낌이 들어요. 한자로 적어야 뜻이 깊어지는 것 아닌가요? 그렇다면 이 모순(矛盾)을 어떻게 극복하지요?"

요컨대 순수한 우리말로 아기 이름을 짓고 싶은데 그 한글 이름이 가볍다는 느낌이 들어서 고민이라는 것이었다.

자, 그러면 뜻이 깊다는 것은 무엇인가? 어떤 낱말이나 글자의 뜻이 깊다는 것은 무엇보다도 오랜 쓰임의 역사를 전제로 한다. 세월의 때가 끼어야 한다고 할까. 오랜 세월 사용하는 동안, 여러 가지 의미가 겹쳐진 의미들은 대개 인간 사회의 좋은 면을 찾아가는 과정에서 쓰인 것이기 때문에 긍정적 가치 평가와 관련되어 있다. 다시 말하여 뜻이 깊다는 것은 ① 오랜 역사를 가진 것, ② 여러 가지 의미가 중첩된 것, ③ 인간의 선 의지(善意志)와 관련된 것이라는 세 가지 특성을 가지고 있다.

유학(儒學) 사상의 중심 개념을 나타내는 글자들, 예컨대 인(仁), 의(義), 예(禮), 지(智), 경(敬), 성(誠), 덕(德) 같은 글자를 인간의 구체적인 실천 행위에 대응시켜 보면, 이들 글자들은 한 덩어리로 엉겨 붙어 두루뭉수리가 된다. '거짓말을 하지 않는다' 는 행위를 생각해 보자. 그것은 '인 · 의 · 예 · 지 · 경 · 성 · 덕' 모두에 관련된다.

고등학교 시절, 친구의 집에서 있었던 일이다. 사랑방에는 '상락아정(常樂我淨)' 이라고 쓰인 편액(扁額)이 걸려 있었다. 겨우 글자나 뜯어 읽는 실력이었던 나는 '항상 즐거우니 나는 행복하도다.' 이렇게 내 나름대로 해석을 하다가 친구의 아버님을 뵙자 그 뜻을 여쭈었었다. 감리교회의 목사님이셨던 친구 아버님은 그것이 불가(佛家)에서 쓰는 말인데 '영원함〔常〕, 인간적 고뇌를 벗어남〔樂〕, 거리낄 것 없는 자유인이 됨〔我〕, 평화를 누림〔淨〕'을 뜻하는 말로, 진리에 도달한 사람의 몸과 마음을 나타내는 것이라고 말씀하셨다. 한자의 뜻깊음을 깨우친 최초의 경험이었던 것 같다.

그때에 들었던 또 하나의 충격적인 지식 - "저, 장로(長老)라는 말 알지. 교회의 장로님 말이야. 원래 이 말은 불가에서 덕행이 높고 나이 많은 수도승(修道僧)을 일컫는 말이란다. 요즈음 불교가 무슨 미신인 것처럼 생각하는 무식한 기독교인들이 들으면 당장 그 말을 바꾸자고 떠들지도 모르지."

그러므로 우리가 뜻이 깊은 낱말을 좋아한다는 것은 결국 그 낱말을 통하여 인간의 공동선(共同善)을 추구하자는 의지의 표현 이외에 다른 것이 아니다.

그렇다면 순수한 고유어로 한글 이름을 지으려고 할 때, 그 낱말이 가볍다는 느낌이 드는 것은 어쩔 수 없는 일이다. 왜냐하면 그런 낱말이 이름으로 쓰인 역사가 짧기 때문이다. 또한 그런 낱말이 우리들의 정신세계를 나타내거나 인간의 공동선을 논의하는 경우에 별로 이용되지 않았기 때문이다. 그래서 그러한 낱말로 한글 이름 짓기를 포기해 버린다면 어떻게 될 것인가? 영원히 한글 이름에는 깊은 뜻이 스며들지 않을 것이고, 우리는 한자 문화의 굴레를 한 발자국도 벗어나지 못하게 될 것이다.

새로이 시작하지 않는 새 역사 전통은 결코 만들어지지 않을 터이니까.

한국인의 어휘 실력

많은 수의 어휘를 구사하는 능력과 높은 창의력(또는 상상력)은 깊은 상관관계가 있다고 한다. 다채로운 표현이 깊고 넓은 생각을 나타낼 수 있을 것이기 때문이다. 그러면 한국 사람들이 일상생활에 사용하는 어휘는 얼마나 될까?

몇 해 전 어느 전자공학도가 이 문제를 풀기 위하여 특별한 방법을 써서 조사한 적이 있었다.

책받침만 한 두꺼운 종이에 기계를 사용하여 아무 곳에나 구멍을 뚫는다. 그 종이를 우리의 일상 문자 생활을 반영하는 일간신문이나 잡지에 갖다 대면 구멍 뚫린 곳의 활자가 보인다. 그 보이는 곳의 낱말들만 수집하여 조사대상으로 삼는 방법이었다. 이 방법으로 수집한 어휘를 집계하여 보니 3천7백84단어에서 더 이상 어휘 숫자가 늘어나지 않았다고 한다. 결국 우리 한국 사람들은 약 3천8백 단어만을 일상어휘로 사용하고 있는 셈이다.

우리말 사전에는 대개 30만의 어휘가 수록되어 있는데 실제로 자주 쓰이는 어휘는 그 100분의 1밖에 안 된다는 것을 알 수 있다. 영국과 프랑스에서도 똑같은 방법의 조사가 시행되었었는데, 영국의 경우에는 1만 단어, 프랑스의 경우에는 3만 단어가 검출되었다는 사실과 비교해 보자. 우리 한국사람의 창의력과 상상력은 영국 사람의 3분의 1 프랑스 사람의 10분의 1이라고 말할 수 있다. 어휘력과 창의력이 반드시 정비례의 관계에 있는 것은 아닐 터이지만 우리의 심정이 편안하지 않은 것만은 숨길 수가 없다.

엊그제 우리 집 막내가 나에게 이렇게 물었다.

"아빠 저 유리 구멍을 무어라고 하면 좋을까요?"

막내는 현관에 서서, 현관문을 열지 않고 바깥을 내다볼 수 있는 현관문 중간 조금 위쪽에 붙어 있는 유리 구멍을 가리키고 있었다. 나는 가끔 그 유리 구멍으로 바깥을 내다보았으면서도 그것을 무엇이라고 부르는지 깊이 생각해 보지도 않았고, 또 그 이름의 필요성을 느껴보지도 않았었다. 나는 난감한 심정이었다. 그때 문득 좋은 생각이 하나 떠올랐다.

"글쎄. 저것은 무엇이라고 하는지 알아?"

"무슨 말씀이세요 아빠"

"저 나무로 된 빨래판에 빨래가 잘되도록 가지런히 홈을 파놓은 것 말이야."

나는 세탁실에 놓여 있는 빨래판을 꺼내 들고나왔다.

"아빠, 대답이 궁하시면 꼭 저러시더라."

나의 수법에 익숙한 막내딸은 나를 바라보며 깔깔대며 웃고 말았지만 나는 전혀 편안한 마음일 수가 없었다.

우리 주위에는 이렇듯 일상으로 접하는 사물이면서도 이름을 갖지 못한 것이 많다. 이럴 때에 프랑스 사람들은 밤잠을 못 잘 것이다. 그리고 며칠 뒤에는 반드시 신문과 방송에 그 이름을 발표할 것이다. 아마 영국 사람들은 신문 지상에 그 이름을 공모할는지도 모른다. 그런데 우리 한국 사람들은 어떠한가? 무사태평이다. 그러나 '유리 구멍' 이나 '홈이 패인 것' 이 그들 물건의 알맞은 이름이 될 수 없다는 것은 우리들 자신이 너무나 잘 알고 있다.

나는 우리말 가운데서 가장 많이 쓰이는 낱말들을 순서대로 훑어보면서 자꾸만 내가 우리말을 공부하는 사람이라는 사실이 부끄러웠다.

1. 것 2. 있다 3. 하다 4. 않다 5. 없다 6. 사람 7. 나 8. 되다 9. 그(관형어) 10. 아니다 11. 보다 12. 생각 13. 같다 14. 가다 15. 오다 16. 말하다 17. 그(대명사) 18. 알다 19. 말(言) 20. 우리

국어 사랑의 참모습

프랑스 사람들이 자기 나라말에 대해 특별한 긍지를 가지고 있을 뿐 아니라 그것을 아끼고 다듬는 데에도 각별하다는 것은 너무나 잘 알려진 사실이다. 나는 지난여름 파리에 며칠 머무를 기회가 생겼을 때, 이 사실을 확인하고 싶었다. 마침 함께 갔던 일행과도 헤어져서 호젓이 혼자만 이틀을 머물러 있게 되자, 나는 한 가지 실험을 해 보기로 하였다. 나는 지도 한 장을 들고 길거리로 나섰다.

첫 번째 실험 : 인상을 보아 분명 영어를 알만한 사람에게 접근하여 길을 물었다. 그때 처음 몇 마디는 서투른 프랑스말을 하고 나중에는 영어로 가고자 하는 목적지를 말하였다.

"실례합니다. 저는 여행객인데 프랑스어를 못합니다. 영어로 여쭙겠어요. (프랑스어) 제가 지금 여기 당훼르 로쉐르에 있지 않습니까? 저는 지금 노트르담 사원을 찾아가는 길인데요, 어떻게 가면 좋겠습니까?(영어)"

이런 식으로 여섯 명에게 물어보았는데, 그들은 예외 없이 상냥한 웃음을 띠며 내가 가고자 하는 목적지를 영어로 친절하게 가르쳐 주었다.

두 번째 실험 : 앞에서와 마찬가지로 꼭 영어를 알만한 사람에게 접근하여 이번에는 처음부터 영어로만 길을 물었다. 열 사람에게 질문을 했는데, 그중 네 사람은 별다른 내색 없이 친절하게 길 안내를 하였고, 또 네 사람은 프랑스어로 응답하면서 길을 가르쳐 주는데, 영어는 짐짓(?) 모르는 척하는 것 같았다. 그리고 나머지 두 사람은 프랑스 말로 "나도 잘 모르겠소." 하며 가던 길을 재촉하였다.

나는 호텔로 돌아와 나의 실험 결과를 생각해 보았다. 물론 내가 점을 쳐서 선별해 낸 열여섯 명의 사람들이 모두 영어를 잘 아는 프랑스 토박이들이었다는 가정을 받아들이고 내려보는 추론이기는 하지만, 그들은 자기네 말을 조금이라도 사용했을 때에는 특별히 더 친절하고 호의적이었다는 사실이었다. 그런데 곰곰 생각해 보니, 제 나라말에 대해 그 정도의 반응을 보인다는 것은 어느 나라에서나 공통적일 것이라는 데 생각이 미쳤다. 프랑스 말로만 대답한 사람들은 나의 점(占)-즉 인상 판단이 잘못되어서 정말로 영어를 모르는 사람들이 아니었을까? 그렇다면 나의 실험은 모국어에 대한 인간의 보편적인 경향을 확인한 것이지 특별히 프랑스 사람에게만 적용할 문제가 아니지 않은가? 나는 그만 내 실험 결과가 별것이 아니라는 회의에 빠지고 말았다.

그러나 사건은 그날 저녁에 연이어 벌어졌다. 체재비를 아끼기 위하여 별 세 개짜리 호텔에서 별 하나짜리로 옮기기로 하고 짐을 들고 길을 나섰다. 하나짜리 호텔을 찾아 들어가 프런트(손님맞이 칸)에 앉아 있는 아가씨에게 서투른 프랑스 말을 해 보았다.

"하룻밤에 얼마요?"

"예, 하룻밤에 일백 프랑이예요, 아침 식사는 십오 프랑 따로 받아요. 그런데 손님, 하룻밤(une nuit)의 발음을 잘못 하셨어요."

그 호텔에 짐을 놓고 밖으로 나와 길을 어슬렁거리다가 조금 깔끔한 음식점을 찾아 들어갔다. 음식 이름도 제대로 모르는 처지여서 식단(食單)에 있는 것 중에서 아무거나 그럴듯한 것을 주문하였다. 가져온 음식을 보니 참 먹음직하였다.

"고마워요. 아주 맛있어 보이는데요."라고 프랑스 말을 했더니, 음식을 가져온 여자 종업원은 대뜸 얼굴이 환하게 밝아지면서

"프랑스 말을 아시는군요. 그럼 아까 영어로 주문하실 때 이 음식 이름을 잘못 발음하셨어요."

나는 지금 유감스럽게도 그때 먹은 프랑스 음식의 이름은 잊어버렸지만 발음 교정을 부탁하던 그 아가씨의 음성은 아직도 내 귓전에서 사물거린다.

맞춤법의 이상

금년(1989년) 3월 초하루부터 법적인 효력을 갖는 〈한글 맞춤법〉은 한글 창제 이래 최초의 합법적인 권위를 누리는 우리말·우리글의 규범이다. 물론 한글이 창제될 당시에도 오늘날 우리가 생각하는 것과 같은 맞춤법이 있었다. 그 맞춤법은 훈민정음해례본(訓民正音解例本)에 적혀 있는데, 한마디로 말하여 오늘날의 맞춤법과 원칙적으로는 같은 것이었다. 그러나 한글 창제 당시에, 한글은 한자(漢字)를 중심으로 하는 문자 생활에서 극히 부분적인 보조 기능만을 담당하고 있었기 때문에 맞춤법을 지킨다는 것은 그렇게 중요한 문제가 아니었다. 그러는 동안 한글은 부녀자의 소설 읽기, 편지 쓰기, 내방가사 짓기 같은 것으로만 활용이 되었고, 점차 맞춤법은 지켜지지 않은 채 그야말로 '소리 나는 대로 적고 뜻만 통하면 된다.' 는 잘못된 인식이 퍼지게 되었다. 급기야 나라를 잃은 후, 다시 나라를 찾고자 하는 운동의 한 가닥으로 조선어학회에서 〈한글맞춤법통일안〉이 일제 치하에서 완성되었으니, 이것은 한글이 창제된 지 490년 후인 1933년이었다. 지금부터 꼭 58년 전의 일이었다. 이 〈맞춤법통일안〉은 그동안 여러 차례에 걸친 부분적인 수정을 거치면서 오늘날까지 준용되어 왔으나 불필요한 부분도 많고, 여러 번의 수정으로 체제상의 균형도 잃게 되었었다. 오십년이 넘는 낡은 집을 여러 번 수리하느라고 조잡하게 된 것이라고나 할까? 그래서 이번에 완전히 허물고 새집을 지은 것이 바로 〈한글맞춤법〉이다.

이 〈한글맞춤법〉은 문자 그대로 '법' 이다. 법이란 공동의 사회생활에서 모든 사람들에게 두루 편한 생활을 보장하기 위하여 만든 약속의 체계이다. 그래서 그 약속을 어기면 일정한 제재(制裁)를 받는 것이다. 형법(刑法)을 어기면 감옥살이를 한다는 것은 초등학교 1학년쯤만 되면 다 아는 사실이다. 교통법규(交通法規)도 형법의 테두리 안에 드는 것인데, 그 법규를 지키지 않으면 감옥살이 같은 제재를 받기 전에 목숨을 잃는 사태가 발생하기도 한다. 그래서 우리는 서로 서로 이웃을 존중하고 궁극적으로는 자신을 존중한다는 의미에서 법을 지키려고 애쓴다. 그러니까 〈한글맞춤법〉도 철저하게 지켜야 한다. 맞춤법을 어기면 벌금을 물거나 감옥살이를 하는 것은 아니다. 이 맞춤법은 높은 수준에 있는 문화양식(文化樣式)이요 교양준칙(敎養準則)이기 때문에 이 법을 어기면 인격과 교양에 손상이 갈 뿐, 남에게 큰 피해를 주는 것은 아니다. 그렇다고 전혀 남에게 손해를 끼치지 않는 것이냐 하면 그런 것도 아니다. 차례대로 줄을 서서 행동해야 하는 차 타기, 표 사기 같은 일을 할 때에 새치기를 하는 것과 같다고나 할까? 뒷사람이 점잖은 분이라면 "다급한 사정이 있어서 그러겠지" 하는 정도로 너그럽게 보아 넘길 수도 있으나, 만일 뒷사람이 마음의 여유가 없는 분이라면 소리를 지르며 멱살을 잡아 줄 밖으로 끌어낼 것이다.

〈한글맞춤법〉은 우리글을 쓰는 사람들이 모두가 즐겁고 편안한 마음으로 지키자고 하는 기본적인 예절이다. 그 예절을 지배하는 원리는 크게 두 가지로 나눌 수 있다. 하나는 소리 나는 대로 적는 것이요, 또 하나는 낱말의 어간(語幹) 형태는 일정하게 고정시켜 적는 것이다. 이 두 가지 원리가 서로 어긋날 때가 있다. 우리 〈한글맞춤법〉은 이 두 가지 원리의 맞부딪침을 적절한 선에서 타협하여 조화를 이룬 절충안이다. 그래서 어떤 때는 일정한 형태로 적어야만 맞춤법을 어기지 않게 된다. 원래 예절이란 무식하고 교양이 없는 사람들에게는 귀찮고 거추장스러운 것이요, 너그러운 마음으로 공동사회 전체의 편의를 생각하는 사람들에게는 부담 없이 몸에 익히는 하나의 관습이다. 자, 그러면 우리는 무식하고 교양이 없는 사람이 될 것인가? 공동사회의 편의를 위하여 노력하는 신사 숙녀가 될 것인가?

'점잖음'이 빌미가 되어

ㅂ군은 나의 제자요, ㅂ형은 나의 고향 선배이신데, 그들 두 사람은 부자간이다. 며칠 전 ㅂ형의 사무실을 들렀더니 ㅂ형은 화가 머리끝까지 올랐다가 잘 왔노라고 반기면서 이렇게 푸념을 늘어놓았다.

"여보, 심 교수. 자식 길러 옛날 같은 효도는 못 받는다 하더라도 그래 수모를 받아서야 되겠소?"

"왜 그러세요? 나 들어올 때 현관에서 ㅂ군을 만났는데 공손하게 인사만 잘합디다."

ㅂ군은 근자에 부모의 반대를 무릅쓰고 결혼을 강행한 처지인지라 또 부자간의 사소한 의견 충돌이려니 짐작이 되었다.

"글쎄, 내가 뭐 나쁜 말 했겠소? 다 좋다, 그저 좀 더 점잖게 행동해 주었으면 하는 것이 애비의 소망이다. 이렇게 말했을 뿐인데, 그 녀석 대답이 말이지…"

내가 아는 ㅂ군은 요즈음 청년으로서는 드물다 싶게 견실하고 모범적인 사람이다. 결혼이야 어차피 당사자들의 소관사이니 그 문제로 자식을 더 이상 괴롭힐 필요는 없다고 생각하면서 다음 말을 기다렸다.

"… '아버지, 저희 젊은 사람들은 점잖은 거 엿이나 사 먹으라고들 해요. 사람 차지가 아니라 똥개 차지라는 것이지요.' 자, 이렇게 되어 나는 자식으로부터 똥개라는 욕을 먹었네그려."

화가 오른 ㅂ형은 담뱃불을 붙이면서 성냥 통 속의 성냥개비를 온통 탁자 위로 쏟아뜨렸다. 비로소 나는 입을 열었다.

"ㅂ형, 내가 보기엔, 그것이 대화할 때 협조의 원칙을 무시해서 발생한 오해인 듯해요. ㅂ군은 점잖음을 허세(虛勢), 위선(僞善), 가식(假飾) 같은 것에 큰 비중을 두고 말한 것 아니오? 그러니 두 사람의 대화는 처음부터 빗나간 것이지요. 뭐. 같은 말이라도 서로 생각하는 뜻이 다르면 대화가 안 되게 마련 아니오?"

그러나 ㅂ형은 말없이 담배 연기만 길게 내뿜을 뿐이었다. 그때 나는 ㅂ군을 만나면 해야 할 다음 한 마디를 생각하고 있었다.

"이것 봐, '아버지께서 말씀하시는 점잖음이 무엇을 뜻하는지 잘 알겠어요. 너무 염려 마세요. 저희는 저희들 나름대로 점잖은 것이예요.' 이 정도로 아버님의 말씀을 받아들였어야지…."

우리는 언제부터 부자간에도 대화가 아니 되는 세상을 살고 있는 것인가.

아리랑 고개를 넘고 넘어

우리 한민족이 누구나 알고 있는 노랫가락을 손꼽으라면 아무도 '아리랑' 이외의 다른 것을 연상할 수는 없으리라. 그러므로 '아리랑' 을 모르는 사람은 한국 사람이 아니라고 말할 수 있으며, '아리랑' 을 모르는 사람과는 한국에 대하여 이야기할 수 없으리라는 것 또한 자명하다.

그러면 '아리랑' 은 무슨 뜻의 낱말인가? 이 문제에는 모두들 고개를 갸웃거린다.

일찍이 국사학자 이병도(李丙燾) 선생은 '아리랑' 이 한사군(漢四郡)의 하나였던 낙랑(樂浪)을 가리키는 말이요, '아리랑고개' 는 그 낙랑의 남쪽 관문(關門)인 황해도의 자비령(慈悲嶺, 또는 洞仙嶺)이라고 추정한 바 있다. 한 사군이 설치되면서 중국 사람이 몰려오자 낙랑 땅을 벗어 나오면서 우리 선조들은 회한의 노래를 읊으니, 그것이 구슬픈 가락의 '아리랑' 이 되었다는 것이다.

한편 무애(无涯) 양주동(梁柱東) 선생은 '아리랑' 이 특정한 하나의 지명이 아니라 우리나라의 산·고개·냇물 이름에 널리 사용된 흔한 명칭이었다고 한다. 즉, '아리랑' 의 '랑' 은 고개 '령(嶺)' 자가 변한 것이요, '아리' 는 광명(光明)을 뜻하는 '볼' 이란 낱말이 변한 것이므로 '아리랑' 은 곧 '밝은 고개' 라는 뜻으로 온 나라에 두루 흩어져 있다고 하였다.

또 하나의 학설 – 강원도 정선(旌善)에 세운 아리랑 비문(碑文)에는 다음과 같이 적혀 있다.

"…아득한 옛날부터 토착민의 생활과 더불어 자연스럽게 표출되어 불러오던 이 토속적 풍류의 가락은 고려 말엽에 이르러 불사이군(不事二君)의 충절을 지켜 지금 남면(南面) 거칠현동(居七賢洞)에 낙향 은거하였다는 선비들의 애틋한 연군(戀君)과 망향의 정한이 더하여져 더욱 다감한 노래가 되었으리라. 본래 '아라리' 라고 일컫던 것이 세월이 흘러감에 어느새 보편적인 '아리랑' 으로 그 이름이 바뀌었으니 '아리랑' 이란 누가 나의 처지와 심정을 '알리' 에서 연유된

듯하더라….”

'아리랑' 이 명사가 아니라 '알다' 는 동사라는 것이다.

여기에 이르러 우리는 '아리랑' 의 본래 뜻이 안갯속에 사라졌음을 보게 된다. 그렇지만 '아리랑고개' 를 넘을 적마다 우리 조상들은 뒤로는 슬픔과 한을 남기고 앞으로는 기쁨과 꿈을 키워왔다는 사실도 깨닫는다. 현대에 와서는 38선도 아리랑고개였고 휴전선도 아리랑고개가 아닌가.

우리 한민족은 영원히 아리랑고개를 넘으며 살아가는 민족인가 보다.

오랑캐의 문자 실력

옛날 중국 변방에 매우 훌륭한 지방 장관이 있었다. 항상 오랑캐의 위협을 받는 처지였으나 그 고을 장관은 무사태평이었다. 그러다가 드디어 오랑캐의 말발굽이 자욱한 먼지를 일으키며 그 고을의 성문(城門)을 향하여 쳐들어올 무렵에야 장관은 장막 속에 감추어 두었던 커다란 깃발을 성문 위에 내걸고 성문를 활짝 열어 놓으라고 명령하였다. 깃발에는 '하사비군(何事非君)' 이란 넉 자가 적혀 있었다.

문 앞에 당도한 오랑캐의 우두머리는 성문이 열린 것을 보고 그 고을이 저항할 의사가 없이 투항하는 것이라고 판단하였다. 더구나 성문 위에 걸린 깃발을 보니 '누구를 섬긴들 임금이 아니겠는가.' 라고 환영하지 않는가? 오랑캐의 우두머리는 이 고을은 투항했으니 다음 고을로 내려가자고 명령하였다.

얼마 후 오랑캐의 침략을 물리친 중앙의 황제는 문제의 고을 장관을 불러 문책하였다.

"그대는 어째서 오랑캐에게 투항하여 짐을 욕되게 하였는고?"

"폐하, 소신은 투항한 적이 없사옵니다. 다만 '어찌 임금 아닌 자를 섬길까 보냐.' 라고 쓴 깃발을 내걸어 소신의 뜻을 분명히 하였을 뿐입니다. 그런데 듣자 하오니, 오랑캐는 그 글을 잘못 읽어 '누구를 섬긴들 임금이 아니랴.' 하였다 합니다. 오랑캐가 어찌 문자를 알겠습니까?"

임금은 한 고을을 병화(兵禍)에 휩쓸리지 않게 한 슬기에 감복하여 그 장관을 승진시켰다 한다.

이것은 한자(漢字)의 뜻이 깊고도 넓음을 과장하는 이야기이거니와, 우리는 이 이야기에서 한자가 귀에 걸면 귀걸이, 코에 걸면 코걸이식의 불완전한 표기 기능을 하는 것에 대해 분노를 느껴야 한다. 고의적인 은유(隱喩)를 목적으로 하지 않는 한, 일상생활의 의사전달 체계로서 언어와 문자는 모름지기 명쾌하게 오직 한 가지로만 해석되어야 하기 때문이다.

더구나 한자의 동음성(同音性)은 똑같은 소리의 낱말이 정반대로 해석되는 웃지 못할 희극을 연출하기도 한다.

"삼연패의 기록을 세운 ㅈ팀은…" 프로 야구의 전적을 보고하는 방송을 들을 때마다 연패가 내리 이긴 것(連覇)인지 내리 진 것(連敗)인지 그다음 말을 기다리지 않으면 알 수가 없다.

한자 말을 줄여나가야 하는 가장 큰 이유가 여기에 있다.

낱말 뜻 바로 알기

늙는다는 것

누구의 말이던가. 인생이 40부터라고 고집한 것은. 누군가는 또 이 억지를 인생이 40까지라는 사실의 역설적 반증(逆說的 反證)이라고도 했다.

일찍이 공자(孔子)님은 사십이불혹(四十而不惑)이라 하셨으니, 남의 꾐에 넘어가지도 않는 빡빡한 인생에 무슨 재미가 있단 말인가.

“마흔다섯은 귀신이 와 서는 것이 보이는 나이, 귀신을 기를 만큼 지긋치는 못해도 처녀귀신하고 상면(相面)은 되는 나이.”

이렇게 읊은 시인도 있고 보면 마흔고개를 넘어선 인생은 정녕 으스스하고 뻣뻣해서 어수룩하고 알뜰한 맛이 없을 법도 하다. 그런데….

며칠 전 친구와 시내에 나갔을 때였다. 버스의 앞자리에 젊은 여인이 자기가 안고 있는 아기가 귀여워 죽겠다는 듯이 어르고 뽀뽀하는 모습을 보더니, 친구는 내 귀에 대고 이렇게 속삭였다. "우리도 지금쯤 조런 애기 하나 있으면 참 귀엽겠지?", "여부가 있나. 그러기에 조선조 태조(太祖)대왕 때에 왕자의 난 무인정사(戊寅定社)가 일어난 것 아니겠어?" 나는 응구첩대(應口輒對)로 이렇게 맞장구를 쳤다. 우리는 모두 초등학교 3학년짜리를 막내로 둔 처지였다.

또 며칠 전 내 집에서 일어난 사건 한 토막. 식구가 다 모인 저녁 밥상머리에서 아내는 우습고 재미있다는 표정으로 나를 불렀다. "글쎄 여보, 큰아이들 셋이 회의를 했었대요." 이 말이 떨어지기가 무섭게 큰 놈들은 "엄마, 정말 비밀 안 지키기야?" 합창으로 어미의 말문을 막았다. 나중에야 알게 된 내막인즉, 우리 부부가 3학년짜리 막내를 귀여워하는 것이 너무 정도에 지나치다고 판단한 큰 놈들 셋은 누구의 입에서 먼저 말이 나왔는지 막내가 무슨 낫기 어려운 병이 들었기 때문에 엄마 아빠가 너무 가여워서 저렇게 예뻐하는가 보다고 근심들을 하였다는 것이었다.

“그것 보우, 너무 귀여워하면 안된다고 했지 않우?”, “그러는 당신은?” 우리 부부는 눈길을 맞추며 웃고 말았다.

그렇구나. 이렇게 하여 늙는다는 것은 사랑을 배운다는 것이구나. 문득 아내의 앞이마로 흘러내린 흰 머리칼이 더욱 굵게 돋보였다.

부럽다는 것

프랑스에 유학 중인 집안 친척 아이가 자리가 잡힌 뒤로는 한 달에 한 번꼴로 꼬박꼬박 편지를 보낸다. 내가 가보지 못한 곳이라 나는 그에게 프랑스에 가거든 부러운 것, 좋은 것만 써 보내지 말고 반드시 부럽지 않은 면, 좋지 않은 면도 적어 보내라고 당부하였었다. 남의 떡이 크고 맛있어 보이는 것이 인간의 상정(常情)이라고는 하여도 너무 남의 것만 넋을 잃고 바라보는 동안에 제정신을 잃지 않을까 하는 고리타분한 국학자(國學者)의 노파심이 작용한 탓이었다. 사실 우리 주위에 맷돌 잡으러 갔다가 집돌 잃는 격으로 나라의 좋은 일꾼을 만들려고 유학을 보냈더니 아예 그곳에서 결혼하여 주저앉아 버리는 예가 심심치 않게 있었던 것이다. 그래서 나는 짐짓 그에게 이렇게 못을 박았었다.

"개꼬리 삼 년 묻어도 황모(黃毛) 안된다. 그저 엽전은 엽전이어야 해!"

다음은 그의 편지 한 구절.

> 개꼬리 제3신.
>
> "파리는 너무 늙었고 너무 게으릅니다. 여기 사람들은 오전 3시간 일하고 점심시간으로 2시간 보내고, 오후에 3시간 일하고 퇴근하는데 퇴근시간이 되면 아무리 바쁜 일이 있어도 나가버립니다. 며칠 전부터 약속을 해놓고 제시간에 맞추어 가지 않으면 사람을 만난다는 것은 상상도 못합니다. 실제로 이 사람들은 한 주일에 30시간 정도 일하는 셈인데 그것이 그렇게 능률적으로 보이지도 않습니다. 나머지 시간을 창조적으로 선용한다면 또 모르겠는데, 대부분이 말초적인 쾌락을 추구하고 맹목적인 여행에 소모하기 때문에 이들에게서 더 이상의 발전은 기대하기 어렵겠습니다. 단지 우리보다는 월등히 좋은 자연조건과 문화유산, 그리고 역사 속에서 깐깐하게 다져진 사회제도, 이런 것으로 버티는 듯싶습니다. 거리를 걷는 사람들의 표정이며, 걸음걸이에서 의욕과 야심 같은 것은 찾을 수 없었습니다. 결코

부러운 사회는 아닙니다. 비록 매연과 교통혼잡으로 골치가 조금 아프기는 하지만 서울의 장래는 밝습니다. 적어도 파리에 비교한다면."

이제야 알겠다. 부러워한다는 것은 스스로의 자리와 스스로의 값을 깨닫는 것임을.

빈다는 것

우리말 '빌다'에는 서로 다른 뜻을 가진 세 가지 낱말이 있다.

하늘에 빌다. 빌어 쓰다. 빌어먹다. 우리는 이들의 상호관련(相互關聯)을 통해서 인간의 평등과 겸손과 사랑을 배운다. 첫째는 하늘이나 신령(神靈)을 향한 기도(祈禱)요, 둘째는 부족한 것을 잠시 얻어 쓰는 가차(假借)요, 셋째는 거저 얻는 구걸(求乞)이다. 나에게 없는 것을 남으로부터 구하려 한다는 점에서 이들 세 낱말은 원래 동원어(同源語)의 분화(分化)인 듯싶다.

구걸의 경우, 빌어온 것을 보상(報償)할 의무는 없지만 어떤 형태로든 갚지 않으면 빌어 온 사람은 다시는 다른 사람과 대등할 수 없다.

가차(假借)의 경우, 빌어 온 재물, 지식, 기술은 상대방에게 응분의 대가를 치르도록 약정되어 있다. 이것은 대등한 인간관계요, 유무상통(有無相通)하는 삶의 미덕(美德)이다. 인류사회는 이러한 가차의 조직화(組織化)와 제도화(制度化) 위에서만 존립될 수 있다.

기도의 경우, 여기엔 인간과 하늘과의 불평등이 전제되지만 내밀(內密)의 기쁨은 온 천하를 휩싸고도 남는다.

참 기도는 없는 것을 달라고 조르는 것이 아니라, 청정무사(淸淨無邪)의 마음을 하늘 앞에서 스스로 구하는 절차요, 이미 받은 것이 크고 많음을 고마워한다는 감사의 의식이기 때문이다. 생명도, 생활도, 의식도 우리들 자신으로부터 유래한 것이 아닌데 무엇을 더 달라고 조를 수 있겠는가?

따라서 우리의 기도가 참 기도이기만 한다면 이 세상의 평화와 행복은 보장되는 것인지도 모르겠다. 공자(孔子)님이 병환 중에 계실 때에 제자 한 사람이 기도하기를 청하였다. "네가 생각하는 기도는 이미 하고 있는지 오래니라." 공자님은 타이르듯 대답하셨다.

하늘에 대하여 빌 수 있는 것은 오직 청정을 구(求)하고 감사를 표현함으로써 족한 줄 공자님께서 모르셨을 리 없다. 키에르케고르도 활력의 재생을 위하여서만 기도가 유효하다고 하였던가?

우리 모두 공자(孔子)님처럼 하늘에 빌며 살 일이다. 남들이 우리에게 빌러 오면 서슴없이 내어줄 일이다. 원래 내 것 아닌 것을 꾸어 주었는데 돌려 받을 때의 기쁨은 얼마나 클 것인가? 그러나 결국은 우리가 받은 것 모두를 되돌려 주고 우리도 언젠가는 우리가 아닌 것이 되어 허허(虛虛)로이 무산(霧散)할 것인데….

듣는다는 것

철 이른 수박이 과일가게에 나타나기만 하면 벌어지는 슬픈 장면이 있다.

"들어가세요. 첫물 수박입니다.", "잘 익었을까요?", "그러믄요. 익지 않았으면 안 사셔도 좋습니다." 대체로 이런 대화가 오고간 뒤에 한 통의 수박이 선택되고 그것은 세모뿔의 형태로 패인다. "이거 아직 설었군요. 어디 사겠어요?", "이만하면 됐지, 더 익은 것이 어디 있겠습니까?" 이쯤 되면 어느 쪽이건 양보의 미덕을 발휘해야만 원만한 해결을 볼 수 있다.

그러나 나는 금년에도 동네 어귀에서 설익은 수박이 한길 가운데로 던져져 박살이 나는 장면을 두 번이나 목격하였다. 한 번은 사지 않고 돌아서는 손님의 뒤를 향해 장사꾼이 던진 수박이었고, 또 한 번은 손님이 돈을 낸 뒤에 가게 앞에 동댕이친 수박이었다.

수십 년 동안 선생 노릇을 하면서 시험 답안지를 채점할 때마다 나는 번번이 내가 거짓말을 하지나 않았는가 하고 괴로워한다. "내가 수업에 열성을 다하였고 또 여러분이 그토록 열심히 배웠으니 낙제는 없을 것입니다. 나는 가르치는 동안 무엇을 시험에 낼까 생각해 본 적이 없습니다. 여러분도 수강 중에 어떻게 시험에 대처할까를 생각하지 않았을 것입니다." 이것은 출제 경향이나 범위를 묻는 학생에게 주는 한결같은 나의 대답이었다. 그러나 답안지 가운데에는 백지도 있고 강의 내용과는 전혀 관련이 없는 동문서답(東問西答)이 있다. 나는 부득이 낙제 점수를 적으면서 내가 분명히, 그리고 무조건 낙제가 없을 것이라고 약속했다는 착각에 빠진다. 행여나 하는 마음으로 답안지를 다시 검사해 보며 어떻게 더 후한 점수를 줄 수 없는가를 따져본다. 그러나 백지, 그리고 백지와 다름없는 답안지 앞에서 나는 어쩔 수 없이 거짓말쟁이가 되기로 결심한다.

언어(言語)는 어차피 의사전달(意思傳達)에 필요한 하나의 초보적인 방편일 뿐이다. 만일에 우리가 언어만으로 모든 대상과 현상(現象)을 파악하고 이해하려 한다면 반드시 들리는 언어 뒤에 숨겨져 있으면서 들리지 않는 언어도 들을 수 있어야만 할 것이다. 이러한 경지를 논어(論語)에서는 '이순(耳順)' 이라 하였거니와 아마도 남의 말을 바르게 듣는다는 것은 참된 자아(自我)와의 만남인지도 모른다.

작은 수석壽石 한 덩이

인류(人類)가 문자(文字)를 만들어 쓰기 시작한 지 어언 5천 년의 세월이 흘렀다. 고대(古代) 이집트의 신성(神聖)문자가 기원전 3천 년 어림에 만들어졌고, 중국 은대(中國 殷代)의 갑골(胛骨)문자는 기원전 1천여 년이지만, 서안반파(西安半坡)에서 출토된 도문자부(陶文字符)는 기원전 3천 년 이상을 추정할 수 있다. 그 뒤로 인류는 온갖 정성을 다하여 문자(文字)를 체계화하고 정리하여 이른바 역사라는 것을 가지게 되었다. 역사기록을 통하여 우리는 인류가 쌓아 놓은 업적들을 해독(解讀)하면서 엄청난 발전의 모습에 경탄을 금하지 못한다.

거기엔 기적(奇蹟)도 없고 비약도 없다. 수틀 앞에 앉은 여인이 한 땀 한 땀씩 수를 놓듯이 그것은 세월과 노력과 차서(次序)가 정연하게 그려져 있음을 보게 된다. 우리는 그 색상(色相)과 구도(構圖)에 탄복하고 그 아름다움에 심취(心醉)한다. 인간의 슬기가 이렇게 오묘하고 광활한 것인가를 천 번이고 만 번이고 새롭게 깨닫는다.

우주인(宇宙人)이 달나라를 거닐 때에 그것을 느꼈었다. 서울서 아침을 먹고 홍콩에서 저녁을 먹을 때에 그것을 느꼈었다. 미국에 있는 아우와 전화로 얘기를 나누었을 때에 그것을 느꼈었다.

그러나 또 다른 감흥(感興)은 석굴암(石窟庵) 속의 부처님 앞에서 온다. 무령왕릉(武寧王陵) 속의 벽돌 앞에서 온다. 그리고 신라고분(新羅古墳) 속의 금관(金冠)을 바라볼 때에 온다. 이때에는 1천 년, 2천 년의 세월이 미동(微動)도 하지 않고 가만히 있음을 느낀다.

그리고 또 다른 감동이 있다. 그것은 2천5백 년 전의 부처님의 말씀을 들을 때이고, 같은 무렵의 얘기인 논어(論語)를 읽을 때이고, 조금 뒤의 사건인 예수의 목소리가 귀에 들려올 때이다. 이때에는 시간만이 아니라 공간(空間)조차도 의식의 한 귀퉁이로 밀려가는 것같다.

그리하여 텔레비전도 전화도 우주선(宇宙船)도 시들해 보일 때에, 책상 위에 놓은 저 돌멩이. 몇 억년(億年)을 흘러 지금 이 글을 쓰는 이 책상 위에 올려진 작은 수석(壽石) 한 덩이는 인류(人類)가 쌓은 반만년(半萬年)의 역사에 비한다면 얼마나 엄청나도록 크게 보이는 것인가? 우주창생(宇宙創生)의 신비로부터 어쩌면 인류의 종말(終末)까지도 지켜보고 있을 저 돌멩이 속의 암호(暗號)들은 인간이 만든 문자의 역사를 빙긋이 웃으며 내려다볼 것이려니.

기벽奇癖에 숨은 상징象徵

우리는 가끔 이상한 식성(食性)을 가진 사람들과 만난다. 냉면이라면 꼭 함흥(咸興)냉면만 찾는 친구가 있다. 산뜻한 평양(平壤)냉면으로 하자고 꾀면 “글쎄, 그것도 좋겠지만 냉면을 먹을 때만이라도 고향 생각을 하려고…” 하면서 말끝을 흐린다. 그는 함경도(咸鏡道)가 고향인데 1·4후퇴 때에 어머님을 고향에 남겨 두고 월남한 쓰린 과거(過去)를 안고 있다.

돌아가신 나의 선친(先親)께서는 평생토록 송편을 입에 대지 않으셨다. 소싯적에 아버님 바로 밑의 아우님(그러니까 내게는 작은아버님)께서 팔월 추석날 송편을 잘못 먹은 것이 빌미가 되어 돌아가셨기 때문이었다. 나는 아버님으로부터 형제간에 우애(友愛)가 돈독해야 한다는 훈계를 들은 바가 없으나, 어머님을 통해 들은 이 얘기는 우리 형제들에게 특별히 우애를 강조하는 좋은 길잡이가 되어주었다.

그 후로 나는 특별히 어떤 음식을 가려 먹는 사람을 만났을 때, 그러한 식성(食性) 속에 무슨 신비로운 철학이 아니면 비밀스런 과거가 없는지 캐내고 싶은 충동을 느낀다. 어떤 사람에게 있어 불고기는 아버지의 영혼일 수가 있고, 또 어떤 사람에게는 5월의 첫 딸기가 첫사랑의 기막힌 추억일 수가 있는 것이다.

그런 의미에서 구한말(舊韓末)의 상투는 중요한 의미를 갖는다. 구한말에 소위 단발령(斷髮令)이 내렸을 때 "내 목을 자를지언정 머리는 자르지 못한다(此頭可斷此髮不可斷)." 고 옹고집을 핀 보수적인 선비를 우리 역사는 가지고 있다. 그분들은 이미 상투를 자르는 것쯤, 마음속으로는 아무것도 아니라고 명철(名哲)한 판단을 내리고 있었을 것이다. 그러나 한편 상투는 그들에게 있어서는 바로 반만년을 지켜 온 한민족의 '얼' 이었던 것이다. 하찮은 사물에도 거기에 의미를 부여했을 때, 그것은 생명을 가지고 인간의 의식과 함께 숨 쉬는 상징(象徵)이 된다.

사물도 그렇듯 신비로운 상징이거늘, 하물며 처음부터 상징의 체계로 이루어진 언어에 있어서는 그 중요성이 얼마나 크게 강조되어야 할 것인가? 최근에 새롭게 일어나고 있는 국어순화(國語醇化) 운동은 그것이 바로 기벽예찬(奇癖禮讚)의 성격을 띠는 한이 있더라도 그 근본이 민족의 상징을 체계화한다는 점에서 격려되고 주목되어야 할 것이다.

맑고 높고 푸른 하늘

어린 시절, 고향집 뒷동산의 왕바위는 이 세상에서 가장 큰 바위였고, 그 옆에 비스듬히 서 있던 한 그루 소나무는 역시 이 세상에서 제일 잘 생긴 나무였다.

왕바위 너머 소나무 가지 사이로 보이던 푸른 하늘, 그것은 두말할 것 없이 이 세상에서는 가장 맑고 높은 하늘이었다.

그 무렵, 우리에게 뜨거운 사랑으로 진리(眞理)와 정의(正義)를 일깨워 주시던 이웃 어른과 선생님들을 우리는 잊을 수 없다. 그분들은 적어도 우리 눈에, 소크라테스나 이순신(李舜臣) 장군처럼 슬기롭고 위대하여 보이기까지 했었다. 그렁저렁 상전(桑田)도 벽해(碧海)가 된다는 햇수가 흐른 뒤에, 모처럼 찾아가게 된 고향 뒷동산, 거기에는 세월만큼 때가 낀 왕바위와 소나무가 옛 모습 그대로 있으나 그것들은 이미 우리들의 어린 시절에 느꼈던 위대성(偉大性)을 잃고 이 세상 어디에서나 볼 수 있는 평범한 바위와 나무로 변모해 있음을 발견한다. 그리고 진리(眞理)와 정의(正義)의 화신(化身) 같던 어린 때의 어른들 가운데에 소위 출세(出世)라는 것을 하신 분이 계시다는 소식을 듣는다. 너무 반가워서 연락도 없이 찾아뵙는다. 그러나 그 상면(相面)에서도 우리는 그저 평범한 바위나 나뭇등걸과 마주 앉아 있음을 깨닫는다.

이 때에 목구멍까지 차오르는 서글픔과 실망은 어디에서 오는 것인가? 세태(世態)의 변화인가? 우리의 성숙(成熟)인가? 하기야 그것이 어디에서 왔는가를 따져 볼 필요는 없다. 우리들 가운데에는 아무도 우리가 어린 시절 뒷동산의 왕바위나 소나무가 아니라고 스스로를 밝히고 나설 자신 있는 사람이 없을지도 모르기 때문이다.

허망(虛妄)한 가슴을 안고 옛 마을을 떠나려는데, 문득 우리 눈에 비친 저 맑고 높고 푸른 하늘, 그것만은 오랜 세월에도 불구하고 조금도 변치 않은 채, 꿈에 부풀던 어릴 때의 청신(淸新)함을 그대로 지니고 우리를 내려다보고 있음을 우리는 알게 된다. 그렇다면 우리에게 꿈을 주던 어릴 때의 어른들 가운데에도 저렇듯 맑고 높고 푸른 하늘 같은 분이 꼭 계실 것만 같다.

영구한 세월에도 변함없는 하늘, 그 하늘 같은 인물은 아무래도 우리의 가슴속에서만 피어나는 아름다운 무지개일 수는 없는 것인데….

한국어韓國語의 감칠맛

누구든지 까마귀 소리보다는 종달새 소리를 더 좋아하고, 투박한 사투리보다는 세련된 서울 말씨에 더 지적(知的)인 매력을 느낀다. 프랑스 사람들의 자부심은 오로지 그 간드러지고 나긋나긋한 프랑스 말 때문이라고 하는 사람이 있다. 소리에 관한 한, 둔탁(鈍濁)한 것보다는 청랑(淸朗)한 것을 즐기는 것이 인간의 상정(常情)이기 때문이다.

그러면 이미 선천적으로 타고난 음성에다가 또 운명적으로 한국어를 사용해야 하는 우리는 어떻게 상대방에게 청랑감(淸朗感)을 주는 언어를 사용할 수 있는가? 억지로 코먹은 소리나 지어내는 소리를 한다고 하여도 그것은 한두 번이지 늘 그럴 수는 없는 것이고, 또 그렇게 지어낸 음성이 상대방에게 호감을 주지 않을 것도 자명(自明)한 일이다.

엄정(嚴正)하고 장중(莊重)한 분위기를 즐기던 옛날 같으면 하급자에게 있어서는 언어가 의사표시의 방법이었다기보다는 순명(順命)의 방편이었기 때문에 어른 앞에서 적당히 말을 더듬고 쭈뼛거리는 것으로 훌륭한 의사소통이 이루어질 수 있었다. '강의목눌(剛毅木訥)' 에서 '눌(訥)' 은 언어활동의 미덕(美德)으로 통하던 시절이었다. 그러나 자기의 의사를 분명하게 표현해야 하는 현대사회에서는 덮어놓고 우물쭈물할 수만도 없다. 그런데 목소리는 탁(濁)하고 굵다. 그래도 듣는 사람을 즐겁게 해 주는 수가 있다. 그것은 오로지 말씨에 달려있다.

'좋은 말씨' 는 화평(和平)한 마음을 가지고 뱃속에서 우러나오는 그윽한 음성(音聲)이고, 그 음성이 만드는 부드러운 어조(語調)이고, 그 어조에 담긴 곱고 바른 단어들이고, 그리고 마지막으로 듣는 이의 나이와 신분에 따라 적절하게 선택된 말끝〔경어법(敬語法)의 종결어미(終結語尾)〕이다.

이 말끝이야말로 한국어가 지닌 특징 가운데 하나로서 그것은 다양하고 미묘한 여러 등급이 있다. '합니다', '해요', '하세요', '하오', '해', '해라' 등이 그것들이다. 부모와 자식

사이에도 말끝이 일정한 것은 아니어서 비록 자식에게이지만 '해라' 체(體)에서 '하게' 체(體)로 올리는 경우도 있으며, 친구 사이에도 나이 지긋해지면 때때로 '하게' 체와 반말이 적당히 엇바뀐다. 이것이 예절을 숭상하는 한국인의 훈향(薰香)이었고, 한국어의 감칠맛이었다.

이 훈향과 감칠맛이 이제 퇴색하려 한다. 그러나 세상이 천만 번 바뀌더라도 우리가 한국인이요, 한국어를 사용해야 하는 한, 우리는 그 훈향과 감칠맛을 지키고 싶은 염원이 있다.

반보호감정론反保護感情論

“동물 가운데에는 자신의 생명을 보존하기 위해서 보호색(保護色)을 갖는 것이 있지. 그런데 말야, 사람의 감정도 그와 비슷한 현상을 나타내. 만원 버스에 시달려서 학교에 갔다 오면 몹시 속이 상하지 않아? 그런데 학교 버스를 타고 편히 다녀온 날은 그런 슬픈 기분이 안 생기거든. 그것이 바로 자기의 감정이 환경에 동화되어서 그런 거야. 그러니까 그 감정을 ‘보호 감정’ 이라고 할 수 있단 말야. 아빠도 말이지, 친구들하고 대폿집 구석에서 소주잔을 기울이면 막 상놈처럼 떠들어대지만, 점잖은 파티에서 고급 양주를 마실 때는 서양 영화에 나오는 신사처럼 아주 의젓하게 행동한다구. 그러니까 아빠도 보호 감정을 가지지 않았느냐구? 아냐,

아빠가 그렇게 행동하는 것은 환경에 적응해서 어울리는 것이고, 아빠의 감정이 거기에 푹 빠져버리지는 않는단 말야. 사람이 이 세상에서 가장 훌륭한 까닭은 감정에만 따르지 않는 점이야. 기분대로 한다면 우리나라에 대통령이 만 명도 넘게. 아빠는 벌써 자가용을 열 대도 더 샀구. 사람은 감정에 맞서는 이성(理性)이란 것이 있어서 항상 자기의 처지를 잘 살피고, 자기의 참된 모습을 지킬 줄 알아야만 해. 그러니까 말야, 하등동물의 보호색은 그 동물의 생명을 보호해 주지만, 사람에게 있는 보호 감정은 오히려 그 사람들을 위험에 빠뜨리는 수가 있어.

왜 다섯 살짜리 어린이가 육백만불의 사나이 흉내를 내다가 높은 데서 떨어져 죽은 일 있지 않아? 그게 바로 자기와 육백만불 사나이가 같은 사람이라는 보호 감정 때문에 생긴 비극이거든. 그러니까 우리는 남들이 하는 것이라고 모두 흉내나 내는 보호 감정을 따른 것이 아니라, 남이 하지 않는 일을 찾아내서 즐기는 반보호감정의 사람이 돼야겠단 말야."

바캉스를 가자고 조르는 아이들 앞에서 나는 이렇게 반보호감정론(反保護感情論)을 펴고 있는데,

“아버지, 땀이나 닦으세요. 그럼 우리는 반보호감정을 발휘해서 무엇을 할까요?”

이것은 철이 든 큰딸아이가 얼음에 적신 물수건을 내게 건네며 하는 말이었다.

아까운 재주들을

섭씨 35도를 웃도는 폭염의 어느 날, 종로 뒷골목이었다. 낡은 집을 헐어낸 빈터에 차일을 치고 사람들이 빙 둘러 서 있었다. 마침 나는 방학을 시작한 중학교 1학년짜리 딸아이를 데리고 스타워즈(별들의 전쟁)란 과학 공상영화 한 편을 본 다음 그 골목을 빠져 나오던 길이었다. 나는 "차력(借力)을 하는 약장수가 무해무익한 위장약이나 구충제를 선전하겠지." 하는 생각으로 호기심 많은 딸아이가 사람 틈에 헤집고 서는 것을 내버려 두었다. 태권도 훈련복 같은 몸차림에 불교의 卍자 표지의 마크를 붙인 젊은이가 어른의 손바닥만 한 돌멩이 하나를 손으로 쳐서 깨뜨린 뒤였다.

"이 돌멩이를 깨뜨린 것은 힘보다도 요령입니다. 건드리기만 하면 깨지지 않을 수 없는 급소(急所)가 있기 때문이지요. 사람도 마찬가지로 삼백예순두 군데의 경혈이 있는데, 그중 열네 군데는 생명과 직결된 급소입니다."

그러더니 그 청년은 열댓 살쯤 돼 보이는 소년 한 명을 불러내어 목덜미와 이마의 급소를 눌러 잠시 의식을 잃고 잠자는 상태로 만드는 묘기(?)를 보였다.

"제가 이 자리에 나온 것은 약을 팔려는 것이 아닙니다. 무술을 닦으면 위기에 처했을 때 당황하지 않고 남의 생명을 구출할 수도 있습니다. 그래서 저희 무도관(武道館)을 찾아오시라는 선전차 나왔습니다. 여기 여러분에게 나누어 드리려는 그림에는 인체의 급소가 적혀 있습니다. 이 중에 13, 16, 18번은 집에 돌아가셔서 지워버리십시오. 그것은 성욕을 일으키는 급소입니다. 자 이제 그것을 증명해 드리겠습니다. 어이 거기 여학생은 돌아가지!"

당황해진 나는 딸아이를 데리고 그 자리를 빠져나오는데, 또 한 명의 남자 중학생 아이가 실험용으로 청년 앞에 불려나가고 있었다.

북소리에 맞춰 춤추는 원숭이의 재롱을 보다가 만병통치약이라는 소화제를 사던 지난날의 속임수는 오히려 낭만이었는데, 이제는 백주의 대로상에서 무술(武術)을 빙자한 최음술의 선전이 판을 치는 세상이 되어 버렸다.

집으로 돌아온 나는, 기(氣)를 악용하여 우주정복을 꾀하려는 스타워즈의 이야기와 최음술을 역선전하며 급소(急所)를 표시해 놓은 종잇장을 파는 거리의 무술가(武術家)가 어떻게 같은 것인가를 어린 딸에게 설명하느라 연신 땀을 닦아내어야 했었지만, 그것은 전혀 무더위의 날씨 탓이 아니었다.

세 가지 진땀

모처럼 옛날 친구 서넛이 모인 자리, 저마다 바쁜 세상사에 얼굴조차 잊어버리겠다고 어수선한 인사말이 끝난 다음, 우리들의 화제는 금년의 진땀 나는 무더위로 옮겨갔다.

"이까짓 더위가 문젠가. 부리는 사람들 월급을 제대로 못 줄까 봐 이 은행 저 은행을 쫓아다니다가 겨우 계 마담의 치마폭에서 사채 돈을 받아내는 것보다야 백 배 낫지."

이렇게 말한 L군은 경험도 없는 사업에 손을 대어 고생을 하던 차에, 땅값이 폭등하자 그 공장부지를 처분하여 위기를 모면하고 이제는 여유있게 원래의 자기 사업을 경영하는 친구다.

"나는 늘 하는 소리지만 내 시(詩)가 과연 시골에서 땅을 지키지 않는다고 호령하시는 내 어머님의 그으른 얼굴이나 붉어진 손마디보다 얼마나 더 나은가를 생각할 때가 제일 진땀 나.”

이 말은 핏기없는 하이칼라의 존재를 역설적으로 주장하는 시인 C군의 고백. 그는 늘 자기가 문학을 한다는 무서운 자기혐오 때문에 키가 자라지 않는다고 엄살을 피운다. 무엇 때문에 자기 혐오를 감내하면서 시를 쓰느냐고 하면,

“좀 더 키가 커서 어른이 되면 철이 들어야 할 거 아냐? 그러면 체면도 생각하고, 점잖도 피우고, 요컨대 거짓말을 해야 되거든.” 하면서 얼버무린다. 나는 그에게서 어린아이처럼 살다간 사람들, 예컨대 권덕규(權悳奎)나 이중섭(李仲燮)을 배운 바 있다.

“자네는?” 시선들이 내게로 몰려왔다.

“글쎄…. 내 거창한 말 한마디 하지. 이건 좀 불확실한 어원이지만 말야, ‘스승’ 이란 ‘사승(師僧)’ 에 유래하는 단어거든. 그러니까 득도(得道)를 전제로 하고 전도(傳道)를 수행해야 옳을 것 아냐? 그렇다면 석가, 예수, 공자 같은 분 외에 자격을 갖춘 사람이 몇이나 있겠어? 내 직업에는 누구나 대체로 자격 미달이니까 애초부터 진땀으로 출발하는 건데 뭐.”

그러나 이렇게 말하는 동안에도 나는 지난 학기에 있었던 모라토리엄(Moratorium)의 충격을 회상하며 새삼스레 또 진땀을 흘려야 했었다. 이유도 밝히지 않은 채 전원이 결강(缺講)한 빈 강의실에서 내 잘못이 무엇인가를 곱씹어보던 시간, 엉뚱하게도 나는 신뢰와 기대가 함께 어울린 초롱초롱한 학생들의 눈빛을 환상(幻想)으로 그리고 있었다.

(1980년대 후반에는 민주화운동의 일환으로 대학생들이 집단으로 강의실을 빠져나와 길거리 시위에 나서는 일이 자주 있었다.)

매미의 울음소리

예부터 '곱게 늙는다'는 것은 우리 조상들의 한결같이 바라왔던 삶의 방편이요, 목적이었다. 몸을 온전하게 가꾸고 지킨다는 일로부터 교양을 쌓고 인품을 다듬어 다른 사람들을 감화시킬 수 있기까지 삶을 지배했던 이상(理想)은 '곱게 늙는다'는 소박한 한 마디에 연결되는 것이었다.

말복이 지났는가 싶더니 매미의 울음소리가 한결 청량하게 들린다. 매연과 소음의 공해 속에 사는 도시 사람들에게는 이미 매미소리가 소년 시절의 잃어버린 꿈처럼 되었겠지만, 이번 여름 나는 다행스럽게도 학교 뒷산을 산책하다가 가끔 매미의 울음소리를 듣는 정복(淨福)을 누릴 수 있었다. 맑고 높은 음조로 길게 끄는 여운과 야멸차게 끊어버리는 마지막 울음의 단절을 곱게 늙은 어른의 회고담에 비유하게 된 것은 또 다른 나머지의 소득이었다.

베짱이의 풍류를 지나친 행락주의(行樂主義)로 경고한 바 있는 이솝의 우화(寓話) 때문에 덩달아 매미의 여름 한철 정취가 찰나주의(刹那主義)로 오해된다는 것은 실로 애석하기 짝이 없는 아포리즘의 횡포이다. 차라리 개미의 부지런함이 노동 자체의 신성함조차 망각한 본능적 축재(蓄財) 행위의 표본으로 경멸되어야 마땅할 것처럼 생각되기도 한다. 그러면 저 녹음 우거진 나뭇가지에서 울려오는 매미의 청명(淸鳴)은 무엇인가? 그것은 짧아도 7~8년, 길면 17년 동안이나 굼벵이의 몸으로 어둡고 습한 땅 밑에서 인고(忍苦)의 세월을 견디어냈다는 환희의 노래요, 해탈의 선언이다. 남은 생명이라야 고작 보름 안팎, 그래서 매미의 울음은 우리의 마음을 현묘(玄妙)하고도 신선한 세계로 끌어들인다.

한갓 미물(微物)인 매미의 울음도 그러하거니 춘추(春秋) 70~80을 헤아리는 원로(元老)의 말씀이야 다시 일러 무엇하랴. 하기야 그분들의 언어와 행적이 반드시 청정한 것이 아니었음은 현대사가 공해에 찌들은 도회의 하늘처럼 잿빛으로 얼룩지어져 있기 때문이다. 그들의 음성이 느리고 처연

할 때, 개인의 과오보다는 민족과 국가가 유리되고 분단된 현대사의 파행적(跛行的) 사실에 더 큰 슬픔을 느끼게 되고, 그들의 음성이 높고 준열할 때, 특정한 사례의 성공보다는 삶의 지표가 이런 것이었구나 하는 감회에 저절로 옷깃을 여미게 된다. 역시 그분들은 곱게 늙은 어른들임에 틀림이 없다.

그래서 나는 다짐한다. 이 여름이 다 가기 전에 부지런히 더 학교 뒷산을 올라갈 것이고, 또 열심히 매미의 울음소리를 즐겨야겠다고.

우리말 사랑과 순수성 유지

한국어에 내린 축복

프랑스 사람들로부터 나라말 사랑의 바른길을 배운다는 말은 흔히 들어왔다. 그러면 프랑스 사람들의 어떤 면이 그토록 국어 사랑의 철저성을 보이는 것일까?

> "한 민족이 다른 나라에 노예가 되어 끌려가더라도 제 민족의 말을 잘 보존한다면 이것은 감옥의 열쇠를 쥐고 있는 것이나 마찬가지입니다."

이 한 마디 문장은 프랑스 소설가 알퐁스 도데의 '마지막 수업' 이라는 짤막한 소설의 마지막 장면에 나오는 구절이다. 해방된 뒤로 꽤 오랫동안 중학교의 국정교과서에 이 소설이 실려 있었으므로 그 시절에 학교를 다닌 사람들은 이 구절을 마치 성경 구절 암송하듯 외우며 사랑하였다. 모국어 사랑을 가슴속에 다지면서, 그리고 가슴속에 파도처럼 일렁이는 모국어 사랑의 감동을 힘들여 삭이면서 말이다. 이 '마지막 수업' 의 장면 장면들은 프랑스 소설가가 꾸민 가상의 이야기로서가 아니라 역사적 사실로 이해되었기 때문이었다.

그런데 그 소설의 내용은 실제의 현실과는 아주 다르다. 알사스 지역은 현재 프랑스 영토 안에 포함되어 있으나, 역사적으로는 독일과 프랑스가 교대로 점령해 왔던 곳이고, 특히 그 지역 토박이들은 지금까지 독일어 또는 알사스어를 일상어로 사용하고 있다. 그러므로 '마지막 수업' 은 프랑스 사람들이 프랑스어를 잘 가꾸고 지켜 나가기 위하여 꾸며낸 하나의 아름다운 거짓말일 뿐이다. 그렇지만 그 소설은 알사스 지역에 독일어나 알사스어가 사용되는 것은 침략자의 횡포에 의한 것인 양 그려냄으로써 외국 군대와 외국어에 대한 적개심을 고취하고, 드디어는 프랑스어의 영광을 묘사하는데 성공을 거두고 있다.

프랑스 사람들은 자기네 말을 보급하고 지키기 위하여 이렇듯 거짓말까지도 꾸며 내어 세상 사람들을 현혹시킨다. 아마도 독일어나 알사스어를 모어(母語)로 하면서 프랑스 국민이 된 알사스 지역의 토박이들을 제외한다면 도데의 '마지막 수업' 에 대하여 심경상의 갈등을 느끼는 사람은 없을 것이다. 오히려 대부분의 세상 사람들은 여전히 도데에게 박수갈채를 보내며, 프랑스 혼을 집어넣어 주기 위하여 눈물겨운 수업을 진행하는 '마지막 수업' 의 프랑스어 선생님에게 흠모의 정을 보낼 것이다. 하나의 국가가 문화적 동질성과 유일성을 확보하는 것이 얼마나 아름다운 것이며 또한 절대적인 것인가를 알기 때문이다.

프랑스가 통일 프랑스어의 건설과 보급을 위하여 힘들인 것은 어제오늘의 일이 아니다. 그들에게는 사실 피할 수 없는 고민이 있는데, 그것은 프랑스의 언어지도를 보면 금방 나타난다. 우리는 막연히 프랑스에는 파리를 중심으로 하는 표준 프랑스어가 프랑스 전역에서 사용되고 있는 줄 알지만, 실제로는 최소한 아홉 개의 언어가 공존하고 있다. 중북부를 넓게 차지한 프랑스어와 남부를 차지한 오그어를 양대 언어로 하고 서북부의 브르동어, 동북부 구석의 프라망어, 동부의 알사스어, 중동부의 프랑코 · 프로방스어, 코르시카

섬의 코르시카어, 스페인 접경 지역 서쪽의 바스크어, 동쪽의 카탈로니아어 등이 사용되고 있다.

이렇듯 복잡한 언어 현실을 프랑스의 영광이라는 정치·문화적 대명제 안에 받아들이고자 할 때, 도데의 '마지막 수업'과 같은 작품은 필연적으로 나오게 되어 있었던 것이다.

그러고 보면 우리 민족, 우리나라의 사정은 얼마나 간결하고도 단순한가! 민족 분단의 비극을 극복하기만 한다면….

우리말의 순수성

우리 민족의 문화적 우월성에 대해 대단한 긍지를 지니고 있는 어떤 사람들은 중국의 공자님까지도 우리 동이족(東夷族)이었을 것이라고 주장한다. 유학과 민족주의 사상에 깊이 몰두해 있는 분들이 꾸며 낸 가설이다. 하기야 공자님 같은 분이 우리 조상이라고 한다면 나쁠 리야 없지만, 민족의 문화적 우수성은 인류의 성자로 추앙을 받는 분이 자기 민족의 직계 조상이냐 아니냐 하는 데에 있는 것이 아니라, 그 민족의 문화적 독자성 내지 고유성을 어떻게 지속시키고 발전시켜 왔느냐에 있는 것이라고 생각된다.

그런데 문제는 이 세상에 독자적인 문화란 존재하지 않는다는 점이다. 어떠한 문화든지 이웃한 문화와의 지속적인 접촉을 통해 변모를 거듭하며 새롭게 형성되는 것이기 때문이다. 그렇다면 문화적 고유성은 어떻게 유지되고 발전되는 것인가? 그것은 문화의 중심핵을 이루고 있는 어떤 요소가 끊임없이 흘러 들어오는 외래문화를 자체 안에 흡수하여 외래적인 것에 고유성을 접착시킴으로써 성취되는 것이다.

이것이 언어의 경우에는 어떻게 이루어지는 것인가를 한 가지 예를 들어 살펴보기로 하자.

우리 민족이 유사 이래 가장 오래도록 접촉한 이웃 문화는 중국 문화이다. 한자를 배우고 받아들이기 시작한 것은 어림잡아 이천 년 전쯤으로 소급될 터인데, 그것도 짧은 기간에 한꺼번에 들어온 것이 아니라 여러 번에 걸쳐 지속적으로 흘러 들어왔다. 처음으로 한자가 들어왔을 때, 그 한자음은 중국 본토의 발음대로, 혹은 그와 유사한 발음으로 읽혔을 것이다. 그러나 우리말의 말소리 구조와 말소리의 법칙이 중국의 그것과는 달랐으므로 조만간 중국식 한자음은 자취를 감추고 우리 나름의 한자음이 자리를 잡게 되었다. 그래서 '한국인(韓國人)' 이라는 한자어는 '항꿔런' 이나 '강고쿠징' 이 아닌 '한국인' 이 된 것이다. 따라서 우리말의 순수성이란 고유한 우리말 낱말 같은 것을 고집하는 것이 아니라, 어떠한 외래어라도 우리말의 말소리 법칙에 따라 환골탈태를 시켜 우리말처럼 만들어 버리는 친화력(親和力)을 일컫는 것이라고 생각하여야 할 것이다.

약 이천 년 전에 살았던 고구려의 두 번째 임금 유리왕(재위 기간 B.C. 19~A.D. 19)은 황조가(黃鳥歌)라는 사랑의 노래를 지은 분으로 알려져 있다. 그에게는 화희(禾姬)와 치희(雉姬)라는 두 왕비가 있었다. 치희는 중국계 여자였는데, 화희와 화목치 못하여 괴로워하다가 임금이 사냥을 나간 사이에 자기의 친정집 고향으로 돌아가 버렸다. 임금이 환궁하여 이 사실을 알고 그녀의 뒤를 쫓아가 돌아오기를 간청하였으나 끝내 치희는 돌아가기를 거절하였다. 이에 임금은 슬픈 마음으로 돌아오다가 나무 밑에 앉아 쉬게 되었다. 이때에 꾀꼬리 한 쌍이 즐겁게 짝지어 노는 모양을 보고 자신의 고독함이 더욱 한탄스러워 노래를 지으니, 그것이 곧 황조가이다.

'펄펄나는 꾀꼬리는
자웅한쌍 즐거운데
외로울사 이내몸은

뉘와함께 돌아갈꼬'

이 노래에 대한 역사적 사실성과 문학적 가치에 대하여는 여러 가지 학설이 분분한 터이나, 만일에 이것을 언어문화사의 시각에서 검토한다면, 우리는 다음과 같은 해설을 할 수 있을 것이다. 즉 고구려인들과 섞여 살던 중국계의 한 부족 집단이 고구려 사람들의 세력에 밀려 쫓겨간 사건을 표상하는 것이라고. 그리고 그것은 중국어를 받아들였으나 우리말의 체계 속에 끝내는 중국어를 녹여 버린 언어적 승리의 표상이라고.

우리 민족의 자긍심은

내가 말레이시아 페낭 대학교에 교환교수로 머물고 있던 1970년대 초에, 나는 월남인 교수 한 분과 각별히 친하게 지냈었다. 우리 군대가 월남에서 피를 흘리고 있던 시절이기 때문이었는지도 모른다.

하루는 그 월남인 교수가 나에게 중국인이 경영하는 한약방엘 같이 가 줄 수 없겠느냐고 청하였다. 심한 독감이 들어 탕약을 지으려고 한약방엘 찾아갔더니 영어가 전혀 통하지 않더라는 것이었다. 나는 중국어는 모르지만 한자로 필담을 하기로 하고 그와 함께 한약방을 찾아갔었다.

말레이시아에는 4백만 명이 넘는 중국계 이민이 정착하여 살고 있다. 영국의 지배하에 있던 18세기 초엽 이래로 주석(朱錫) 광산이나 고무 농장의 노동자로 취업하기 위하여 중국의 광동(廣東)성과 복건(福建)성에서 집단으로 이주한 것이 중국계 사람들이 말레이시아에 발을 붙이게 된 최초의 인연인데, 현재 그들은 대부분 말레이시아의 상권을 좌지우지하는 부유층 시민으로 성장하였다.

말레이어가 공식적인 국어이고 이민족끼리의 실질적인 통용어는 영어로 되어 있으나, 중국인들이 집단으로 거주하는 마을에서는 광동어나 복건어가 사용된다. 페낭 지역에서는 주로 복건어가 쓰인다.

우리는 간단한 인사말을 영어로 나누고 곧 필담이 시작되었다.

다음은 그 내용의 첫머리 부분이다.

"나는 한국에서 온 교수인데, 이 월남인 친구의 필담 통역으로 왔습니다."

"잘 오셨습니다. 그래 한국의 어느 쪽에서 오셨습니까? 평양입니까, 서울입니까?"

"서울입니다."

"그러시군요. 원래 같은 뿌리에서 나온 동족인데, 나뉘어 사는 것은 슬픈 일입니다. 나의 조국도 갈라졌기에 하는 말입니다."

"물론입니다. 중국과 한국은 옛날부터 인연이 깊다 보니 분단의 운명조차 같아졌나 보군요."

"참 재미있는 말씀입니다. 하기야 중국과 한국도 원래 같은 뿌리에서 나온 동족이 아닙니까?"

우리가 이제 주목하고자 하는 것은 그 중국인 한의사가 두 번이나 사용한 '원래 같은 뿌리에서 나온 동족(本是同根之族)' 이라는 구절이다.

중국 사람들은 아주 이른 시기부터 자기네 민족이 이 세상의 중심부에 살고 있을 뿐 아니라 주변의 모든 변방 민족보다 우월하다는 고정관념을 사랑하였다. 그러면서 한국 사람만은 특별히 우대하여 자기 민족의 분파(分派)라고 생각하였다. 중국의 역사책에는 그런 류의 글이 심심치 않게 발견된다. 한 가지 예만 적어 보자.

'진한(辰韓)의 점잖은 노인들은 말하기를, 진(秦)나라에서 힘든 노역을 피하여 도망 나온 사람들이 한국의 마한 땅에 도착하니 동쪽의 땅을 쪼개주어 살게 하였다. 그들의 말이 진나라 말(秦語)과 비슷하므로 진한(秦韓)이라 부르기도 한다.'

후한서(後漢書) 동이전(東夷傳)에 나오는 일절이다.

우리는 이 대목에서 생각을 가다듬어야 한다. 이 세상의 중심이 중국이요, 중국 사람이라고 하는 중화사상은 이천년 전 후한서를 쓰던 역사가의 의식에서부터, 이제는 남방의 남의 나라에서 한약방을 차리고 있는 복건성 출신 노동자의 5대손(?)에 이르기까지 줄기차게 이어져 오고 있다는 사실을!

다시 생각해 보자. 지금 세계 여러 나라에 흩어져 살고 있는 우리 민족의 3세, 4세, 5세들이 백 년쯤 뒤에 저 페낭의 중국계 한의사처럼 "원래 같은 뿌리에서 나온 동족" 운운하며 민족적 자긍심을 보일 수 있을 것인지 하는 것을!

영원히 사는 비결

중국을 여행할 기회가 있는 사람들은 중국의 고대문명을 살펴보기 위하여 서안(西安)을 찾을 것이고, 근대 및 현대사를 짐작하기 위하여 북경(北京)에 머무를 것이다. 서안에서는 진시황(秦始皇)릉이나 병마용(兵馬俑) 박물관을 둘러보게 될 것이고, 북경에서는 만리장성(萬里長城), 자금성(紫禁城), 명(明)나라 왕릉 같은 곳을 구경할 것이다. 이때에 우리를 사로잡는 사념의 하나는 인간이 미련하리만치 집요하게 추구해 온 것이 다름 아닌 영생(永生)이었구나 하는 새삼스런 깨달음이었다. 그리고 오래 산다는 것이 천년이나 만년쯤으로는 어림도 없고 인간이 헤아릴 수 있는 시간을 훨씬 초월하여 오래도록 영화를 누리고자 하였다는 것과, 그러한 집념이 저토록 미련하면서도 거창하고 아름다운 건축예술을 만들게 하였구나 하는 한숨으로 이어지는 것이었다.

한편 중국을 여행할 기회가 있는 한국 사람들은 서안이나 북경보다도 먼저 찾아가는 곳이 있다. 지금은 동북삼성(東北三省)이라 하여, 요녕성(遼寧省), 길림성(吉林省), 흑룡강성(黑龍江省)으로 나뉘어 불리는 만주 땅이다. 거기에는 백두산을 가는 길이 있고, 백여 년 전부터 우리의 유랑민들이 두만강을 건너면서 흩뿌린 눈물이 아직도 마르지 않은 북간도(北間島)가 있기 때문이다. 그중에서도 길림성에 속한 연길(延吉)시에는 1952년 이래 연변조선족자치주(延邊朝鮮族自治州) 정부가 있는 곳이요, 우리 동포가 80만이 넘게 살고 있는 지역이라 아니 찾을 수가 없는 곳이다.

이번 여름에 나도 연변에 며칠 머무를 기회가 있었다. 첫째 날엔 도문(圖們)이란 곳에서 두만강을 사이에 두고 북한 땅을 바라보았고, 둘째 날엔 백두산에 올랐다가 돌아오는 길에 용정(龍井)을 들렀었다. 용정 시내가 내려다보이는 언덕배기 공동묘지에 시인 윤동주(尹東柱)의 무덤이 있기 때문이었다.

해가 설핏하게 넘어가는 저녁, 우리들은 윤동주의 무덤이 있다는 공동묘지 앞마을에 도착하였다. 옥수수밭, 감자밭, 콩밭, 삼밭들이 질펀하게 뻗어 있는 황토마루 언덕길을 30여 분쯤 걸어가니 공동묘지 한가운데에 윤동주의 무덤이 있었다. 앞서거니 뒤서거니 따라온 아랫마을의 조선족 청년 서너 명이 무덤까지 안내를 하였으므로 무덤을 찾는 수고를 할 필요는 없었다.

마침 우리 일행 중에, 태극기를 준비해 간 분이 있어서 상석(床石) 위에 태극기를 펼쳐 놓고 그 근처의 들꽃들을 각자 한 아름씩 따다가 비석 앞에 얹어 놓았다. 그리고 우리들은 잠시 묵념을 하였다. 누군가 일행 가운데서 그의 '서시(序詩)' 를 다 같이 합송하자고 제의하였다.

〈죽는 날까지 하늘을 우러러
한 점 부끄럼이 없기를
잎새에 이는 바람에도
나는 괴로워했다…〉

우리들 대두분이 국어 · 국문학을 공부하는 사람들이긴 하였지만 열한 명 우리 중에는 '서시' 를 외우지 못하는 사람이 단 한 사람도 없었다. 어느 틈엔가 우리들의 눈에는 눈물이 그렁그렁 맺혀 있었는데 아무도 손수건을 꺼내 닦아 내려고 하지도 않았다. '서시' 의 합송이 끝나자, 또 누군가 그의 '십자가' 라는 시를 다시 암송하였다. 이때에 나는 윤동주가 과연 스물아홉의 나이에 일본 후쿠오카 형무소에서 옥사한 사람인지 의심이 되는 것이었다. 분명 그는 그 순간 우리와 함께 살아 있었고, 지금도 그의 시를 사랑하는 우리 민족과 함께 살아 있지 않은가? 그렇다면 오래 살기 위하여 찬란한 능(陵)치장을 할 것인가. 아름다운 시 한 수를 남길 것인가?

인사글의 어제오늘

한 주일 사이에 인생살이의 중요한 두 가지 행사를 치렀다. 딸아이의 혼사를 끝내자 노환 중에 계시던 어머님이 세상을 뜨셨다. 삶의 출발과 종말의 예식 절차를 주관하면서 나는 우리나라 문자생활이 얼마나 현실과는 동떨어져 있는가 하는 사실을 새삼스럽게 재확인하였다. 그 확인 과정에서 거짓스런 문자생활을 방치해 둔 책임이 내 자신에게도 있다는 부끄러움 때문에, 연이은 행사로 말미암은 피로에도 불구하고 나는 내내 마음이 편할 수가 없었다.

첫 번째의 문젯거리는 우리 집 딸을 며느리로 맞을 사돈댁에서 우리 집에 납폐(納幣)와 함께 보낸 청혼의 글이었다. 겉봉투에는 심석사댁하입납(沈碩士宅下入納)이라 적었고, 안에 들은 글월을 꺼내니 가로 70cm, 세로 50cm 정도의 두툼한 한지의 둘레에는 태극과 공작무늬를 은은하게 인쇄하였는데, 청혼의 글월은 판에 박힌 한문 글귀였다. 우리나라 대학을 졸업한 젊은이의 80퍼센트가 신문에 나오는 한자도 제대로 읽지 못한다는 어느 조사 보고서를 생각하면서 그 글을 풀어 읽었다.

〈○○집안의 후손 ○○○은 절하며 드립니다. 늦더위의 계절에 존체께서는 백 가지 복을 누리며 평안하시리라 믿습니다. 저의 자식이 이미 장성하였사오나 아직 배필이 없사옵니다. 엎드려 원하옵기는 귀댁의 따님을 제 자식의 아내로 맞도록 허락하소서. 여기에 옛사람의 예를 따라 삼가 납폐의 절차를 갖추옵니다. 경오년 ○월 ○일〉

아무리 형식적인 글이라 하더라도 대부분의 일반 시민들은 거의 한 글자도 뜯어 읽지 못하는 이런 편지가 혼인 예물을 파는 가게에서 빛나는(?) 전통과 관습을 자랑하며 통용된다는 것을 어문정책에 관여하는 관리와 학자들은 모르고 있었던 것일까? (부끄럽게도 나 자신이 문화부 산하 국어심의회의 한 사람임을 고백하여야겠다.)

두 번째의 문젯거리는 어머님이 돌아가셨음을 알리는 부고장(訃告狀)의 글귀를 두고 벌어졌다. 집안 어른들은 "심재기대부인 청주한씨 이노환 ○년 ○월 ○일 ○시 자택별세 자이고부(沈在箕大夫人 淸州韓氏 以老患 年月日時 自宅別世 玆以告訃)"라고 한문으로 써서 보내라는 것이었다. 내가 한글로만 풀어 쓴 글을 보시고는 박사요, 교수라고 하는 사람이 옛날 법도에 없는 언문부고를 하다니 천만부당하다는 것이었다. 다행히 이 문제는 각 신문의 부고란이 대신해 주어 따로 부고를 낼 필요가 없었기에 흐지부지 넘어갈 수가 있었다. 그러나 장례를 마치고 나니 그동안 따뜻한 위로와 조위금(弔慰金)을 주시고 보살펴 주신 분들에게 보내는 감사의 인사글을 두고 다시 한번 벌어졌다. 집안 어른들은 예의를 갖추는 글은 반드시 한자(漢字)를 써야 된다는 것이었고 나는 그럴 필요가 없다고 어른들께 조심조심 설득을 시도하였다.

집안 어른들은 "박사, 교수가 어련히 알아서 하는 일일까마는…." 하시면서 양보의 허락을 하였지만 끝내 떨떠름한 표정은 풀지 않으셨다. 내 인사글은 다음과 같았다.

〈삼가 감사의 말씀을 여쭙니다.
지난 팔월 열나흗날 저희 어머님 장례에 즈음하여 베풀어 주신 따뜻한 보살핌으로 무사히 어머님을 선영에 모셨습니다. 평소에 저희 형제와 가족을 위하여 베푸신 은혜도 잊을 길이 없사온데, 이번 일로 말미암아 더욱 몸 둘 곳을 모르게 되었습니다. 아직 제정신을 차리지 못하였사오나 급한 마음에 우선 이렇게 짧은 글월로 인사를 대신하오니 너그러운 사랑으로 용서하여 주옵소서.〉

우리말의 삼중 구조

우리말의 순수성을 염원하는 사람들은 요즈음의 신문 잡지를 읽거나 방송매체를 시청할 때, 다음과 같은 어구들을 접하면서 매우 심기가 불편할 것이다.

어린이 – 잡화(雜貨) – 바게인(Bargain)
새봄 – 정기(定期) – 세일(Sale)
새해의 – 복싱(Boxing) – 무대(舞臺)
주식(株式) – 값 - 코너(Coner)
불바다 – 직전(直前)의 – 바그다드(Bagdad)
치질(痔疾)잡는 – 치이타(Cheerah)
오늘부터 – 에너지(Energy) – 절약(節約)

바닷속 - 잠수함(潛水艦) - 투어(Tour)

자연농원(自然農園)의 - 눈썰매 - 레저(Leisure)

환타지아(Fantasia)로 - 느끼는 - 음악(音樂)

아침 - 텔레비전(Television) - 방영(放映)

첨단(尖端) - 소프트웨어(Software)의 - 만남

세 낱말로 되어 있는 한 덩어리의 어구가 어쩌면 이렇게도 다정하게 고유어, 한자어 및 서양 외래어와 결합되어 있는 것일까?

그러나 이러한 어구로부터 불편한 심기를 느끼는 사람은 자기가 지금 입고 있는 옷을 한 번쯤 살펴볼 필요가 있다. 남자라면 와이셔츠에 넥타이를 매었을 것이요, 여자라면 스카프에 블라우스를 입었을 가능성이 높다. 또 아침 식사는 어쩌면 달걀 - 프라이, 한두 쪽의 토스트, 그리고 커피 한잔을 했을지도 모른다. 물론 그는 아파트에서 입식생활을 즐길 것이다.

이렇게 우리의 주거환경 · 의복 · 음식 등 생활문화는 우리가 미처 의식하지 못하는 사이에 전통적인 양식을 벗어나 국제화로 치닫고 있다. 그렇다면 생활을 반영하는 언어가

국제화의 양상을 띠는 것은 당연하고도 자연스런 일이 아닌가? 그런데 세상 사람들은 어째서 우리의 언어만은 외래문화에 물들지 않고 순수하기를 바라는 것일까? 아마도 그것은 온 세상 모든 것이 국제적으로 변모하더라도 어디엔가 한 군데만은 순수성과 고유성을 유지해 주기를 바라는 마음 때문일 것이다. 그래서 언어만은 순수한 고유어가 살아남기를 기원하는 것이리라.

그렇지만 언어만 외롭게 순수성을 고집할 수가 없으므로 우리는 부득이 넘치는 봇물을 주먹으로 막듯이 가능한 한 외래어를 덜 쓰고 고유어를 살려 보려고 애쓰게 되는 것이다. 이때에 우리가 조심해야 할 것은 맹목적으로 전통만을 주장하는 고루한 국수주의자가 되지 않으면서 민족 고유의 특성을 보존하는 슬기를 발휘하는 일이다. 그러기 위하여 우리는 외래문화를 수용할 때, 거기에 묻어 들어오는 외래어를 지체 없이 검토하여 알맞은 낱말을 확정하여야 한다.

얼마 전 고속도로를 달리다가 다음과 같은 글귀의 계몽간판을 읽게 되었다.

"노견으로 주행하지 마시오."

아마도 '노견' 은 길 '로(路)' 와 어깨 '견(肩)' 을 결합한 한자어임이 분명한데, 고속도로가 생기기 전에는 이런 낱말이 쓰이지 않았을 것이니, 이것은 분명 고속도로가 일찍 발달한 서양말의 번역일 것임에 틀림없었다.

그러나 영어로는 그냥 '숄더(shoulder : 어깨)' 라고 하니까 일본어의 수입일 가능성이 높았다. 아니나 다를까, 일본에 살다온 분에게 여쭈어 보니 그것이 일본에서 쓰이는 말이라고 했다. "그러면 그렇지!" 나는 쾌재(快哉)를 외치며 씁쓸했다. 그냥 순수한 우리말로 '길 어깨' 또는 '어깨길' 이라 부르면 좋을 것을 무엇 때문에 한자어로 '노견(路肩)' 이란 말을 쓴단 말인가?

우리말의 순수성을 살리는 길은 무엇보다도 한자어를 줄이는 작업에서 시작되어야 할 것이다.

람스테드의 한글편지

외국 사람으로서 한국과 한국 사람을 사랑한 분이 많이 있지만 특별히 한국어를 연구하고 좋아하여 그 업적이 두고두고 논의되는 사람은 많지 않다. 19세기 말엽부터 우리나라를 찾아온 기독교 선교사들이 우리나라의 풍토와 우리 민족의 인정에 매료되어 한국을 칭송하는 많은 글을 남겼고, 더러는 이 땅에 묻히기도 했지만 한국어를 학술적인 차원에서 깊이 있게 연구한 사람은 별로 많지 않았다. 이처럼 쓸쓸한 국어학 분야에 한국어가 알타이어족의 하나임을 처음으로 국제 언어학계에 소개한 사람은 핀란드의 외교관이요, 언어학자인 람스테드(G. J. Ramstedt, 1873~1950)이다.

그는 핀란드의 주일 초대 공사(駐日 初代公使)로 1919년에서 1929년까지 10년간 도쿄에 머물면서 한국말을 배우고 연구하였다. 그는 원래 언어학자로 1917년에 헬싱키 대학교에 알타이 언어학 교수로 일하다가 그 무렵 새로 독립한 핀란드 정부가 일본 주재 공사로 그를 발탁하였기 때문에 외교관이 되었던 분으로서 우리나라에는 몇 해 전, 그의 '일곱 차례 동방여행' 이라는 답사여행기가 번역 소개되어 일반에게도 알려진 바 있다. 아마도 그는 주일공사로 근무하는 기간을 한국어 학습을 위한 절호의 기회라고 생각했는지 모른다. 공부를 시작한 지 두 해 만에 그는 한국어의 기원(起源)에 관한 논문을 발표하여 한국어가 알타이어의 하나임을 입증하였다. 대체로 1924년경부터 한국어를 본격적으로 공부한 듯한데, 그때에 안동(安東) 출신의 도쿄 유학생 류진걸(柳震杰)의 도움이 컸던 것으로 짐작된다.

람스테드와 류진걸과의 사귐은 헬싱키의 핀 우그르 학회 도서관에 보관되어 있는 다음의 글월들이 증명하고 있다.

『당신은 서쪽 사람이고	貴君西州翁
나는 본래 동해 사람이라	我本東海人
동서가 몇천 리인데	東西幾千里

당신과 나와 여기서 만났는가　君我相逢此
오늘에 서로 만 리에 이별하니　今送萬里別
흰 구름도 또한 슬퍼하노라　白雲又遲遲
수륙이 아무리 멀다 할지라도　雖有水陸遠
또다시 후일에 만나 봅세　更作後日期

원하노니 나라를 위하고 민족을 위하여 노력하시고 온 천하 만민을 위하여 노력하소서』

이 시편은 1929년 람스테드가 임기를 마치고 귀국하기 직전에 도쿄에서 류진걸이 써준 것으로 짐작되거니와 이렇게 헤어진 다음 해에 람스테드는 류진걸에게 다음과 같은 한글 편지를 보냈다.

『이쁜 친구.

당신을 인사하고 태평을 바라길래 이번 조선 말로 편지를 썼소. 보아도 부당한 것이 많은고로 당신이 여기 쓴 것을 알는지 모르겠소. 일본 도쿄에서 십일월 보름날 떠나서 본국 헬싱키에 십이월 초하루에 도착하였소.(중략)

이 해 시작부터 내가 벌써 병 안의 한 사람이 되었소. (그러나) 외무성 연락을 잘 지킨 것을 나도 집사람도 다 반가워하오. (지금은) 대학교 교사되어 삼사인을 교수하오. 이 밖에 덕국 사람이 나에게 조선 말을 배우오.(중략)

당신과 여동생을 도쿄에서 만난 후에 달달이 많은 것을 [여러 달 여러 날이 지났구료] 내 여기 창문 바깥에 벌써 봄이 온다고 뵈다.[봄이 온 것이 보이오.]

당신도 기체 무병하고 이 겨울을 보냈을 것을 생각하오.

당신을 먼데에 잘 기억하매. [멀리서 그리워하며] 운수 좋은 해날을 많게 [행운의 날이 많기를] 이 뜻으로 이 편지를 보내오.

헬싱키 1930. 3. 6 람스테드』 ([ ]은 필자의 해석임).

이 편지를 읽으면서 우리는 생각해 보아야 한다. 나라를 사랑했던 류진걸이 없었다면, 한국어를 사랑했던 람스테드가 존재할 수 있었는가를.

고선명高鮮明 텔레비전 용어 사전

우리나라 미래의 경제성장은 오로지 과학기술의 발전에 달려 있다고 말한다. 그러나 과학기술의 발전은 그 분야를 공부하는 과정에서 부딪치게 되는 용어의 문제와 맞물려 있다는 사실을 아는 사람은 그리 많지 않다.

과학기술 분야의 전문용어가 영어로 되어 있을 때, 그 분야 종사자들은 그 영어를 앵무새처럼 사용하면 그만일까? 영어로 된 전문용어를 사용하면서 직감적으로 그 의미를 파악하고 이해할 수 있을까? 이러한 의문에 대해 선선히 그렇다고 대답할 사람은 없을 것이다.

아무리 새로운 과학기술 분야라 하더라도 거기에 쓰이는 용어가 우리말로 되어 있다면 생소한 외국어로 되어 있는 것보다는 훨씬 쉽게 이해될 것이고, 그 이해가 바탕이 되어 기술개발이 촉진될 수 있을 것이다.

그러므로 과학기술 분야의 용어를 우리말로 바꾸는 일은 기술 자체의 발전과 병행되어야 한다. 비록 기술발전에 앞설 수는 없다 할지라도 기술 습득과 더불어 재빠르게 우리말로 바꾸는 작업이 뒤따르기는 해야 할 것이다.

지난해 가을, 나는 전자공학과 교수 한 분으로부터 고선명(高鮮明) 텔레비전(HDTV) 용어 사전을 만들고자 하니 그 제정에 참여해 주었으면 좋겠다는 부탁을 받았었다. 고선명 텔레비전이 무엇인지도 모른다고 대답했었다. 그러나 우리말로 과학기술용어를 만든다는 기본 취지에 찬동한다면 우선 참석해 보라는 것이었다.

그 후로 칠팔 개월간, 나는 텔레비전 화면이 무수히 많은 점으로 된 화소(畵素)들을 점점이 찍어 나가는 주사(走査)에 의해 우리 눈에 감지된다는 것도 알았고, 그것이 시차(時差)가 있는 점찍기이지만 빠른 속도로 진행되기 때문에 우리의 시각이 화면 단위로 받아들인다는 것도 배우면서 한두 마디씩 말참견을 해 왔었다. 그리고 며칠 전 나는 4 · 6판 200여 페이지의 자그마한 책자 한 권을 받았다. 'HDTV 용어 사전' 이란 제목이었다. 겉장을 넘기니 서문이었다.

"신문사나 잡지사로부터 과학기술에 관련된 전문 내용을 비전문가에게 소개하라는 글을 청탁받은 경험이 있는 사람은 누구나 그때 경험했던 당혹감을 기억할 것이다. 몇 자 적어 가노라면 당장 부딪치는 것이 용어 문제인 것이다."

이렇게 시작된 서문은 다음과 같은 기술용어론으로 이어진다.

"과학기술 분야에 있어서 전문용어의 제정은 과학기술이라는 건축의 벽돌을 다듬는 것과 같은 작업이다. 이 벽돌을 잘 만들기 위하여서는 다음과 같은 세 가지 요소가 꼭 갖춰져야 하리라고 생각한다. 첫째는, 권위 있는 조어(造語)이다. 관련 분야의 중지를 모은 가운데, 그 분야의 석학들과 어문학자들이 공동으로 심의과정을 거쳐서 최적의 용어를 제정하는 일이 기본적으로 중요한 일이 되겠다. 둘째로, 보편적인 사용이다. 아무리 잘 만든 용어라 할지라도 널리 사용되지 않으면 무슨 소용인가? 셋째로는, 효과적인 보급이다. 이것은 권위 있는 조어와 보편적인 사용을 이어 주는 교량의 역할이라 할 수 있겠다."

모든 연구실에 불이 꺼진 지난겨울 어느 날 밤 10시경, 창밖에는 희끗희끗 눈발이 날렸고, 바람소리가 윙윙거리며 창문을 두드리고 있었다. 책상 위에는 그날 저녁 우리가 결정한 용어들이 가지런히 키재기를 하고 있었다. 원근이동(遠近移動 : Zooming), 평면이동(平面移動 : Panning), 오목일그러짐(Pincushion distortion), 볼록일그러짐(Barrel distortion) 같은 낱말들이 눈에 들어왔다. 그때 누군가 이렇게 큰 소리를 치는 것이었다.

"한글을 창제하신 세종대왕도 오늘 밤 우리들 기분이었을 거야!"

냇가에 비친 나의 얼굴에

형님의 생김새는 누굴 닮았나.　　我兄顔髮曾誰似
아버지 그리우면 형님 보았지.　　每憶先君看我兄
오늘은 그 형님도 뵈올 길 없어.　今日思兄何處見
냇가를 거닐면서 내 얼굴 보네.　自將巾袂映溪行

연암(燕岩) 박지원(朴趾源)의 칠언절구(七言絶句)를 현대말로 옮긴 것이다. 이 시는 돌아가신 아버지가 생각날 적마다 형님을 찾아뵈오며 '아버지가 생전에 저러 하였거니' 하는 뿌듯한 느낌으로 마음의 위로를 삼았었는데 어느 날 갑자기 형님조차도 이 세상 어른이 아님을 깨닫는다. 할 수 없이 냇물에 비친 자기 자신의 모습을 들여다보면서 거기에서 형님을 그리워하며, 아버지를 찾고자 한다는 사연을 담고 있다.

전통문화를 계승한다는 거창하고 막연한 얘기는 잠시 보류해두자. 그리고 우리들 자신이 누구인가를 선조와의 연계 속에서 찾음으로써 윗대로부터 내려오는 유형무형의 흐름이 우리들을 거쳐 후손에게도 이어 가고 있다는 역사의식을 깨우치는 데 있어 연암의 이 한 편의 짧은 시는 군더더기 말을 줄이고 있다.

우리가 민족의 언어를 지킨다고 하는 것도 따지고 보면 돌아가신 아버지를 그리워하는 일, 혹은 돌아가신 형님을 사모하는 일 이외에 다른 것이 아니다. 그런데 돌아가신 분의 현존(現存)은 결국 자기 자신임을 알아야 한다. 우리의 생각과 행동 속에 아버지와 형님이 품으셨던 미래의 꿈이 되살아난다고 할 때에 우리가 어떤 태도를 지니고, 어떤 말을 해야 할 것인가는 분명해진다. 이것은 조상의 위세에 주눅이 들어 우리가 갖고 있는 새 시대 새 물결에 대처하는 새로운 기풍까지도 죽이고 옛날의 사고방식에만 얽매이라는 뜻으로 해석해서는 안 된다. 돌아가신 아버지가 이루고자 하셨던 것, 그리고 돌아가신 형님이 목표로 삼았던 이상이 이 시대에도 여전히 유효한 것이라면 그것을 성취하기 위하여 우리는 마땅히 생명을 바쳐 일해야 한다는 의미에서 전통의 옹호를 주장하는 것이다.

이러한 전통의 옹호에는 당연히 '올바른 우리말 사용'이 한몫을 차지한다. 그리고 이 한몫을 작가(作家)들이 담당하고 있음은 두말할 것 없다. 시를 짓고 소설을 쓴다는 것은 새로운 문학세계를 보여 준다는 문학적 목표 이전에 아름다운 우리말이 작품을 통하여 살아 숨 쉰다는 원초적 목표를 달성해야 한다.

그러나 오늘의 현실은 어떠한가? 이달의 어느 문학잡지에는 소설 문장에 흔히 나타나는 잘못을 열한 가지 유형으로 나누어 고발한 글이 실려 있다. 몇 개만 옮겨 보기로 하자. 괄호 속의 것은 고친 문장이다.

○ 울릉도는 오랫동안 섬을 비워 두고 있었다.(울릉도라는 섬은 오랫동안 비어 있었다.)
○ 식용유 냄새가 몰려 나는 가게 앞에서(식용유 냄새가 물씬 풍기는 가게 앞에서.)
○ 아내는 차라리 더 보챘다.(아내는 오히려 더 보챘다.)

○ 엄마가 올 때 귀신한테 잡혀 먹지 않을까.(엄마가 올 때 귀신한테 잡히지 않을까.)

문학작품이 새로운 표현을 창조하는 데 앞장서야 하는 것은 당연한 일이지만 우리말 문장을 이상스럽게 비꼬아 놓을 권리는 없는 것이다. 그러므로 작가들은 연암의 저 사형(思兄 : 형님을 그리워함) 시를 읽으면서 반성해 보아야 한다. 냇가에 비친 나의 얼굴에 검불이나 검댕이가 묻어 있지 않은가를. 그 검불이나 검댕이가 우리말 우리글에 묻어서 좋지 않은 문장을 만들어 내기 때문이다.

사백 년 전의 대중가요

1. 올날이 오늘이요, 매일같이 오늘이라
   날은 저물어도 새도록 오늘이라
   오늘이 오늘이라면 무슨 세상 같으랴.
2. 이리도 노세노세 저리도 노세노세
   우리집 방 밖에 노세나무 섰도다.
   한가로이 나아가 저므나 새나 노세.
3. 남산의 솔이 크다 솔마다 학 앉을까
   서선에 해가 진다 날마다 이 같으랴
   하물며 살아 있으니 저므나 새나 노세.
4. 산 좋고 물 좋은 곳에 잔 잡고 곧추앉아
   저쪽을 바라보니 저 산도 좋을시고
   저 산 좋은 곳에서 아니 놀고 어이하리.

이 노래는 일본 교토대학 도서관에 보관되어 있는 조선가(朝鮮歌)라는 책 속에 들어 있다. 이 책은 지금으로부터 사백여 년 전 임진왜란 때에 한반도에서 왜병에게 포로로 잡혀가 망향의 설움을 달래던 조선 백성들이 입에서 입으로 전하던 노래를 적은 것이다. 사쓰마야키(薩摩燒)의 본고장인 일본 구주땅 녹아도(鹿兒島) 묘대천(苗代川) 고려촌(高麗村)에서 부르던 것인데 한눈에 시조임을 알 수 있다.

임진왜란 당시 사쓰마반의 태수였으며 풍신수길의 수군장이었던 도진의홍(島津義弘)은 우리나라 남원(南原)과 남해안 여러 곳에서 조선 백성을 붙잡아다가 자기 영지로 데리고 갔다. 처음에 그들은 거처할 집도 없고 말도 통하지 않아 잘못을 저지르고 처벌을 받는 일도 많았다. 추운 날에도 나무 밑에 거적을 깔고 지내니 주변 백성들이 불쌍히 여겨 먹을 것을 주어 주린 배를 채우기도 하였다. 그들은 점차 밭을 갈고 옷감을 짜며 살았지만 대부분은 전대의 고려요(高麗燒)를 만들었다. 태수가 사용하는 것는 백약으로 만든 병 · 사발 · 잔 · 항아리 등이고 그 외에도 여러 가지를 만들어 저자에 내다 팔아 생계를 이었다.

이렇게 삶의 터전을 마련한 조선 포로들은 물론 조선말을 하며 조선 노래를 부르며 살았을 것이다. 그들이 일본으로 끌려간 지 이백 년 가까운 1783년의 기록에는 다음과 같은 내용이 발견된다.

> "지금도 그 자손들은 조상대대로의 의복과 언어를 사용한다. 일본에 건너와서 장수하는 집안은 4대, 수명이 짧은 집은 8대에 이르는데 여전히 자기네 말을 섞어 쓰며 자기네 노래를 부른다. 아버지를 aba, 어머니를 muma라고 하며 그 외에도 알아듣지 못할 말이 많다."

각각의 사정이 다른 것이긴 하지만 최근에 미국으로 이민을 떠난 우리 교포들의 2세가 급격하게 한국어를 잊어 가고 있다는 소식을 접할 때마다 우리는 임진 · 정묘 양란 수년 동안에 일본으로 잡혀간 저 조선의 도공(陶工)들을 생각하게 된다. 그 무렵 줄잡아 6만 가까운 조선 백성이 일본으로 잡혀갔다고 하는데, 그들 가운데 많은 사람들이 일본에 동화되었을 것이지만 또한 상당수의 사람들, 특히 도예 기술자들은 조선 사람임을 잊으려 하지 않았다는 사실이 얼마나 돋보이는 것인가. 그리고 고달픈 삶을 이어가면서도 시름을 달래며 불렀던 저 시조 형태의 조선가 네 수는 또한 얼마나 의젓한 달관의 경지를 보이는 것인가.

이 노래는 언뜻 보기에 놀자판을 벌이자는 것으로 생각된다. 그러나 내일도 오늘과 다름없는 절망의 세월, 노세나무 밑에서 저물거나 새거나 놀아 보자. 산 설고 물 설은 이 노예의 고장도 놀만한 곳이 아니냐? 이렇게 풍자와 역설로 마음을 달래던 저 도공들의 마음은 태평양 망망대해도 접시에 담긴 물방울처럼 보였을까?

그들의 후손에 심수관(沈壽官) 14대 옹과 같은 도예의 달인과 지난날 일본의 외무대신을 지낸 모씨 같은 인물이 나온 것은 결코 우연한 일이 아니었다.

언어와 통일(統一)

세계 속의 한국어

통일을 염원하는 민족의 열망이 점점 더 뜨겁게 달아오르고 있다. 그 간절한 소망 속에서 우리말 우리글이 한결같이 바르고 일정하게 표현되어야 한다는 항목도 들어 있다. 반백 년 넘는 세월, 서로 별도의 언어정책을 시행한 결과, 어휘(語彙)와 수사(修辭) 면에서 상당한 이질화(異質化)가 발생하였기 때문이다. 그래서 우리는 이제 남북한 사이의 언어상의 차이를 좁히고 통일 한국의 장래에 발맞추어 나아갈 언어정책을 신중하게 검토하지 않으면 아니 될 때를 맞았다.

지난여름 중국 연변 대학에서 '조선어' (그곳에서는 한국어를 이렇게 부른다.)를 가르치고 있는 교수 몇 분과 민족어의 장래에 관해 의견을 교환할 기회가 있었다. 그 자리에서 다음과 같은 이야기가 오고갔다.

"남북한이 하나의 정부 밑에 단일한 나라를 만드는 이른바 정치적 남북통일이 민족의 지상과제임을 모르는 바 아닙니다. 배달민족이라면 누구나 그것을 염원하여 마지않습니다. 그러나 언어상의 이질화를 극복하고 하나의 조선어, 하나의 한국어를 만드는 문제는 남북한이라는 한반도에 국한된 문제가 아닙니다. 지금 조선어는 온 세계에 두루 펴져 있습니다. 소련에 조선어를 쓰는 사람이 없습니까? 중국에 없습니까? 일본에 없습니까? 미국에 없습니까? 또 그 밖의 지역에는 우리 동포가 얼마나 많습니까? 적어도 우리 중국에 사는 조선족 동포들은 한반도 안의 고향말과 똑같은 말을 쓰고 한반도 안의 고향글과 똑같은 글을 쓰기 위하여 지난 반세기를 힘써 왔습니다. 이제 조선어의 통일정책은 남북한만의 문제가 아니라 세계적인 문제입니다."

또 한 분은 이렇게 말씀하셨다.

"을사보호조약이 체결되던 1905년, 충정공(忠正公) 민영환(閔泳煥) 선생이 자신의 비통한 마음을 진정시키지 못하고 자결의 길을 택할 때에 '이천만 국민에게 이르노라' 라는 유서를 남긴 바 있습니다. 지금부터 백여 년 전 그 당시에는 온 나라의 총인구가 이천만이 채 되지 않았음을 짐작할 수 있습니다. 그런데 요즈음엔 칠천만 동포라는 말을 서슴없이 합니다. 그동안에 우리 동포가 세 곱절 반이 늘었다는 얘기입니다. 사천만은 남한에 있고 이천만은 북한에 있다면, 나머지 일천만은 어디에 있습니까? 온 세계에 두루 퍼져 있습니다. 이제 한국어는 이 칠천만 우리 민족 전체의 언어입니다."

이런 말씀을 듣고 있던 나는 무언가 이분들에게 격려의 말씀을 드리고 싶어서 입을 열었다.

"인류 역사상, 세계를 호령한 큰 나라가 여럿 있겠지만 우리 민족의 역사와 관련시켜 보면 두 개의 나라를 꼽을 수 있습니다. 과거에는 중국이었고, 현재에는 미국입니다. 그런데 이 두 나라에 우리 민족이 각각 이백만 명씩이나 살고 있습니다. 그들은 모두 민족어를 지키기 위하여 안간힘을 써 왔습니다. 특히 중국에 사시는 동포들의 노력은 눈물겨운 바 있습니다. 이 두 나라에 우리 민족이 그렇게 버티어 살게 된 것은, 우리 민족으로 하여금 인류 역사에 무언가 큰 공헌을 하라고 하는 조물주의 계획이 있는 듯합니다. 저희들 고향땅에 사는 사람들은 일천만 해외동포들과 항상 같은 말, 같은 글을 쓴다는 생각을 하며 도와드릴 방법을 찾도록 힘쓰겠습니다."

이렇게 말씀을 드릴 때에 내 뇌리에 떠오르는 장면이 있었다. 워싱턴의 태권도장에서 푸른 눈의 서양 사람들이 한국말 구령에 따라 동작을 취하는 모습이었다.

남북한 언어는 이질적인가

통일에 대한 열망이 점점 더 높아가고 있다. 북경 아시안 게임에서는 남북한 동포들이 나란히 앉아서 남한 동포들은 북한 선수를, 북한 동포들은 남한 선수를 응원하기로 하였다 한다. 우리의 태극기와 북한의 붉은 깃발이 응원석 여기 저기에 뒤섞여 펄럭이는 모습도 텔레비전 화면에 비쳤다. 비록 운동장의 관람석이라고는 하지만 남북한 동포 수천 명이 한꺼번에 한자리에 앉아 웃음을 띠며 얘기를 나누는 장면을 보면서 우리들은 모두 통일의 첫걸음이 옮겨졌음을 실감할 수 있었다.

이렇게 남북한 동포들이 마주 대할 때에 의사소통에 어려움을 겪었다는 소리는 들리지 않았다. 남북 고위회담이 인

터콘티넨탈 호텔에서 열렸을 때, 북한의 연형묵 총리의 연설을 들으면서 남한 사람들이 못 알아들은 부분이 있었던가? 그런데 어째서 요즈음 통일문제가 거론되는 자리에서 '언어의 통일문제' 가 끼어들고 '남북한 언어의 이질화' 가 심각하다는 표현이 나타나는 것일까?

언어의 이질화를 규정짓는 가장 중요한 두 가지 요소는 음운체계와 문법체계이다. 영어의 'F' 나 'V' 를 우리나라 사람들이 제대로 발음하지 못하는 것은 영어와 한국어의 음운체계가 다르기 때문이며 "나는 당신을 사랑합니다." 라는 말을 영어식으로 표현하면 "나는 사랑합니다. 당신을." 이라고 어순이 바뀌는데, 이것은 영어와 한국어의 문법체계가 다르기 때문이다. '이질적' 이라는 말은 이렇듯 체계가 다른 두 언어를 말할 때이거나, 동일한 언어의 경우에는 수백 년에 걸쳐 지리적, 역사적 격리상태가 지속되는 동안 음운이나 문법체계에 차이가 발생했을 때에만 쓸 수 있는 말이다. 가령 이탈리아 말과 프랑스 말을 이질적이라 할 수 있겠는데, 그렇게 서로 다른 두 나라말도 '로만스어' 라는 공통의 기원을 갖고 조금 더 노력하면 쉽게 배울 수 있다고 한다.

그렇다면 남한의 언어와 북한의 언어는 결코 '이질적' 이라는 낱말로 표현할 성질의 문제가 아니다. 근본적으로 '이질성' 이 없는 말이므로 '동질성 회복' 이라는 거창한 제목의 말도 천만부당하다. 남북한 언어의 차이라는 것은 고작 어휘상의 차이를 뜻하는 것으로 '아이스크림' 을 '얼음보숭이' 로 한다든지, '힘들다, 어렵다' 를 '바쁘다' 쯤으로 표현하는 범위를 넘어서지 않는다. 생소하게 느끼는 표현이 있다면 '통일에 대한 국민의 관심' 을 북한식으로 했을 때 '통일을 한 데 대한 인민의 관심' 정도라고나 할까?

영국 영어(British English)와 미국 영어(American English)는 어휘나 관용어구에서 상당한 차이가 존재하지만, 영국 영어와 미국 영어를 이질적인 언어로 규정하는 사람은 없다. 그것은 두 나라가 다투고 싸우며 불편한 관계를 견딘 역사적 과거가 있음에도 불구하고, 정치 · 사회 · 문화적으로 긴밀한 관계를 유지해 오고 있기 때문이다.

그렇다면 결국 남북한 사이에 존재하는 이질성은 언어의 문제가 아니라 이념이요, 정치체제요, 사회제도임을 알 수 있다. 얼마나 악선전이 심했으면 소련에 유학했다는 어느 북한 학생의 수기에, 남한의 대학생 임수경이 북한에 왔을 때 그의 말을 못 알아들으면 어떻게 하나 걱정했었노라고 고백을 하였을 것인가? 우리는 북한 언어가 우리와 다름을 걱정할 것이 아니라 북한 사람들의 생각과 감정이 우리와 다름을 걱정하여야 할 것이다.

속담을 통해 본 북한의 서민 감정

남북교류가 차츰 활기를 띠는 요즈음, 우리들은 즐거운 마음으로 앞날을 관망하고 싶은데, 부모님이나 형제들을 북한에 남겨둔 실향민들은 그 가족들이 아직도 살아있는지, 세상을 떴는지를 가늠해 보는 쓰린 마음과 고향이 얼마나 변했을까 하는 궁금증 때문에 느닷없이 밤잠을 설치는 일이 많아졌다고 한다.

북쪽에 특별한 인연이 없는 사람들은 금강산이나 백두산 관광을 꿈꾸는 일 같은 것은 어딘가 성급하고 경망한 생각인지도 모르겠다. 어찌 되었거나 통일에 대한 기대가 커질수록 우리들은 북한 동포들이 우리를 만났을 때, 얼마만큼 속마음을 주고받을 수 있을 것인가 하는 문제에 마음이 쓰인다.

그 마음 쓰임의 이유는 북한이 실질적으로 다른 나라로 인식되기 때문일 것이다. 우리가 미국 사람이나 일본 사람을 만나 아무리 허심탄회하게 이야기를 나누었다고 해도 서로가 자기 나라, 자기 민족의 처지에서 말을 했기 때문에 외교상의 의전절차나 사교상의 인사치레를 빼고 나면 정말로 가슴이 통하는 얘기는 몇 마디 없었다는 경험을 갖고 있다. 북한 사람을 만났을 때에도 그렇지 않으리라는 보장이 없다. 더구나 최근에 남쪽 대표들이 평양을 방문 중에 있을 때, 북한 주민들이 보여준 태도는 우리의 의구심을 가중시킨다. 어떤 때는 눈물을 흘려가며 열렬히 환영하고, 또 어떤 때는 미리 준비된 정치적 발언으로 공격해 오는 모습을 보여 주었다.

정말로 북한 주민들의 속마음은 어떤 것일까? 이러한 때에 우리가 찾아보고 위로를 얻을 수 있는 자료는 북한에서 쓰이는 속담들이 아닌가 싶다. 그 속담들을 훑어보느라면 북한의 서민들이 남한의 서민들과 조금도 다름없는 유구한 문화전통과 고유한 민족 정서를 함께 지니고 있다는 사실을 확인할 수 있다. 남한에서는 생소한 속담을 대했을 때에도 우리는 "그렇지, 그렇지, 아 참 그렇구말구." 하는 공감의 탄성을 연발하게 된다. 다음 속담을 살펴보자.

○ 가면서 안 온다는 님 없고, 오마하고 오는 님 없다.
○ 가시내가 오랍아 하면 머스매도 오랍아 한다.
○ 강남땅의 금붙이.
○ 급하기는 콩마당에 서슬치겠다.(서슬 : 두부 만들 때 쓰는 간수물)
○ 나막신 신고 돛단배 빠르다고 원망하듯.
○ 낟가리에 불 질러 놓고 손발 쬐일 놈.
○ 남의 등창은 제 여드름만 못하다.
○ 눈물은 내려가고 숟가락은 올라간다.
○ 다리 부러진 노루 한 곬에 모인다.
○ 닭 길러 족제비 좋은 일 시킨다.
○ 당나귀가 바늘구멍에 들어갈까?
○ 독수리는 모기를 잡아먹지 않는다.
○ 란시에 앉은뱅이 없다.
○ 내일 소 다리보다 오늘 메뚜기 다리에 끌린다.
○ 마지막 대는 첩도 안 준다.
○ 무던한 며느리 아들 맞잡이.
○ 미련한 송아지 백정을 모른다.

○ 미끄러진 김에 쉬여간다.

○ 발바리 새끼 쫓겨가자 미친개 뛰어든다.

우리는 이 속담들을 읽으면서 조금도 이상하다는 느낌을 갖지 않는다. 언젠가 그전에 한두 번쯤 들었었다는 생각을 하게 된다. 이런 느낌과 생각은 무엇인가? 이런 것을 민족 정서라고 하는 것은 아닐까?

그동안 우리는 언어문제를 두고 남북의 이질화 현상을 근심했었다. 그러나 그것은 관점의 문제가 아닌가 싶다. 특정 어휘의 생성과 그 의미에서 서로 차이를 빚는 것은 사회체제의 독자성 때문에 어쩔 수 없는 것이며, 그것이 통일을 방해하는 기본 요인인 듯 우려하는 것은 지나치다는 느낌을 준다. 우리는 이렇게 말해야 할 것 같다.

"정치 체제는 짧으나 민족 언어는 영원하다."고.

삼국시대의 인구와 언어

고구려 · 백제 · 신라 세 나라가 한반도와 만주 일원에 고대국가를 세울 무렵, 그들 세 나라의 인구는 얼마나 되었을까? 이 의문을 풀기 위하여 책을 찾아보다가 조선왕조 중엽부터 우리나라에 호구조사가 제대로 시행되었다는 것, 그리고 인구증가의 실상은 다음과 같다는 것을 알아낼 수 있었다.

16세기 중엽 1543년(중종 38년)에 약 416만 명, 17세기 후반 1675년(숙종 1년)에 약 470만 명, 18세기 초반 1720년(숙종 46년)에 약 680만 명, 19세기 초반 1816년(순조 16년)에 약 724만 명, 이렇게 늘어난 인구는 1910년 조선왕조가 막을 내리던 해에는 1331만 명으로 집계되어 있었다. 이 인구는 일본 식민지 기간이 끝나는 무렵인 1944년에 이르면 2590만으로 약 두 배 늘어났고, 1993년 현재는 남북한 통틀어 7000만은 넘을 것이 예상된다.

이 자료를 토대로 하여 추론한다면 조선왕조가 시작된 1392년에는 어림잡아 300만의 인구가 있었을 것이며, 다시 고려왕조가 시작된 918년으로 올라가면 많이 잡아도 100만을 넘어설 것 같지 않다. 그러면 다시 1000년을 거슬러 올라가 서력기원을 전후로 한 시기, 즉 고구려 · 백제 · 신라의 건국 초기에는 많아 보았자 각 나라가 결코 10만 명이 되지는 못했을 것이다. 일천 년 세월 동안, 겨우 세 배 정도 늘어 각 나라가 30만씩의 인구로 10세기에 이르러 삼국을 합하여 100만이 되었다고 보기는 어려울 것이기 때문이다.

그렇다면 삼국시대 중엽을 지나야 세 나라 인구가 각기 10만을 넘어서는 단계에 이른다고 할 수 있다. 광활한 땅, 실로 넉넉한 터전에서 살았을 법하다. 여기에 이르러 우리의 관심은 이들 세 나라의 언어 현상이 어떠했는가 돌이켜 보게 된다. 세 나라가 팽팽한 세력균형을 유지하던 6세기 어느 시점을 생각해 보는 것이 좋겠다. 끊임없는 영토분쟁으로 밀고 밀리며 전쟁을 하였겠지만 그들 각 나라의 백성들이 개인적인 차원의 문화교류 같은 것을 상상하기는 힘든 것이고 보면, 이들 세 나라의 언어는 서로 독자적인 영역을 확보하지 않았을까? 물론 그들은 서로 간의 의사소통이 가능하였다고 보아야 한다. 그러나 세부적인 항목에 들어가면 서로 다른 낱말을 사용하는 경우가 많았을 것이다.

오늘날 남아 있는 자료를 검토해 보면 세 나라 특히 고구려와 신라는 많은 경우 서로 다른 낱말을 사용하였다는 사실을 확인할 수 있다. '골짜기' 또는 '마을' 을 나타내는 '곡(谷)' 을 신라말로는 '실' 이라 하였음에 반하여, 고구려에서는 '단, 탄, 돈' 과 비슷한 음으로 표현하였다. 현대어 '물(水)' 은 신라에서는 '믈(勿)' 로 발음하고, 고구려에서는 '미(買)' 로 발음하였다. 또 국방상 방어선의 기능을 하였을 '성(城)' 에 대하여는 고구려의 '홀(忽)' , 신라의 '잣(城叱)' , 백제의 '긔(己)' 등 각기 다른 음상을 보인다. '임금' 을 가리키는 '왕(王)' 도 고구려에서는 '기(皆)' 라 하였고, 백제에서는 '긔ᄌᆞ' 라 하였다고 추정되며, 신라는 '간(干)' 과 '금(今)' 을 기본으로 한 '居西干, 麻立干, 尼師今, 齒叱今' 등으로 표기되었다.

이렇듯 각기 다른 낱말을 사용하면서도 다른 한편 상당량의 공통분모도 있었기에 서로 간의 의사소통은 가능했던 것 아닐까? 그것을 통일된 하나의 나라로 묶은 인물이 다름 아닌 고려 건국의 시조 왕건이었다. 왕건 이후 천 년이 지난 오늘날, 또다시 새로운 왕건이 요망되는 것은 역사의 수레바퀴가 반복된다는 증거일까?

겹침 말의 허허실실

간결하고 깔끔한 표현을 추구하는 사람이라면 눈살을 찌푸릴 현상이 국어에는 존재한다. 겹침 말이라고도 하고 동의중복(同意重複) 현상이라고도 하는데, 똑같은 의미의 서로 다른 표현이 연이어 쓰이는 것을 일컫는다.

완판본 춘향전에 보면 같은 의미의 한자어와 고유어가 경쟁을 하듯 나란히 쓰인 예가 많이 있다.

"이팔청춘(二八青春) 젊은 것이…식불감(食不甘) 밥못먹고, 침불안(寢不安) 잠못자면…걱정말고 염려(念慮)마소." 한다든지 "한양성 서방님은 칠년대한(大旱) 가문 날에 갈민대우(渴民待雨) 기다린들 날과 같이 자진(自盡)턴가."

같은 표현이 그것들이다. 판소리의 형식을 빌어 가창(歌唱)되었기 때문에 음수율을 맞추어야 하고, 또 어려운 한자 표현을 무식한 대중에게도 쉽게 이해시키기 위해서 한자말 다음에 풀이의 성격을 띤 고유어를 덧붙이다 보니까 그러한 겹침 말 현상이 나타나게 되었을 것이다. 그러나 겹침 말은 판소리 같은 것에 국한되지 않고 일상 언어에 광범위하게 나타난다. "역전(驛前)앞, 석교(石橋)다리, 미장가전(未丈家前)" 등등. 우리가 쉽게 듣는 표현은 얼마든지 있다. 그 근본 원인은 어디에 있는 것일까? 가장 중요한 이유는 국어에서 한자어와 고유어가 서로 팽팽하게 맞서는 어휘체계를 구성하고 있기 때문일 것이다. 고유어로 표현할 수 없는 것을 한자어가 보충한다든지, 그 반대로 한자어로 표현할 수 없는 것을 고유어가 보충한다든지 하는 상호보완의 관계를 갖기보다는 한자어와 고유어가 동의어(同義語)의 형태로 병존·경쟁의 관계를 갖기 때문이다. 거기에다 수사적 의미 강조나 의미 변용의 목적이 작용하여 겉보기에는 군더더기처럼 보이는 겹침 말 현상이 늘어나게 된 것 같다.

"고갯마루·사내놈·바위돌·깃털" 같은 것은 고유어끼리의 겹침이고, "점심식사·취사선택·객지타향·양친부모" 같은 것은 한자어끼리의 겹침이다. 요즈음 대중매체(주로 라디오와 텔레비전)를 통하여 자주 들을 수 있는 겹침 말에는 다음과 같은 것들이 있다.

'이름 있는 유명 메이커, 어려운 난국, 할 수 있는 가능성, 스스로 자각하다, 깨끗이 청산하다, 다시 재발하다, 다 함께 동참하다, 명문가 집안, 승전보 소식, 이러한 시점(視點)에서 볼 때, 일견하여 보기에는, 그들이 말하는 이른바 민중들은, …'

이러한 예들은 표현을 바꾸어가면서 반복 강조함으로써 의사전달을 분명하게 한다는 점에서 긍정적으로 보아야 할 면이 없지 않으나 단정하고 우아한 표현을 추구해야 한다는 국어순화의 측면에서는 단연코 부정적으로 평가되어야 한다. 우리는 운동경기의 방송 중계를 들으면서 우습기도 하고 짜증스럽기도 한 해설자의 말을 들은 경험이 있을 것이다. "남은 시간은 5분 남았습니다. 1번 타자는 ○○○ 타자입니다. 양 팀 득점 없이 0대 0입니다. 이 자리에 자리를 함께 하신 해설위원 ○○○ 씨가 해설을 맡아주시겠습니다.…" 한 번 지껄이고 나면 그만이라고 하여 과연 이렇게 중언부언을 용납해도 되는 것인지 걱정스러울 때가 많다.

그렇지 않아도 남북한이 통일되면 동일한 대상이 가리키는 말이 서로 다를 경우, 양쪽 말을 다 늘어놓는 신종 겹침말이 쓰이지 않을까 하는 걱정도 없지 않다. 몇 예를 들어보기로 하자.

'브래지어 - 가슴띠, 마사지 - 문지르기, 반바지 - 무릎바지, 건초 - 마른풀, 인내성- 참을성, 곧 - 인차, 상치 - 부루, 사료 - 먹이, 노크 - 손기척, 배달부 - 통신원, …'

어쩌면 이것들은 통일 후 얼마 동안 어쩔 수 없이 겹침 말로 유행하지나 않을까?

통일이 되면 우리말 사전은

금세기가 끝나기 전에 민족의 장래를 위하여 우리가 해 놓을 일은 무엇인가? 그것은 무엇보다도 통일을 성취하는 일일 것이다. 그러나 우리말을 공부하는 사람들에게는 정치적 통일과 함께 반드시 성취해야 할 또 하나의 커다란 과제가 있다. 그것은 칠천만 우리 민족이 적어도 앞으로 한두 세대 동안에는 별 불편이 없이 사용할 사전, 한 가지 목소리, 한 가지 색깔로 꾸민 우리말 사전을 마련하는 일이다.

사람들은 '사전' 에 대해 맹목적인 믿음을 갖고 있다. '사전' 에는 우리가 얻고자 하는 모든 정보가 들어 있으며, 또한 그 정보는 조금도 틀린 것이 없이 정확한 내용이라고 생각하는 믿음이다. 사전은 그만큼 완벽하게 만들어 내는 것을 전통으로 하고 있기 때문이다.

그러나 돌이켜 보면, 우리나라에서 우리말 사전이 간행된 역사는 60년도 채 되지 않으며, 근대적인 의미에서 사전에 대한 필요성을 인식하고 사전을 만들려고 생각한 때로부터 계산한다 하여도 일백 년을 넘지 못한다. 따라서 이렇게 짧은 사전 편찬 역사이기 때문에 그동안 우리가 갖고 있었던 사전은 별로 좋은 것이 아니었다.

1940년대를 전후하여 간행된 문세영(文世榮)의 '조선어사전(1938)', 조선어학회의 '우리말 큰사전(1947~1957)', 그리고 이윤재(李允宰) 유고(遺稿)로 만든 '표준조선말사전(1947)'이 급한 대로 참고할 수 있었던 제1기의 국어사전들이었다. 제2기의 사전은 1960년을 전후하여 간행되었다. 신기철 · 신용철의 '표준국어사전(1958)'과 이희승(李熙昇)의 '국어대사전(1961)'이 대표적인 사전인데, 이것들은 60년대 이래 우리말 사전의 쌍벽을 이루며 한 세대를 풍미하였다. 그러나 이들 사전은 좋은 사전을 만들기 위한 방법과 기술을 충분히 익힌 뒤에 만든 것이 아니기 때문에 그동안 많은 미비점이 지적돼 오다가 최근에 한글학회와 금성출판사에서 각각 방대한 규모의 새 사전을 간행하였다. 제3기 사전

시대가 열렸다고 하겠다. 1930년대로부터 대체로 30년을 한 주기(週期)로 하여 사전이 간행된 셈이다. 그렇지만 이것은 북한의 사정을 고려해 넣은 것이 아니므로 반쪽 얘기일 뿐이다. 그동안 북한에서는 그들 나름대로 여러 번 조선말 사전을 간행하였고, 최근에 역시 최신판 사전이 간행되었다는 소식이 있었다.

그러면 이제 금세기가 끝나기 전에 통일이 된다면, 남북한에서 각각 따로 만든 사전은 즉시 문화사의 유물로 바뀔 것이 아닌가? 사전의 뜻풀이는 사전 편찬자의 주관이 들어갈 뿐만 아니라, 그 사회가 공적으로 허용하는 기본이념을 반영하게 되어 있다.

'하느님' 에 대한 남북한 사전의 뜻풀이를 비교해 보자.

〈하느님 명[종]. 종교적 신앙의 대상. 인간을 초월한 절대자로서 우주를 창조하고 주재하며 불가사의한 능력으로써 선악을 판단하고 화복(禍福)을 내린다고 하는 범신론적인 신(神).〉(이희승, 국어대사전)

〈하느님 명. 종교적 관점에서, 착취계급을 반대하는 인민들의 투쟁의식을 마비시키고 그들에게 숙명론을 강요하

기 위하여 꾸며낸, 하늘에 있으면서 세계의 모든 것을 다스린다고 하는 신.〉(사회과학원, 현대조선말사전)

민족적 통일이 정치적으로 깨끗하게 마무리되었을 때, 누가 만든 사전이었건, 그 사전의 뜻풀이에는 비록 부분적인 표현의 차이야 있겠지만, 위와 같이 서로 다른 관점의 이야기가 나오지는 않을 것이다. 그때에 가서야 우리는 통일이 정말로 마무리되었다고 말할 수 있으리라.

그때를 앞당기기 위해서 우리는 지금 면밀하고도 체계적인 사전 편찬 준비를 서둘러야 할 것 아닌가!

'하느님'을 뜻하는 낱말들

기독교가 우리나라에 들어온 이래, 우리의 정신세계와 문화현상에는 어떤 변화가 일어났을까? 그리고 그 변화 양상은 무엇으로 확인할 수 있을까? 이런 의문을 갖고 그동안 우리나라에서 간행된 기독교 찬송가에 '하느님'을 가리키는 낱말이 얼마나 다양한가를 살펴보았다.

우선, 기독교 찬송가는 서양시가(西洋詩歌)의 최초 번역이기 때문에 우리나라 개화기 창작시에 기초를 마련했으리라는 추정을 하게 한다. 1892년에 '찬미가'라는 제목의 찬송가가 간행된 이후로 한두 해 걸러 계속 찬송가가 간행되었는데, 이것은 최남선의 신체시 '海에게서 少年에게'가 '少年' 잡지에 발표된 것보다 열다섯 해가 앞서는 일이었다.

찬송가는 하느님의 부르심과 말씀하심에 대한 응답의 기도이기도 하고, 하느님에게 노래의 형식으로 바치는 감사와 찬양의 기도이기도 하다. 기도가 시작될 때에는 기도의 대상을 부르는 말, 곧 '하느님' 의 호칭이 문제 된다. 지난 백여 년간 찬송가에 나타난 하느님 호칭은 크게 여섯 가지로 나누어 볼 수 있다.

첫째 (하늘과 관련된 명칭) : 샹뎨(上帝) · 텬부(天父) · 텬신(天神) · 텬뎨(天帝) · 텬쥬(天主) · 쥬뎨(主帝) · 신(神) · 대쥬지(大主帝) · 만유주(萬有主) · 조물쥬(造物主) · 하ᄂᆞ님 등

둘째 (임금과 관련된 명칭) : 태평왕 · 님금 · 대왕 · 만왕의 왕 · 만국왕 · 만유왕 · 왕의왕 · 새왕 · 텬당의 왕 · 전능왕 · 황태ᄌᆞ 등

셋째 (전통적인 기독교 명칭) : 여호와 · 여와님 · 예수 · 예수님 · 예수 그리스도 · 그리스도 · 긔독 · 임마누엘 · 메시아 등

넷째 (친족과 관련된 명칭) : 아바지 · 아바니 · 아바님 · 아밤님 · 아버지 · 아부지 · 아바니 · 아돌 · 아드님 · 외아돌 · 독생자 등

다섯째 (삼위일체와 관련된 명칭) : 삼위일체 · 성부, 성자, 성신 · 부자성신 · 성령 · 성신님 · 보혜사(保惠師) · 숨님 · 하늘 · 비둙이 등

여섯째 (구속[救贖]과 관련된 명칭) : 구쥬 · 구세주 · 영생주 · 만유의 구주 · 목ᄌᆞ님 · 어린양 · 어리신 양 · 하ᄂᆞ님의 어린양 · 제사장 등

하늘과 관련된 첫째 명칭들은 동양의 전통적인 종교용어가 그대로 기독교에 수용된 것들이다. 이들 용어가 처음에는 히브리어의 '엘로힘', 그리스어의 '데우스' 에 해당하는 '하느님' 개념을 드러내는 데에 부족한 점이 있었을 것이지만 결국은 '천주(天主)와 하느님' 두 낱말이 기독교의 신관(神觀)을 나타내는 용어로 살아남게 되었다.

임금과 관련된 두 번째 명칭은 하느님의 사랑과 권능이 세속적 왕권에 비유되면서 현재도 쓰이는 용어들이다. 하늘나라가 통치 개념으로 인식되어서는 아니 된다는 생각이 확산되지 않는 한, 앞으로도 계속 쓰일 것 같다.

다음으로 기독교가 형성될 당시부터 사용했던 전통적인 명칭, 즉 셋째 · 다섯째 · 여섯째 명칭들은 앞으로도 당연히

지속적으로 사용될 것이다. 최근에는 '그리스도' 다음에도 '-님' 을 붙여서 '그리스도님' 이라는 호칭을 사용하자고 할 정도로 이들 명칭의 토착화가 이루어졌다. 그러나 이들 명칭이 지닌 원초적인 의미를 일반 기독교 신자들이 얼마나 명확하게 알고 있느냐 하는 것은 의문이 아닐 수 없다.

그리고 '아버지' 와 관련된 명칭은 하느님을 가부장(家父長)적 권위의 상징으로부터 벗어나게 해야 한다는 새로운 신학의 출현으로 말미암아 도전을 받고 있다. 그렇다고 '아버지' 가 가까운 시일 안에 사라질 것 같지는 않다.

그러나 지난 백여 년간 '하느님' 을 뜻하는 이렇게 많은 낱말은 상당한 변모를 입었다. 앞으로는 또 어떤 변화를 입을 것인가?

'주의 기도'가 통일되면

우리나라에 기독교가 들어온 지 이백여 년의 세월이 흘렀다. 처음에는 천주교가 들어와 여러 차례 수난을 겪으며 신앙의 토대를 굳혀왔고, 백여 년 전에는 선교의 자유를 누리며 개신교가 뿌리를 내리기 시작하였다. 이렇게 자리 잡은 기독교는 이제 우리나라의 전통사상과도 조화를 이루며 우리 민족의 미래를 이끌어 갈 등불이 되었다.

그러나 유감스러운 것은 그 기독교인들이 그들의 신앙의 대상이요, 신앙의 근원인 창조주 '하느님'을 교파에 따라 각기 다르게 부른다는 점이다. 더욱이나 유감스러운 것은 다르게 부르기를 고집한다는 점이다. '하나님'이라는 명칭이 잘못된 것이라는 여러 가지 논증이 명백하게 되었음에도 불구하고 쉽게 옛날의 명칭 '하나님' 을 버리지 못하고 있다. 신앙인들이기 때문에 전통과 관습에서 쉽게 벗어나지 못하는지도 모를 일이다.

이러한 기독교계에 최근에 실로 놀라운 새 바람이 불고 있다. 기독교인들이 가장 중요한 신앙고백의 하나로 여기고 있는 '주의 기도' (또는 주기도문)를 하나의 통일된 표현으로 확정하자는 움직임이다. '주의 기도' 표준화 작업이라고 할 수 있다. 이것은 성경의 표준 번역판 확정 작업과도 맞물려 있는 일이어서 그렇게 용이하게 성취될 것으로는 보이지 않으나 지켜보며 격려해야 할 일인 것만은 분명하다.

마태오 복음서 6장 9절에서 13절까지의 내용을 토대로 하고 있는 '주의 기도' 는 지금까지 약 40종의 조금씩 조금씩 다른 표현들이 존재한다. 제일 오래된 것은 1862년에 '텬쥬셩교공과' 에 실린 '천주경' 이고, 가장 최근의 것은 1983년 '개신교 통일찬송가' 에 실린 '주기도문' 이다. 이백 년에 걸쳐 40종의 '주의 기도' 가 교파에 따라 서로 다른 표현으로 애송된 셈이다.

'주의 기도' 는 하느님을 찾는 부름말 (흔히 '하늘에 계신 우리 아버지' 로 표현된다) 다음에 일곱 개의 청원(請願)의 기도로 이루어져 있다. 처음 셋은 하느님이 하늘나라를 이 세상에 완성하시기 위하여 하실 일에 대한 청원이요, 나중 넷은 하느님이 인간의 구원을 위하여 베풀어 주실 일에 대한 청원이다. 그래서 처음 셋은 '하느님은 …하소서' 의 형식을 취하고, 나중 넷은 '우리에게 …을 주소서' 의 형식을 취하고 있다.

하루에도 몇 번씩, 경우에 따라서는 몇십 번씩 암송해야 할 이 기도의 말씀이 현대 한국인의 마음에 꼭 드는 간결하고도 쉬운 말로, 그것도 통일된 하나의 표준형을 찾는다면 그것은 기독교인들만의 경사(慶事)가 아니라 온 민족의 경사로 확산될 수 있을 것이다. 지금 우리 민족은 민족사의 흐름에서 두 번 다시 있어서는 안 될 민족 분단의 통한(痛恨)을 극복하기 위한 통일의 움직임이 과거 어느 때보다도 고조되어 있다. 이러한 시대 분위기 속에 기독교인들이 통일된 '주의 기도' 를 암송할 수 있다면 그것 하나만으로도 민족 통일의 역량을 다지는 아름다운 사건이 될 것이기 때문이다. 똑같은 '하느님' 을 흠숭하고 찬양하는 기독교인들마저 통일된 '주의 기도' 를 가지지 못한다면 어떻게 민족의 통일을 염치없이 염원할 수 있겠는가.

그래서 나는 기독교인들의 '주의 기도' 표준형의 성취가 민족통일의 성패를 가름하는 시금석(試金石)이라는 생각을 하면서 어느 성직자의 '주의 기도' 표준안을 조용히 암송해 본다.

〈하늘에 계신 우리 아버지, 거룩하신 이름을 빛내시며 아버지의 나라를 세우시며 아버지의 뜻이 하늘에서처럼 땅에서도 이루소서. 오늘 우리에게 일용할 양식을 주시고, 우리에게 잘못한 이들을 용서하오니 우리의 죄도 용서하시고 우리를 유혹에 빠지지 않게 하시고 악에서 구하소서. 아멘.〉

전례 용어의 늦은 걸음

일찍이 서양의 어느 철학자는 '이 세상에 변하지 않는 것은 아무것도 없다.' 고 대단한 진리를 발견한 듯이 떠들어서 그 후 세상 사람들이 그의 말을 만물유전설(萬物流轉說)이라고 점잖게 불러 주고 있는데, 이러한 학설에 가장 민감하게 적용되는 분야가 다름 아닌 말, 우리들의 언어이다. 세월의 흐름에 따라 언어의 변화도 그만큼 무상함을 드러내기 때문이다.

그런데 다른 한편으로는 언어의 변화를 도외시하면서 고집스럽게 옛날의 전통을 지켜 나가려는 분야가 있다. 관습이나 종교의식(宗教儀式) 같은 것들이다. 그래서 종교적 전례(典禮)에 사용되는 기도문(祈禱文)은 언어 변화에 순응하지 못하게 되어 옛말에 대한 지식이 없는 새로운 세대에게는 가끔 알 수 없는 부분을 간직한 채, 오해의 소지를 남기는 수가 있다.

2백여 년 전, 천주교가 한국에 들어왔을 때 '주의 기도(主祈禱文)' 첫머리는 다음과 같았다.

> "하늘에 계신 우리 아비신 자여! 아버지의 일홈이 거룩히 빛나시며 그 나라이 임하시며 아버지의 뜻이 하늘에서 이루어짐 같이 땅에서도 이루어지소서…"

이 짧은 몇 마디에 현대국어의 언어 감각으로는 이해되지 않는 부분이 두 군데나 있다. 첫째는 '아비'라고 하는 낱말이 하느님을 가리키는 객관적인 호칭으로 사용된 것이고, 둘째는 '그 나라이'라고 하여 주격(主格)을 나타내는 임자자리 토씨가 '- 이'로 되어 있는 점이다.

요즈음의 언어감각으로는 '아비'라는 낱말이 매우 불경(不敬)스럽게 느껴지겠지만 2백 년 전에는 객관적 호칭으로 지극히 자연스러운 것이었다. 지금도 아버지가 자기 자신을 가리켜 말할 때에는 "이 애비 앞에서 못하는 소리가 없구나."라고 자식들 앞에서 쓸 수 있는 낱말이다. 아니 오히려 그렇게 해야 품위 있는 말씨라 할 수 있다.

그다음은 주격조사 '-이'의 문제다. 앞선 명사의 끝소리가 자음이냐 모음이냐에 따라, '-이'와 '-가'가 규칙적으로 적용되는 현대국어와는 달리, '나라' 다음에도 '-이'라는 주격조사가 2백 년 전에는 더 자연스러웠던 것 같다. '-가'라는 주격조사가 생긴 것은 그 2백 년 안짝이 되는 셈이다. 그러나 이러한 국어지식이 부족한 사람들은 '그 나라에 임하시며'라고 잘못 말함으로써 뜻도 통하지 않는 표현을 하는 결과가 생겨났었다. 그래서 지금의 '주의 기도'는 천주교에서 다음과 같이 바꾸어 놓았다.

> "하늘에 계신 우리 아버지, 아버지의 이름이 거룩히 빛나시며, 그 나라가 임하시며, 아버지의 뜻이 하늘에서와 같이 땅에서도 이루어지소서…"

천주교회에서는 제2차 바티칸 공의회(公議會)의 결정이 공포되기 전에는 미사예절을 온통 라틴어로만 진행했었다. 그래서 무식한 시골 노인이나 아낙네들은 뜻도 모르면서

"도미누스 보비스쿰"(주께서 여러분과 함께)
"엣쿰스피리 투투오"(또한 사제의 영과 함께)

같은 전례의 말을 무조건 암송하였다. 한국어로 바꾸어 놓은 부분에도 문제가 있었다. 미사 가운데에 성찬식 예절에는 평화의 기도를 끝내고 성체(聖體)를 받아 모시기 전에 다음과 같이 하느님을 세 번 불렀다.

"천주의 고양, 세상에 죄를 없애시는 주여!"

나는 어릴 때 이 기도문을 외울 때마다 "천주님의 고양이가 죄를 없애는구나." 하는 생각을 했었다. 물론 요즈음의 기도문은 "하느님의 어린양, 세상의 죄를 없애시는 주님."으로 바뀌었지마는.

하느님의 한국어 실력

이제는 숨쉬기조차 힘들 만큼 혼탁해진 서울의 대기(大氣)처럼, 우리나라의 말도 오염의 정도가 심해졌음을 근심하게 되었다. 말의 내용으로 보면, 사회의 지도급 인사들이 내뱉는 무책임한 발언, 부도덕한 발언, 폭력성 발언을 문제 삼을 수 있겠고, 말의 형식으로 보면 사투리가 지나칠 정도로 많이 쓰인다든지 어법상 자연스럽지 않은 표현들이 마구잡이로 쓰인다는 점을 지적할 수 있다.

어떤 사람은 이렇게 한탄한다. "수질오염으로 수돗물 먹기도 두렵고, 대기오염으로 숨쉬기도 힘드니까, 말이라고 별수 있나. 언어 오염 때문에 말하기도 어렵게 된 것은 당연한 일이지." 또 어떤 사람은 이렇게 꼬집는다. "이게 다 국어 교육이 잘못된 탓이야. 해방 이후 반세기 가까운 세월, 국어 교육에 관한 한 일관된 정책이 없었다구. 한자교육문제만 가지고 생각해 보자구. 중·고등에서 한자(漢字)를 가르쳤다, 가르치지 않았다 변덕을 부리는 통에 신문도 못 읽는 젊은 세대를 만들어 냈고, 또 '한글전용을 해야 한다, 할 수 없다.'를 놓고 싸우는 동안 신구세대 사이에는 전통문화의 단절 현상이 생긴 것 아니야?"

그런데 이러한 불만과 한탄에서 신기하게도 공격의 화살을 피해 온 사각지대(死角地帶)가 있다. 그것은 우리말로 번역된 기독교 성경이다. 서양의 새로운 과학문명과 함께 우리 땅에 소개된 기독교 사상은 우리나라의 개화 및 근대화에 크게 공헌하였다는 순기능 때문에 번역 성경의 우리말 표현에 잘못된 부분이 많아서 그로 말미암아 발생하는 '우리말 오염'이라는 역기능은 한참 동안 도외시하는 형편이었다. 이에 대한 반성이 신구교 합동의 '공동번역 성서'를 출간시켰으나 이 '공동번역 성서'가 모든 교파에 두루 쓰이지는 않는 실정이다.

이렇듯 답답한 때에 여명의 햇살 같은 반가운 소식을 접했다. 어떤 성서학자 한 분이 '우리말 성서연구'라는 책을 펴냈다는 것이다. 거기에는 문법 · 표현 방법 · 어휘 · 한자 사용 등 부정확한 항목이 신구약 전 권을 통틀어 일만여 군데가 넘음을 찾아내어 밝혀 놓았다고 한다.(필자는 아직 이 책을 보지 못하고 이 글을 쓴다.) 몇 년도에 번역된 성경을 저본으로 하였는지 알 수 없으나 엄청난 분량이 아닐 수 없다. 그 일만여 군데의 표현이 바로 우리말을 왜곡시키고 오염시킨 주범이다. 따라서 '우리말 성서연구'는 두 가지 면에서 대단히 중요한 의미를 갖는다.

첫째는 우리말의 아름다움, 우리말의 자연스러움이 어떤 것인가를 기독교 성경을 통해서도 밝힐 수 있는 계기가 만들어졌다는 점이고, 둘째는 하느님의 말씀이 궁극적으로는 인간의 언어를 통해서 계시(啓示)되는 것이니만큼 언어의 본성을 이해하지 못한다면 성서의 말씀도 이해할 수 없음을 분명하게 일깨웠다는 점이다.

한때, 일부의 지각없는 사람들은 외국인 선교사들의 이상한 억양의 한국말, 그리고 문법상으로 잘못된 한국말 표현을 흉내내면서 그것이 기독교인임을 과시하는 징표로 삼고자 하였다. 그러나 분명히 알아야 한다. 하느님도 오늘 한국 사람에게 말씀하실 때에는 가장 아름다운 현대 한국어를 사용하신다는 사실을. 그러므로 우리가 하느님의 말씀에 귀기울이려면 가장 먼저 아름다운 우리말이 어떤 것인가를 알아야 한다.

그래서 "수고하고 짐 진 자들아, 다 내게로 오라. 내가 너희를 자유케 하리라."(마태 11:28). 이렇게 적힌 옛날 번역본은 잘못된 것인 줄을 알고 바로 고친 새 번역본을 사서 읽는 슬기를 발휘하여야 할 것이다.

'숨'의 숨은 뜻

성서(창세기 2. 7)에는 인류의 출발을 다음과 같이 묘사하고 있다. "마침 땅에서 물이 솟아 온 땅을 적시자 야훼 하느님께서 진흙으로 사람을 빚어 만드시고 코에 입김을 불어넣으시니, 사람이 되어 숨을 쉬었다."

사람이 생명을 얻어 살게 되는 최초의 모습을 '숨을 쉬었다' 고 묘사함으로써 '숨' 이 생명과 동일시된다는 것을 나타내고 있다. 영어 성경을 보면 '코에 입김을 불어넣으시니' 부분의 '입김' 을 '생명의 숨결(breath of life)' 이라는 표현을 써서 숨결이 곧 생명의 근원이었음을 밝히고 있다.

이처럼 '숨' 은, 곧 '생명' 을 뜻하는 말이다. 이 낱말은 동사 어간 '수-' 에 '-ㅁ' 이 붙어서 명사가 된 낱말이라고 생각된다. 우리 국어에는 '잠 자다, 꿈 꾸다, 뛰 뛰다, 곰 고다…' 처럼 동사 어간에 '-ㅁ' 을 붙여 명사를 만드는 현상이 있기 때문이다. 그런데 마음에 걸리는 것은 '숨 수다' 가 아니라 '숨 쉬다' 라는 점이다. 그렇지만 '줌 줘다' 같은 것도 있으므로 본래는 '숨 수다', '줌 주다' 였던 것이 나중에 변한 것이 아닌가 추측해 볼 수도 있다.

어쨌거나 '숨' 이 생명의 원천이었음을 깨닫는 데에는 부족함이 없다. 그런데 한 걸음 더 나아가, 그 생명의 원천이 창조주 하느님으로부터 왔다는 사실을 우리말의 '숨 쉬다' 를 통해서도 알 수 있다는 점이다.

'숨 쉬기' 는 숨을 들이쉬는 일과 내쉬는 일의 반복으로 이루어진다. 그래서 '들숨' 은 '들이쉬는 숨' 이요, '날숨' 은 '내쉬는 숨' 이다. 숨 자체로 볼 때에는 들고 나는〔入出〕것이지만, 숨을 쉬는 사람의 처지에서는 들이고 내는 것, 곧 들어감을 받아들이고 나감을 역시 받아들이는 것이다. 다시 말하면, 하느님께서 넣어 주시지 않으면 들일 수도 없고 빼내시지 않으면 한 모금도 내놓을 수 없는 것이 우리들의 숨 쉬기 현상이다.

그러므로 사람의 처지에서 '들일 숨 낼 숨' 이라 하지 않고 숨을 주시는 하느님의 처지에서 '들숨날숨' 이라는 말이 쓰이는 것이다. 범상한 낱말 하나에서도 창조주 하느님의 사랑을 느낄 수 있다면, 그것 또한 우리 사람으로서는 더할 수 없는 축복이 아니겠는가!

더욱 흥미로운 것은 '숨 죽이다' 는 말이다. '숨' 이 '생명' 이라면 '숨 죽이다' 는 말은 '생명을 끊다' 의 뜻이 되어야 할 터인데, 우리말에서는 '숨 쉬기' 를 약하게 조절하면서 마음가짐을 겸허하게 하는 일을 가리킨다. 위기에 봉착하였을 때, 하느님이 주신 생명의 '숨' 을 소리내지 않고 간직하는 일이 '숨 죽이는' 행위이다. 인간이 어떻게 숨을 스스로 죽일 수 있겠는가? 숨 죽이는 일은 숨을 마음 안으로 간직하며 하느님 말씀에 귀 기울이는 자세로 자신을 낮추는 것이다.

'말'이 통하지 않을 때에는

단순하고 소박한 느낌대로라면, 그리스도교의 언어관(言語觀)은 불교나 동양 사상의 언어관과는 엄청나게 다르다고 말할 수 있다. 쉽게 말하여 정반대라고 해도 지나치지 않을 것이다.

요한복음 첫머리는 말씀(언어)이 세상을 창조하신 하느님이요, 그 말씀(하느님)이 다시 사람이 되셨음을 선언하는 말로 시작된다. 그러므로 우리는 말씀 속에서 말씀에 의지하고 말씀을 통하여 구원된다는 말씀에 승복해야만 크리스천이 되는 것이다. 이것을 소박하게 바꾸어 표현하면 언어에 의지하지 않으면 구원되지 않는다고 풀이할 수 있겠다.

그런데 부처님은 말씀에 의지하여 설법을 하다가 그 말씀이 막히니까 넌지시 연꽃을 꺾어 청중들에게 들어 보임으로써 말로는 전할 수 없는 오묘한 진리를 전달했다고 한다. 그리고 노자(老子)의 『도덕경(道德經)』은 "도(道)라고 말로 표현할 수 있는 도는 벌써 영원한 진리가 될 수 없습니다. 무엇이건 이름이 붙으면 그 이름은 영원한 진리를 나타내지 못합니다."라는 말로 언어의 불완전성을 선언하고 있다.

우리는 말을 하고 살 수밖에 없으며, 그 말을 통하여 진리(절대적 실재)에 도달하고자 하지만 부처님이나 노자의 가르침에 따르면 말이라고 하는 것은 진리를 붙잡기 위한 일시적인 방편이지 그 말속에 진리가 들어 있지는 않다고 말한다. 그러나 그리스도교에서는 말씀이 곧 하늘이요, 예수님이요, 진리니까 말씀에 매달리고, 말씀을 붙드는 것은 그 자체가 진리를 얻는 목적이라고 가르친다.

우리는 위에 쓰인 용어를 다시 한번 조심스럽게 살펴볼 필요가 있다. 부처님이나 노자께서 말씀하신 '말' 과 그리스도교에서 말하는 '말씀' 은 처음부터 같은 낱말이 아니다. 한국어로는 '말' 의 높임말이 '말씀' 이니까 '말' 이나 '말씀' 은 다 같이 언어를 가리키는 것이요, '말씀' 이라고 할 때에는 '말' 의 품격을 높여주는 것쯤으로 생각할 수 있으나 그 두 낱말, '말' 과 '말씀' 은 처음부터 다른 것인데 성서에는 그냥 '말씀' 이라고 표현했던 것이라고 보아야 한다.

물론 성서에는 그냥 '말씀' 을 다른 낱말로 적었으면 그런 혼란을 피하지 않았겠느냐고 불평을 할 수는 있다. 그렇지만 그 불평도 사려 깊지 못한 것이다. 왜냐하면 그리스도교의 '말씀' 은 역시 '말' 로 시작하기 때문이다. 그 말이 다름 아닌 복음(福音)이다. 복음이란 무엇인가? 그것은 우리 인간들이 한 명도 예외 없이 하느님 나라의 백성이라고 하는 기쁜 소식이 아닌가? 그 기쁜 소식은 말로 전할 수밖에 없고, 그 소식을 진정으로 받아들일 때 우리는 다른 사람으로 변한다. 그 다른 사람이, 곧 '말씀' 이다. 그러니까 그리스도교의 가르침은 우리로 하여금 '말' 로 시작하여 '말씀' 에 도달할 것을 일깨우고 있다.

이제야 알 것 같다. 국어사전 '말씀' 항목 끝부분 뜻풀이가 왜 있는가를.

"하느님의 명령 또는 율법. 천지 창조 때 함께 일하신 인격적 존재, 곧 성자(聖子)."

그리고 또 알 것 같다. 이 세상에서 말이 통하지 않을 때에는 '말씀' 에 귀 기울여야 한다는 것을.

예수님의 행복 찾기

인간은 끊임없이 말을 하고 산다. 말을 떠나서 살 수 없는 존재가 인간이기 때문이다.

그러나 말이라고 다 말이 아니다. 참말이 따로 있다. 그 참말을 우리는 흔히 말씀이라고 한다.

그래서 우리는 말씀에 귀 기울인다. 그 말씀에는 특별히 행복을 찾는 비결이 담겨 있다. 그러면 이름 있는 인류의 스승들은 어떤 말씀으로 우리들을 행복의 나라로 안내하는가?

일찍이 맹자님은 다음과 같이 말씀하셨다.

"천하를 호령하는 임금님도 이런 즐거움은 없을 거야. 부모님이 모두 살아 계시고 형제들이 아무 탈이 없으니, 이것이 나의 첫 번째 즐거움이요. 하늘을 우러러 부끄러움이 없고 세상을 굽어보아 사람들에게 잘못한 것이 없으니, 이것이 나의 두 번째 즐거움이다. 게다가 온 천하의 똑똑한 젊은 이들이 찾아와 그들을 가르치고 있으니, 이것이 나의 세 번째 즐거움 아닌가? 천하를 호령하는 임금님도 이런 즐거움은 없을걸."

제법 호기(豪氣)를 부린 선언이지만 이 맹자의 삼락(三樂)은 제자를 가르치는 즐거움을 강조하기 위하여 두 개의 가짜 즐거움을 앞세우고 있다. 부모는 영원토록 살아 계시지 않으며, 형제의 무고(無故)함도 결코 오래가는 것이 아니다. 더구나 하늘에 죄가 없다고 호언장담하며 세상 사람들에게 잘못한 것이 없다고 큰소리치는 일은 얼마나 치기 어린 거짓말인가?

공자님은 이렇게 말씀하셨다.

"배우고 때때로 그것을 깊이 있게 생각하니 기쁘고요. 뜻이 통하는 친구가 찾아오니 즐겁고요. 세상 사람들이 저를 알아주지 않는다 해도 제가 그것 때문에 괴로워하지 않으니 그만하면 사람 구실은 하는 셈이지요?"

공자님 말씀에 오면 행복을 찾는 철인(哲人)의 인품이 이쯤은 되어야 하겠구나 하는 감탄을 하게 된다. 학문하는 즐거움, 친구를 얻는 즐거움, 그리고 마음의 평화를 누리며 스스로 만족하는 즐거움, 이것이 공자님의 세 가지 즐거움이다. 여기서 우리는 성숙한 인간의 모습을 발견할 수 있다.

이제 끝으로 예수님은 어떻게 말씀하셨는가를 살펴보자. 세례자 요한으로부터 세례를 받으시고, 성령의 인도로 광야에 나가 시련을 받으실 때, 유혹하는 자에게 이르신 말씀이다.

"사람이 빵으로만 사는 것이 아니라, 하느님의 입에서 나오는 모든 말씀으로 사는 것입니다. …주님이신 너의 하느님을 떠보지 말라 하셨습니다. …성서에 이르기를 주님이신 너희 하느님을 경배하고 그분만을 섬기라 하셨습니다. 사탄이여! 내 길을 막지 마시오."

예수님께서는 첫째도 하느님이요, 둘째도 하느님이요, 셋째도 하느님이었다. 그분의 즐거움은 하느님의 말씀이요, 하느님께 의지함이요, 하느님을 경배하는 일뿐임을 알 수 있다. 여기에 이르러 인간적인 성숙성으로 의젓해 보이던 공자님조차도 왜소한 인물로 보이는 것은 무슨 까닭인가?

인간은 스스로 낮아지고자 할 때에만 높아질 수 있다는 예수님의 말씀이 우리의 귀청을 울리기 때문이다.

'영/령靈' 자를 풀어보면

한국 사람들은 종교적 심성이 매우 강한 민족이라고 말한다. 그것이 어찌 한국 사람뿐일까마는. 한국 사람이 특히 종교적 성향이 큰 것으로 나타나는 것만은 숨길 수 없는 사실이다. 날이 어두워진 뒤에 서울 시내 한복판을 내려다보면 빨간색의 십자가 네온등 불빛이 하늘에 뜬 별보다 더 많다.

하느님 사랑에 대한 갈증이 그렇게 표출된 것이라고 좋게 풀이할 수도 있다. 그러나 그들 교회의 내부를 한 발짝만 들여놓으면 사정은 매우 달라진다. 자기네 교회에 나와야만 구원(救援)을 보장받는다는 말을 함으로써 결과적으로 이웃해 있는 다른 교회를 적대시(敵對視)하는 배타적 태도를 보인다. 그래서 요즈음 가톨릭교회에서는 '타 종교 인정하기'

운동까지 벌이게 되었거니와 원래 한자를 만들어 쓰던 고대의 동양 선조들은 하느님 사랑과 사람들 삶의 공동체가 따로 분리된 것이 아닌, 그야말로 사람과 하느님이 함께 어울려 사는 공동체를 꿈꾸고 있었다. 그 증거로 '신령 령(靈)'을 풀이함으로써 밝혀 보기로 하자.

령(靈) 자는 회의(會意) 문자에 속한다. 즉 글자의 구성 요소는 모두 뜻을 나타내는 것들이다. 이 글자는 크게 세 가지 글자가 결합되어 있다. 하나는 '비 우(雨)'이고, 둘은 '입 구(口)' 자 세 개가 나란히 모인 것이며, 셋은 '무당 무(巫)' 자이다.

'비 우(雨)' 자는 하늘에서 비가 내려오는 형상을 그린 것인데 비가 내려온다는 자연 현상을 나타내고 있다. 그러면 비가 내린다는 것은 무엇인가? 고대의 농경사회에서 비는 농사를 지을 수 있게 하는 기본 자산이었다. 그것을 하늘이 미리 알고 인간에게 선물하는 것이다. 그러니 '비'야말로 하느님 사랑의 징표요, 하느님의 은총 그 자체가 아닌가? 따라서 '비 우(雨)' 자는 고대인들에게는 하느님의 드러나심〔현현(顯現)〕이었다. 이것을 가톨릭 용어로 바꾸면 천주성(天主性)이라고 할 수 있을 것이다.

'입 구(口)' 자 세 개는 글자 그대로 말씀을 뜻한다. 모든 언어가 입을 통하여 실현되기 때문이다. 그러면 그 말씀은 구체적으로 무엇인가? 그것은 일차적으로는 인간이 하느님께 드리는 기도요, 기원(祈願)이다. 원시사회, 고대사회에서는 주문(呪文)의 형식을 띠었을 것이다. 인간의 기원에 대한 하느님의 응답도 또한 말씀의 형식으로 우리에게 전달된다. 그런데 하느님의 말씀은 아무나 다 듣는 것이 아니다. 특별한 사람, 사제(司祭)가 들어서 세상 사람들에게 전한다. 그래서 '입 구(口)' 자가 셋이다. 하나는 인간의 기도요, 둘은 하느님의 응답이고, 셋은 그것을 해설하여 인간의 언어로 바꾸어 놓은 사제의 목소리이다. 그래서 세 개의 입, 곧 말씀이 있다. 이것을 가톨릭 용어로 바꾸어 복음성(福音性)이라고 할 수 있지 않을까?

끝으로 '무당 무(巫)' 자는 그야말로 사제성(司祭性)을 표상하고 있다. 솟대를 가운데 두고 사람이 마주 서 있는데 하나는 무당이고, 다른 하나는 세상 사람들을 표상한다. 무당은 세상 사람들이 기쁘면 기뻐하고, 슬프면 슬퍼하면서 그들의 삶에 동참하여 하늘에 다리를 놓는다. 우리는 이렇게 한자(漢字) 공부를 통해서도 우리의 신앙을 키울 수가 있다.

복福을 찾아가는 쌍갈랫길

누구나 알아듣는 쉬운 말을 주고받으면서 우리는 서로서로 상대방을 잘 이해하고 있는 것으로 생각한다. 더구나 일상으로 주고받는 인사말일 때에는 그 말을 통하여 상호 이해가 만족스럽게 이루어진 것으로 생각한다. 그러나 과연 그럴까? '복(福)' 이라는 낱말 하나를 가지고 우리들의 의사소통의 한계를 살펴보기로 하자.

"새해 복 많이 받으세요." 새해가 되면 듣게 되는 이 덕담(德談)의 인사말에는 상대방이 진정으로 복을 많이 받기를 바라는 마음이 담겨 있다. 이 인사를 받은 사람은 똑같은 심정으로 그 인사를 상대방에게 되돌려 준다. 서로가 상대방이 잘 되기를 비는 아름다운 장면이 아닐 수 없다.

그러면 복이란 과연 무엇인가? 다시 말하여 세상 사람들이 알고 있는 복은 구체적으로 무엇인가? 오랜 세월, 우리나라 사람들은 오복(五福)이라 하여 행복의 다섯 가지 조건을 손꼽아왔다. 어떤 이는 수(壽), 부(富), 귀(貴), 다자손(多子孫), 고종명(考終命)이라 하였고, 또 어떤 이는 수, 부, 강녕(康寧), 유호덕(攸好德), 고종명이라 하기도 하였다. 이렇게 서로 다른 것들을 종합하면, 결국 오복이 아니라 칠복(七福)이라 할 수 있을 것이다. 오래 사는 것, 돈이 많은 것, 지위가 높은 것, 자손이 많은 것, 편히 죽는 것, 그리고 건강하고 마음 편한 것, 덕을 좋아하는 것, 이런 것들이 행복의 조건이라는 것이다. 이 일곱 가지를 가만히 살펴보면, 우리가 능동적으로 해야 할 것은 추상적으로 표현된 유호덕(덕을 좋아하는 것) 하나뿐이다. 그렇다면 복이란 것은 노력하고 찾아내어 얻은 것이 아니라 운명적으로 이미 마련된 것이어서 사람의 힘으로는 어쩔 수 없는 영역에 속한다는 생각이 감추어져 있다. 그러면서도 그 복을 추구한다는 것은 모순인 것으로 보인다.

그러나 복이란 글자가 만들어진 과정을 보면, 복은 누구에게나 이미 마련된 것임을 나타내고 있다. 복(福)자를 분석하면 보일 시(示) 자와 가득 찰 복(畐)으로 나뉘는데, 시(示) 자는 하늘(하느님)이 인간에게 내려주시는 은혜를 가리키고 복(畐) 자는 물건이 넘치도록 가득 찬 것을 가리킨다. 다시 말하여 복을 풀이하면 '은혜(恩惠) 충만(充滿)' 이 된다. 그러므로 복은 새삼스럽게 찾아 얻으려 하거나 구하는 것이 아니라 이미 하늘로부터 넘치도록 받고 있는 은혜요, 사랑이다.

그러므로 "새해 복 많이 받으세요."는 "하늘로부터 받고 있는 충만한 은혜를 새롭게 깨닫고 감사하세요."라는 뜻으로 받아들여야 할 것이다. 그렇지만 그렇게 아는 사람이 몇이나 될 것인가?

생각이 여기에 미치면 우리는 자연스럽게 예수님께서 무엇을 복이라 하셨는지 성경에 눈을 돌려야 한다. 마태복음 5장 1절에서 11절까지의 말씀을 되새겨 보자. 예수님은 복을 가만히 앉아서 거저 얻는 것으로 말씀하시지 않았다.

'마음이 가난함' 이라는 표현 속에서 욕심 없는 빈 마음, 즉 허정무욕(虛淨無慾)을 강조하셨고, '온유한 마음' , '애통하는 마음' 이란 표현을 통하여 측은지심(惻隱之心)을 강조하셨고, 급기야 의(義)에 주리고 목말라 하는 행위로 발전할 것을 권고하셨다. 그리고 다시 강조하셨다. 자비를 베풀면 스스로 자비를 받을 것이며, '순결한 마음' 이라는 표현으로 '사악(邪惡)함과는 인연이 없을 것' 을 강조하셨다. 그리고 평화와 정의를 위하여 일하다가 떳떳하게 핍박을 받을 것을 요구하셨다. 예수님이 힘써 주장하신 진짜 복 여덟 가지는 가만히 앉아서 얻는 것이 아니다. 그것은 피땀 흘려 이웃을 위해 일하는 것이다.

그렇다면 우리는 동양 전래의 복을 가만히 앉아서 받을 것인가? 아니면 의에 굶주려 즐겁게 핍박을 받음으로써 복을 누릴 것인가?

한국인의 영성靈性과 신앙

우리나라에 가톨릭이 들어온 지 어느새 200년이 넘었습니다. 300년대에 들어섰고 때마침 21세기를 맞이하였습니다. 이러한 때에 우리는 우리 겨레의 가톨릭적 믿음의 근거를 되새겨 보고 앞으로 우리의 믿음을 어떻게 가꾸어야 할 것인지를 점검해 볼 필요를 느낍니다. 저는 신학자도 아니고 믿음이 굳은 신앙인도 되지 못합니다. 그러나 가톨릭 신앙에 몸담아 한평생을 살아오는 동안 '가톨릭적 믿음' 이 우리 겨레의 앞날에 더욱 큰 희망이 될 것이라는 생각을 가지고 있기 때문에 저의 믿음을 돌보지 않고, 감히 이 글을 초하게 되었습니다.

한국 사람에게 있어서, 창조주 하느님에 대한 믿음의 싹은 매우 평범한 데에서 시작되었을 것입니다. 모든 민족, 모든 사람에게서 발견되는 자연 경외(敬畏) 사상 같은 것이겠지요. 저는 그러한 원초적 믿음의 바탕을 전제로 하고, 이른바 영성(靈性)이라고 하는 것이 동양사상에 매우 뿌리 깊은 것이었으며 그것이 가톨릭적 믿음과 그렇게 먼 거리가 있었던 것이 아님을 말씀드리고자 합니다. '영성' 이라는 낱말의 근거가 되는 '영(靈)' 자를 풀어보면 거기에 놀랍게도 가톨릭에서 가르치는 그리스도적 삶의 원형(原型)을 발견하게 됩니다. 그러므로 우리 조상들은 '영(靈)' 자를 깊이 묵상할 수 있는 분들이었을 것이고, 그렇다면 우리 조상들은 동양 사상이 가르치는 범위 안에서 '영성' 을 그들 나름대로 가꾸어 왔다고 생각할 수 있습니다. 물론 한자를 깊이 있게 이해하는 지식인층에게나 가능한 것이라고 말해야 할 것입니다. 그러나 그러한 생각은 세월이 흐르면서 무식한 일반 백성들에게도 자연스럽게 몸에 익히는 체질적인 믿음, 또는 체질적인 삶의 양상으로 나타났을 것입니다.

그러면 이제 '영(靈)' 자가 나타내고 있는 의미를 하나하나 풀어 보겠습니다. 이 글자는 세 개의 독립적인 단위로 구성되어 있습니다. 첫째는 비 우(雨) 자이고, 둘째는 세 개가 나란히 적힌 입 구(口) 자이고, 셋째는 무당 무(巫) 자입니다. 이 세 가지 요소는 분명히 무엇인가 특징적인 의미를 내포하고 결합되었을 것입니다. 옥편을 찾아보면 '영(靈)' 자 칸에는 대체로 다음과 같은 다섯 가지 뜻이 풀이되어 있습니다.

① 신령 령 ② 혼백령 ③ 좋을 령 ④ 신통할 령 ⑤ 괼 령

'신령 령' 이라고 한 풀이 밑에는 '신야(神也)' 라는 한자 풀이가 따르고 있습니다. 즉 '하느님' 이라는 말입니다. '혼백 령' 이라는 말은 더 설명할 필요도 없고, 그것은 인간의 '영혼' 을 가리킵니다. '좋다' 는 다시 풀이가 필요 없습니다. '신통할 령' 은 신과 교통한다는 말이니 하느님과의 교제, 하느님과의 의견 교환, 감정 소통을 뜻하는 것입니다. '괴다' 는 요즈음 말로 바꾸면 '사랑을 받다' 의 뜻이니까 하느님 또는 높은 분으로부터 받는 사랑을 뜻하는 것입니다. 그러면 이러한 다섯 가지의 뜻이 어떻게 해서 생긴 것일까요. 그것은 비 우(雨) 자, 입 구(口) 자 셋, 무당 무(巫) 자가 나타내는 뜻으로부터 발전한 것이 아닐 수 없습니다.

첫째, 비 우(雨) 자는 글자 그대로 하늘에서 내리는 비를

가리킵니다. 비는 농경(農耕)을 삶의 기반으로 했던 고대사회에서 그야말로 하느님과 같은 존재였을 것입니다. 비가 내리지 않으면 농사를 짓는다는 것은 상상도 할 수 없는 일이었습니다. 그러므로 비가 온다는 것은 하늘에서 농사를 지어 먹고 살 수 있게 하는 생명수가 내려온다는 것을 뜻하는 것이었습니다. 바꾸어 말한다면, 비는 곧 하느님이 인간의 농경을 위하여 내려주는 하느님 사랑의 징표인 셈입니다. 따라서 '비' 자체가 하느님을 표상하는 것으로 이해될 수도 있었을 것입니다. 좀 더 쉽게 생각하면 비는 하느님이 인간과 손을 잡을 때에 드러내는 모습이라고 할 수 있습니다. 여기에 이르러 우리는 비 우(雨) 자에 감추어진 천주성(天主性)을 발견하게 됩니다.

둘째, 입 구(口) 자 셋은 무엇일까요? 이것은 두말할 것도 없이 인간의 언어(言語)를 표현한 것이라고 생각하게 됩니다. 그러면 그 언어가 어떤 종류의 언어 행위를 가리키는 것인가를 생각해 보아야 할 것입니다. 하느님으로 표상되는 비가 내릴 때, 우리 조상들은 "비가 오신다." 하고 극존칭의 표현을 해왔습니다. 비가 내려오셔야만 우리가 농사를 지어 먹고 살 수가 있었으므로 비 내리는 현상을 의신화〔擬神化 :

의인화(擬人化)에 대응되는 뜻)하여 "비가 오신다."라고 한 것입니다. 그러니까 입 구(口) 자 셋은 모두 하늘(하느님)에 대한 찬미와 감사의 언어 행위, 곧 인간이 하느님께 드리는 기도(祈禱)를 나타내는 것이라고 하면 어떨까 싶습니다. 만일에 우리에게 상상력을 허락한다면 입 구(口) 자 하나는 우리 인간이 하느님께 드리는 감사와 청원의 기도 말씀이고, 입 구(口) 자 둘은 하느님이 우리 인간에게 내리는 응답의 말씀인데, 그 응답의 말씀을 세상 사람들이 제대로 알아들을 수 없으므로 입 구(口) 자 셋에서 하느님의 말씀과 인간의 기도를 중재하는 해설의 말씀이 존재하는 것이라고 확대 해석을 해볼 수 있겠습니다. 그러면 그 해설의 말씀을 누가 담당하느냐가 문제가 됩니다. 그래서 우리는 세 번째 글자에 주목하게 됩니다.

셋째, 무당 무(巫) 자는 하느님과 인간 사이를 중재하는 분을 표상합니다. 옛날 고대의 농경 사회에서는 잘 다듬고 정리된 종교 체제가 아니었으니까 무당이 오늘날 사제(司祭)가 담당했던 일을 하였습니다. 다시 말하여 무당과 사제는 말만 다를 뿐 같은 기능을 담당한 분들이라고 볼 수 있습니다. 무당 무(巫) 자를 해석하는 한자 학자들은 이 글자가 솟대를 가운데로 하고 양쪽에 하늘에 제사 지내는 춤추는 사람이 마주 서 있는 것이라고 합니다. 우리는 이 해석을 토대로 하여 또 하나의 확대된 해석을 덧붙일 수 있습니다. 솟대를 가운데 두고 양쪽으로 마주 선 두 사람 중 한 사람은 무당이고, 다른 한쪽의 사람은 그 무당이 위로하고 보호하며 하느님께 중재를 청하여 하느님의 은총을 느끼게 해줄 보통 사람이라고 생각해 보는 것입니다. 그 보통 사람이 아프면 무당이 아픕니다. 그 보통 사람이 슬프면 무당도 슬픕니다. 그 아픔과 슬픔을 하느님께 호소합니다. 그러면서 무당은 춤을 춥니다. 그러던 어느 순간 무당은 하느님으로부터 계시의 말씀을 듣게 됩니다. 그것은 다시 무당의 입을 통하여 고통받는 보통 사람에게 위로와 축복의 언어로 전달됩니다. 함께 사는 사회의 공동체 의식이 이 무당 무(巫) 자가 나타내는 진정한 뜻이라고 생각됩니다.

이렇게 볼 때에 신령 령(靈) 자의 세 가지 구성 성분은 각기 비 우(雨) 자의 천주성(天主性) 입 구(口) 자의 복음성(福音性), 무당 무(巫) 자의 사제성(司祭性)으로 요약됩니다. 그러니까 신령 령(靈) 자가 쓰여지던 수천 년 전 동양 사회에 하느님의 오묘한 섭리(攝理)가 작용하여 가톨릭 믿음의 씨앗이

뿌려졌던 것입니다. 그리하여 한자를 공부하는 사람들의 의식과 무의식의 세계에 하느님의 모상이 자라고 있었습니다. 그것은 우리 한국인의 조상들에게도 어김없이 찾아왔을 것이고, 그리고 우리 조상들의 심성 속에 깊이깊이 자리잡혔을 것입니다.

우리 조상들이 200여 년 전에 가톨릭을 학문(學問)으로 수입하고 그것을 종교로 발전시킨 것은 결코 우연한 일이라고는 할 수 없을 것입니다.

그러면 이제는 우리 조상들이 외래 종교를 받아들여 그것을 완전한 우리 것으로 만든 예를 살펴보고자 합니다. 우리가 우리나라 역사를 배우면서 불교가 외래 종교였으나 해동불교로 꽃피웠기 때문에 그것은 남의 것이 아니라 완전한 내 것, 우리 것이 되었음을 배웠습니다. 또 중국에서 발전한 송나라 성리학이 외래의 학문이요 이념이었으나 조선 유학으로 정리되고 집대성되었기 때문에 그것 역시 온전한 우리의 학문이요 이론 체계가 되었음을 배웠습니다. 그렇다면 외래 종교임에 틀림없는 가톨릭도 이제는 확실하게 우리의 가톨릭으로 정착시켜야 할 뿐만 아니라 그것을 세계 만방에 수출을 해야 할 것이 아닌가 하는 생각을 아니 할 수 없습니다. 과거의 전력(前歷)이 없는 바도 아니니, 우리 가톨릭의 세계화가 단순한 구호가 아니라 우리의 과제라는 생각을 하게 되는 것입니다. 이러한 각오와 자부심의 근거를 불교와 유교의 경우를 검토함으로써 확실히 해 두어야 하겠습니다.

먼저 해동 불교의 꽃을 피운 이야기를 정리해 보기로 합니다. 신라에 불교가 전해진 것은 대략 5세기 초엽으로 알려져 있습니다. 그러나 그 무렵의 불교는 신라인들에게 배척의 대상이 되는 외래 종교였음을 알 수 있습니다. 왜냐하면 법흥왕 14년(A.D. 527)에 이차돈(異次頓)이라는 분의 순교 사건이 있고서야 신라에 불교가 널리 퍼진 민중 신앙으로 자리 잡았음을 짐작할 수 있기 때문입니다. 법흥왕(法興王)이라는 이름이 불법을 크게 발흥시켰다는 뜻을 지니고 있습니다. 이렇게 하여 신라에 정착한 불교는 그 후로 다시 일백여 년이 지난 7세기 초엽에 이르러 이름난 승려들을 배출하게 됩니다. 가령 원측(圓測, 613~696) 같은 분은 신라의 승려이면서 중국에서 활약하며 중국의 불교 발전에 크게 기여한 스님입니다. 그는 신라의 왕손으로서 15세에 당나라에 가서 현장(玄奘) 법사의 제자가 되어 유식론(唯識論)을 발전시키며 그곳에서 살다가 그곳에서 죽었습니다. 지금도 중국 서안

(西安)에 있는 흥교사(興教寺)에는 그를 기리는 탑이 남아 있습니다.

의상(義湘, 625~702) 법사는 신라 화엄종을 처음 시작한 분으로 20세의 나이에 황복사(皇福寺)의 승려가 되었는데, 35세에 바닷길로 당나라에 들어가 '지엄(智儼)' 이란 스님 밑에서 10년간 화엄종을 연구하고 45세에 신라에 돌아와 신라 화엄종의 창시자가 되었습니다. 그의 학문이 얼마나 심오하고 영향력이 컸었던지 그의 문하에는 불법을 공부하겠다는 젊은 스님들이 구름같이 모여들었다고 합니다. 그 제자들 가운데 이름을 떨친 고승 대덕이 얼마나 많이 배출되었으면 후세에 의상십철(義湘十哲)이라 하는 10명의 제자들이 배출되었겠습니까? 의상의 구도 정신과 학구적 열의를 짐작하고도 남습니다. 그러나 그러한 정통적인 수행과 학구적 자세만 신라의 불교 사회를 지배했던 것은 아니었습니다. 의상과 동시대의 인물이요, 의상과 더불어 육로로 당나라 유학을 시도했던 원효(元曉, 617~686) 스님은 불법을 깨우쳐 높은 경지의 인간이 되는 길은 당나라에 들어가야만 하는 것이 아님을 몸으로 실천해 보여 주신 분이었습니다.

661년 44세의 나이에 의상과 함께 당나라 유학 길에 올라, 당항성(唐項城, 南陽)에 이르러 한 고총(古塚)에서 잠을 자다가 잠결에 목이 말라 물을 마셨는데, 날이 샌 뒤에 그 물이 해골에 고인 물이었음을 알고, 구역질을 느끼게 되자 대오각성(大悟覺醒)을 하였다는 얘기는 아마도 한국 사람이라면 모르는 사람이 없을 것입니다. 그 후로 원효는 모든 불교 공부를 신라 안에서만 진행하였습니다. 그가 평생 동안 지은 저서가 수백 권에 이르는데, 상당 부분이 오늘날 잊혀졌지만 지금 남아 있는 90여 권의 저서만으로도 그분의 위대함을 증명하기에 충분한 것입니다. 원효가 풀이한 불교 경전의 해설서들은 해동소(海東疏)라 하여 오늘날 불교를 공부하는 분들의 기본 교재가 되어 있습니다. 그 글은 한문 문장의 아름다움과 오묘함에 있어서도 다른 이의 뒤따름을 용납하지 않는다고 합니다. 중국 땅을 한 발자국도 밟지 않은 원효의 문장이 중국 사람들을 감복시키고 스승도 없이 공부한 불교의 이론이 오늘날까지 불교를 공부하는 이들의 심금을 울리는 모범 교과서 구실을 하고 있습니다. 이것이 신라 불교의 찬란한 모습입니다. 그런데 이것은 신라에 불교가 들어온 지 200년에서 300년 사이에 일어났던 일이었습니다.

그 후로 이 신라 불교는 해동 불교라 하여 동양 3국의 불교 역사를 지배하는 밑거름이 되었습니다. 오늘날 동양 3국에서 원효를 정점으로 하는 해동 불교를 이야기하지 않고 불교의 발전과 변화를 이야기하지 못합니다. 이것은 우리 민족이 이룩한 최초의 가장 자랑스런 정신문화사의 첫 페이지입니다.

두 번째로 조선 유학의 발전 양상을 살펴보기로 합니다. 공자님의 소박한 생활 실천 철학이 학문적 체계를 갖추게 된 것은 중국에서도 송나라 후기에 일어난 사건이었습니다. 이른바 송나라 사람 주희(朱熹, 1130~1200)가 체계화에 성공하면서 유학(儒學)은 주자학(朱子學), 또는 성리학(性理學)이란 이름으로 학문적 체계를 갖추게 됩니다. 물론 주희의 생존 당시에는 주자학이란 이름은 존재하지 않습니다. 그의 사후에 제자들이 그의 저서를 정리하는 과정에서 주자학은 개인의 수양으로부터 경세치민(經世治民)에 이르는 정치 이론까지를 확립하게 됩니다.

이 성리학이 우리나라에 들어온 것은 고려 말이었습니다. 안향(安珦, 1243~1306)이 1288년, 그의 나이 45세 때 원나라 서울 연경에 들어가 『주자전서(朱子全書)』를 필사하여 개경으로 들어온 것이 고려에 주자학이 들어온 최초의 사건입니다. 그 후로 100년쯤 지난 14세기 말에 고려 삼은(三隱)이라 일컫는 목은 이색(牧隱 李穡, 1328~1396), 포은 정몽주(圃隱 鄭夢周, 1337~1392), 도은 이숭인(陶隱 李崇仁, 1349~1392) 등에 이르러 성리학은 하나의 종교적 이념으로까지 승화하는 모습을 보입니다. 포은 정몽주의 죽음은 충의대절(忠義大節)을 위하여 몸가짐을 어떻게 하는 것이 바른 것인가를 보여 주었다는 점에서 신라시대 이차돈의 죽음에 비교될 수 있는 사건이었습니다. 그 사건을 등에 업고 정도전(鄭道傳) 같은 이는 똑같은 유학 이론에 근거하여 조선왕조를 건립합니다. 이때로부터 조선 성리학은 독자적인 발전을 거듭해 나갑니다.

그리하여 다시 100여 년의 세월이 흘러갑니다. 조선 왕조는 이 성리학을 뿌리로 하여 나라의 기틀을 다져 나갑니다. 그리고 조선조의 중반에 이릅니다. 이때에 조선 유학의 거봉을 만나게 되니, 그분이 다름 아닌 퇴계 이황(退溪 李滉, 1501~1570)이요, 율곡 이이(栗谷 李珥, 1536~1584)입니다. 퇴계와 율곡에 대해 설명을 붙인다는 것은 매우 쑥스러운 일이 될지도 모릅니다. 그분들의 가르침은 우리들의 체내에 알게 모르게 배어 있는 기질적 요소이기 때문입니다. 우리는 매일같이 퇴계와 율곡을 만지고 살아갑니다. 퇴계는 천원짜리에 율곡은 오천 원짜리 지폐에 모셔져 있습니다. 우리 후손들이 퇴계와 율곡에 대해 지니는 존경의 마음이 어느 정도인가를 헤아리는 대목입니다. 이 두 분 큰 스승의 학문적 업적은 송나라 성리학이 우리나라에 들어온 지 200년에서 300년 사이에 일어난 사건입니다.

이로 미루어 보면, 외래의 사상이 우리나라에 들어와 200년에서 300년을 거치는 기간쯤이면 그것은 완전한 우리 것으로 바뀔 뿐 아니라, 그 우리 것이 세계적인 수준으로 꽃핀다는 사실을 발견하게 됩니다. 우리 민족의 우수성을 확인하는 순간이기도 합니다.

자! 그러면 이제 우리 가톨릭 신앙의 문제로 돌아와 봅시다. 우리나라에 가톨릭이 하나의 학문적인 체계로 수입되고 종교적 신앙으로 정착한 것은 이승훈(李承薰)의 입교(1784)를 기점으로 합니다. 그때로부터 100여 년 뒤에 개신교의 수입은 그리스도교의 재수입 사건이었고, 이때부터 그리스도교의 민족 신앙화는 가속됩니다. 그리고 이때로부터 다시 100여 년이 흘렀습니다. 이제 새 300년이 시작되는 시점이고 21세기가 열리는 때입니다. 우리 가톨릭이 이 땅에 들어

온 지 200년에서 300년이 되는 때가 바로 지금 펼쳐지고 있습니다. 그렇다면 가톨릭의 원효, 가톨릭의 퇴계 · 율곡을 만들 때가 아닙니까? 우리의 책임은 여기에서 시작됩니다.

민족의 문자문화

우리말 연구의 발자취

추월도 없고 비약도 없는 인간사회의 발걸음에서 학문의 발전만큼 지지부진한 것도 드물 것 같다. 우리말 연구의 역사를 더듬어 보면 그러한 느낌이 더욱 커진다. 쉽게 생각하기로 한다면, 우리 민족이 우리말을 사용한 때부터 의식적이든 무의식적이든 우리말 연구가 시작되었다고 말할 수 있을는지 모른다. 그러나 물속에 사는 물고기가 물 밖으로 나와 보지 않는 한, 물의 존재를 의식하지 못하는 것처럼 우리 민족이 다른 민족과 부딪치면서, 사용하는 언어가 서로 다르다는 사실을 확인하기까지는 말에 대한 연구가 본격적으로 이루어질 수는 없었다.

따라서 우리나라 역사에서 우리말 연구가 시작된 것은 이웃한 중국 민족과의 문화적 접촉이 시작된 때부터라고 할 수 있다. 그런데 우리 조상이 중국과의 접촉을 가질 무렵, 놀랍게도 중국은 문자를 가지고 있었다. 물론 그 문자가 그들의 언어를 소리 나는 대로 정확하게 그려내는 이른바 소리글자는 아니었지만 우리 조상은 그들의 문자를 보고 경이와 찬탄, 부러움과 시새움이 생겼을 것이다. 그 부러움과 시새움이, 곧 우리말 연구의 싹을 트게 하였다. 즉 그들의 문자를 빌려다가 우리말을 적어 보려는 노력이 나타난 것이다.

그 결과, 오늘날 한자 차용 표기법이라고 하는 한자를 이용한 우리말 적기의 방안을 개발하였다. 처음에는 나라 이름 · 땅이름 · 벼슬 이름 · 사람 이름 등 이름 적기 방법을 터득하였고 차차 비석(碑石) 같은 데 새겨 넣는 글투도 만들어 냈으며, 드디어는 우리말 노래, 향가를 온통 한자로 적어 내는 데 성공하였다. 이것을 오늘의 학자들이 각각 차명(借名), 이두(吏讀), 향찰(鄕札)이라고 부르거니와 그 무렵부터 중국과 우리나라는 어찌 되었건 같은 문자를 쓰는 문화 민족으로서의 긍지를 누리게 되었다.

차명 · 이두 · 향찰과 더불어 한자 이용의 또 하나의 다른 방법이 있었다. 그것은 중국의 고전을 우리말로 풀이하여 읽는 것이었다. 불행하게도 중국말과 우리말은 문법구조가 달라 말의 순서도 맞지 않고 우리말에 토(吐) 같은 것이 중국말에는 없었으므로, 중국의 고전 한문을 읽을 때에 우리말 순서에 맞추어가면서 토를 붙이는 방안이 바로 그것이었다. 오늘날 우리는 이것을 구결(口訣)이라 부르는데, 이 구결도 역시 한자를 이용하여 적었다.

그러므로 삼국 초기부터 훈민정음이 창제된 15세기 중엽까지 장장 일천오백 년 동안 우리말 연구는 차명 · 이두 · 향찰 · 구결이라는 한자 차용 표기법의 개발과 응용단계에 머물러 있었던 셈이다. 그러나 그 기간 중에, 문자가 궁극적으로 말소리를 정확하게 적어내야 한다는 언문일치관(言文一致觀)이 우리 민족의 언어의식 속에 싹텄음직하다. 그래서 그 의식이 훈민정음의 창제로 실현되었다.

이 훈민정음의 창제야말로 민족사에 빛나는 우리말 연구의 꽃이다.

그런데 훈민정음이 창제될 때의 문화의식은 언문일치를 일상 언어 사용에만 제한하는 한계성을 갖고 있었다. 그래서 훈민정음이 우리말 연구의 꽃이라는 사실을 제대로 인식하지도, 실감하지도 못했다. 역사의 역설이 아닐 수 없었다.

그리고 또 오백 년 세월이 흘렀다. 19세기 말이 되었다. 근대화의 물결이 닥쳐오고 온 세계의 모든 민족이 다 같이 똑같은 지위를 누리며 잘 사는 세상을 만들자는 생각을 가지게 되었다. 그때에야 비로소 훈민정음, 곧 우리의 한글이 우리말 연구의 꽃이라는 사실을 깨닫게 되었다. 그러나 아직 우리 민족에게 운이 트이는 때가 이르지 않았는지 나라를 잃는 비운을 맞았다. 그래서 연구다운 우리말 연구가 시작된 것은 8 · 15 광복이 지난 뒤부터였다.

우리말 연구의 고비는 1443년, 1894년, 1945년 이렇게 세 번이었고, 세계 속의 한국어로 주목되고 연구된 연륜은 이제 겨우 반백 년을 넘기고 있다.

땅이름이 감춘 비밀

고고학(考古學)에서는 땅의 표면에서부터 깊게 묻혀 있는 유물일수록 더 오래된 것이라고 하는데, 언어에도 고고학의 유물처럼 오랜 연륜과 역사를 간직한 채, 우리들의 일상 언어생활 속에 깊숙이 묻혀서 사용되는 것이 있다. 땅이름이 그러하다. 사람 이름의 경우에는 역사상에 기록될 만한 특별한 인물이 아닌 한, 고작해야 일 백 년 안팎쯤 쓰이다가 잊혀지고 말지만, 땅이름은 비교적 긴 세월을 민족과 운명을 같이하면서 살아간다. 물론 땅이름에도 수명의 길고 짧음이 있어서 긴 것은 수천 년의 나이를 자랑하기도 하며, 짧은 것은 사람 이름처럼 몇십 년에 그칠 수도 있다.

우리나라의 땅이름은 크게 보아 여섯 번 정도의 변경을

거쳐 오늘에 이르렀다. 첫 번째는 순수한 우리말 땅이름이 쓰이던 시대로서, 우리 민족이 한반도에 터전을 잡은 아주 옛날부터 원삼국(原三國)시대까지 내려온다. 두 번째는 우리 민족이 중국문화의 영향을 입어 두 음절짜리 한자 이름으로 땅이름을 바꾼 신라의 경덕왕(景德王, ? ~ A.D. 765) 때이다. 이 때에 이르러 우리나라의 중요한 땅이름이 고유성을 상실하고 한자의 탈을 쓰기 시작한다. 세 번째는 고려왕조에 들어와서의 일이고, 네 번째는 조선왕조에 들어와서의 일이다. 그 모두가 한자의 허울을 쓰는 방향으로 바뀌는 것이었다. 그때마다 지도가 작성되고 지리지(地理誌)가 만들어지지만 알게 모르게 고유한 우리말 이름이 훼손되고 사라져 갔다. 다섯 번째는 19세기 말에서 20세기 초에 걸쳐 일본이 토지 수탈과 대륙침략의 길잡이 목적으로 진행한 땅이름 조사 작업이다. 이때에 이르러 그나마 유지되던 고유한 우리의 땅이름이 일본 글자인 가다가나로 적히면서 혼란이 발생한다. 여섯 번째는 6·25전쟁 중에 군사작전용으로 만든 지도에 매큔 · 라이샤워 표기 체계를 따르면서 겪은 혼란이다.

이렇게 시대가 바뀌면서 피치 못할 변개를 거친 우리나라 땅이름의 운명은 원칙적으로 한자 차용 표기법과 깊은 관련이 있다. 가령 '갈현(葛峴)' 이란 마을이 있다고 하자. 실제로 이런 이름의 마을은 서울 · 과천(果川) · 안동(安東) · 정주(定州) · 연천(連川) · 파주(坡州) · 보령(保寧) · 철원(鐵原) 등에 퍼져 있는데, 이 이름은 두 글자가 모두 한자의 뜻 적기 방식에 따라 '칡고개' 를 뜻하는 것일 수도 있고, 둘 다 소리적기를 반영한 것으로 '갈래 언덕' 쯤의 우리말을 한자로 바꾸어 놓은 것일 수도 있다. 아니면 '갈' 자 하나를 소리 적기에 따르고, '현' 자는 뜻 적기에 따라 '갈래길 고개' 를 뜻할 수도 있다.

이처럼 우리나라의 땅이름은 우리말의 순수성을 한자의 차용 표기 속에 감추어 두고 있다. 그러므로 우리의 옛날 전통을 보존하고 가꾸려는 마음이 있다면 땅이름 하나도 함부로 버리거나 바꿀 수 없다는 결론에 이른다.

마포 강변 한쪽 모서리에 자리 잡은 절두산(切頭山)은 오늘날 가톨릭 순교(殉敎) 성지(聖趾)가 되어 그 기념 성당이 세워져 있기 때문에 산이름과 가톨릭교의 수난(受難)이 절묘하게 맞아떨어진다. 그러므로 절두산이란 이름은 가톨릭교의 수난 이후에 생긴 이름이라고 생각할 수 있다. 그러나 용비어천가에 '가을두(加乙頭)' 라는 표기와 대비하여 보면, 이들은 '더을머리' 또는 '들머리(野頭)'를 표기한 것이 아닌가 생각하게 된다. 좀 더 여유를 가지고 얼마간의 유머를 곁들인다면 '절두(切頭)'란 한자로 표기했던 우리 조상이 몇백 년 후에 일어날 천주교의 수난을 미리 예견하였다고나 할까?

옛날의 땅이름이 잊혀지기 전에 부지런히 찾아 모으며 그 뜻을 캐 보아야 하겠다.

훈민정음 이전의 우리나라 문자

한글이 창제되기 이전에도 우리말을 적기 위한 우리 민족 고유의 문자가 있었을까? 이 물음에 한마디로 "예, 아니오."를 말하라고 하면, 우리는 선뜻 "예"라고 대답하여야 한다. 그 고유문자는 다소 불완전하여 체계를 갖추지는 못했을망정 우리말을 음절 단위로 표기했던 표음문자이다. 흔히 '입·겿'이라고 했고 '구결(口訣)'이라고도 불렀다. 훈민정음이 창제된 후에도 한문을 배울 때에 '토(吐)'라 하여 계속 사용되었던 문자이다.

이 구결의 기원은 신라시대 설총(薛聰)으로 거슬러 올라간다. 삼국사기에는 설총에 대하여 다음과 같이 적고 있다.

"…그는 성품이 밝고 예리하였다. 태어나면서부터 도(道)를 깨달았다고 한다. 그는 말년에 우리말로 아홉 가지 경서(經書)를 풀어 읽는 방법을 개발하여 제자들을 가르쳤는데, 오늘날까지도 글공부하는 이들이 그 방법을 모범으로 삼는다."

또 삼국유사에도 비슷한 내용이 적혀 있다.

"…그는 태어나면서부터 출중하고 명민하였다. 경사(經史)에 두루 통했으며 신라의 열 분의 현자(賢者) 가운데 한 분이 되었다. 우리나라 말로 중국이나 다른 나라 문물에 이름을 붙이고 육경(六經)과 이름난 중국 글을 풀이하였다. 오늘날까지도 우리나라에서 경서를 해석하여 가르치는 것을 업으로 하는 이들이 그 방법을 전수하여 그 전통이 끊이지 않았다."

그러나 역사책에 기록된 설총의 이야기는 단지 역사책 속의 이야기였을 뿐, 한문 해석의 실제 방법이 무엇인지는 여전히 수수께끼로 남아 있었다. 그런데 지난 1973년 12월에 충청남도 서산(瑞山) 문수사(文殊寺)에서 고려 초기에 간행되어 읽힌 것으로 보이는 구역인왕경(舊譯仁王經)이 발견됨으로써 설총의 한문 해독방법이 어떤 것이었는지를 헤아려 볼 수 있게 되었다. 이 인왕경은 가로 56cm, 세로 31cm의 누른색 닥나무 한지에 목판으로 인쇄한 경판본이다. 불경의 원문은 정갈한 구양순체(歐陽詢體)의 목판활자인데 그 한문 원문 좌우에 붓으로 써넣은 구결이 적혀 있다.

구결문자는 대체로 한자의 해서체(楷書體)나 초서체(草書體)의 일부분을 따서 글자의 형체를 삼고 그 원글자의 한자음이나 세김의 첫 음절로 그 글자의 발음을 삼는다.

가령 인왕경의 예를 든다면 다음과 같다.

唯① 佛② 一人③ 居④ 淨土⑤.

①②③④⑤는 모두 구결자 대신 번호를 붙인 것이다. ①②③⑤는 오른쪽에 적힌 것이고, ④는 왼쪽에 적혔다. ⑤ 다음에는 점(•)이 하나 찍혔다. 오른쪽에 적힌 구결자에 따라 한문을 풀어 읽어가다가 점이 나오면 왼쪽에 적힌 것으로 거슬러 올라가 읽는다. 그러면 이렇게 해석될 것이다.

〈오직 부처님이신 한 분이 정토(淨土)에 사십니다.〉

여기에서 밑줄 친 부분의 말이 위에서 번호로 표시된 구결자에 해당하는 부분이다. 한문을 우리말로 바꾸고자 할 때에 순서가 바뀌는 것을 해결하기 위하여 점(•)을 찍는 일과 구결을 좌우로 나누어 쓰는 방법이 사용되었다. 아마도 설총은 이 방법을 체계화하여 제자들에게 전수하였기 때문에 그 사실이 역사책에 기록된 것이리라.

그런데 흥미 있는 것은 이 구결자가 일본 문자 가다가나(片假名)와 외형상 매우 흡사하다는 사실이다. 구결자가 음절문자요, 한자의 일부분을 따라 썼으니 그럴 수밖에 없지 않겠는가? 한자를 이용하여 음절문자를 만들어 쓴 것은 우리나라나 일본이 다 같았지만, 일본은 그 불편을 감수하면서 지금까지도 그 글자를 사용하고 있고, 우리나라는 음절문자인 구결자를 벗어 던지고 한글을 만들었다는 것이 다른 것이었다고 말할 수 있을 것이다.

이두吏讀의 언어 문화상의 공로

중국의 한자문화를 수입하여 우리나라 문화를 발전시키고, 앞선 중국의 문물제도를 우리 현실에 맞게 토착화시키기 위하여 우리 조상들이 노력한 일 가운데 이두(吏讀)의 개발은 한글 창제에 버금가는 문화사상의 업적이었다. 그동안 한글 창제의 위대성에 묻혀서 이두의 개발과 발전은 소홀하게 취급되었으나 엄격하게 말한다면, 한글 창제를 가능하게 했던 밑바탕에는 이 이두표기의 전통도 한몫을 담당하였던 것이다.

이 이두는 신라 신문왕 때의 설총(薛聰)이 개발한 것처럼 잘못 알려져 있다. 한자를 이용하여 우리말을 적는 총체적인 한자 차용 표기방식이 한두 사람의 개인적인 창안으로 완성될 수는 없는 일이고, 또 설총 이전에도 한자를 빌어 우리말을 적은 글이 있으므로, 아마도 설총은 이두를 집대성한 분이라고 보는 것이 좋을 것이다. 이러한 이두는 통일신라 이후 고려시대 전 기간에 걸쳐 불가의 스님들과 관청의 서리(胥吏 : 일반 행정관리)들 사이에 널리 통용되었다. 그 전통은 한글이 창제된 이후 조선조 오백 년 동안에도 지속되었다. 문화적 전통이나 관행이 하루 아침에 바뀌는 것이 아니고 점진적인 변화를 거치는 것이기 때문이다.

이두를 통한 중국 문화의 토착화는 특별히 법제(法制) 분야에서 돋보인다. 대명률직해(大明律直解)는 명나라 법령을 이두로 번역한 책으로 조선조 초 1395년(태조 4년)에 간행되었는데, 우리 민족의 전통적 법규가 중국 법제와 얼마나 밀접하게 연계되어 있는가를 살피는 데 아주 좋은 자료이다. 이제 몇 구절 옮겨 적는다. (편의상 될 수 있는 대로 현대어로 옮겼는데 밑줄 부분이 이두임)

〈남녀혼인 : 무릇 남녀 정혼(定婚)의 처음에 만일 잔질(殘疾) 노약(老弱)이 있는지, 처첩자식, 수양자식에 관하여 양쪽이 자세히 상지(相知)하였으므로 종소원(從所願)으로 혼서(婚書)를 상송(相送)하고 의례결족(依例結族)하되 여자집안이 혼서를 일찍이 통보하며 사사로이 약정(約定)하고 임시(臨時)하여야 하는데, 즉시 응대(應待)하지 않으면 태(笞) 오십(五十)을 하며 혼서를 보내지 않고 혼수를 받았을 때에도 죄는 같다.〉

〈불효 : 조부모와 부모와 지아비의 조부모와 부모와를 고소(告訴)하며, 악담매리(惡談罵詈)하며 조부모와 부모와 현재(現在)하거늘 호별각거(戶別各居), 가재분집(家財分執)하며 봉양흠궐(奉養欠闕)하며 부모몽상(蒙喪)에 시집장가가며 혹 연음작락(宴飮作樂), 혹 상복을 벗고, 길복을 입으며 조부모 및 부모의 상(喪)을 듣고도 은익불발(隱匿不發)하고 생존하신 조부모 및 부모를 돌아가신 양으로 망칭(妄稱)하는 일.〉

거듭 밝히거니와 이러한 이두표기는 조선왕조시대 오백년에 걸쳐서도 행정관리들의 전문용어로 애용되었다. 많은 사람들이 이러한 이두의 사용이 한글문화가 정착하는 데에 방해요소로 작용하였다고 생각한다. 그러나 조선왕조 지식인들은 사실상 한글 없이도 그들의 문자생활에 아무런 불편이 없었으므로 한글문화가 조선조에서 꽃피지 못한 것이 저들 이두를 즐겨 사용한 행정관리들의 탓이라고는 말할 수 없다.

오히려 이두의 전통은 우리말이 한문 구조와 얼마나 현격하게 다른가를 끊임없이 깨닫게 함으로써 국어 의식을 높이고 국어의 문법적 특성을 일깨우는 데 공헌을 하였다고 볼 수는 없는 것일까? 이두로 표기된 다양한 우리말을 보면 저들 조선시대 서리(胥吏)들이야말로 우리말 실용문법의 선구자였다고 생각된다. 그래서 우리는 이제 이두 연구에도 새로운 열성을 보여야 한다.

훈민정음의 숨은 이상

세상 사람들이 숫자에다 신비한 의미를 부여해 온 역사는 언제부터 시작되었을까? 일월삼주(一月三舟), 삼위일체(三位一體), 삼재팔난(三災八難), 사서오경(四書五經), 사단칠정(四端七情), 오장육부(五臟六腑), 육신오행(六信五行) 등을 나열하다 보면 어느 숫자에나 특별한 의미 가 결합되지 않은 것은 하나도 없을 것 같다.

그중에서도 2와 3의 배수인 12는 동서양 어디에서나 두루 즐기는 숫자로서 그 쓰임의 폭이 대단히 넓다. 일 년이 열두 달이요, 방위에 쓰이는 간지(干支)도 열둘이다. 유대인들도 12지파로 민족의 총합을 표현하였고, 예수님도 12제자를 거느려 만민의 스승임을 상징하였다. 금강산이 일만이천 봉이라 하는 것도 결국 12가 우주를 총괄한다는 의미와 통하는 것이다.

이러한 2와 3이라는 기본 수는 108이라는 숫자에 이르러 불가(佛家)의 보물이 된다.(108은 ‘$2^2 \times 3^3$’ 으로 표현할 수 있다.) 백팔번뇌(百八煩惱)라는 말은 인생고해(人生苦海)를 분석적으로 고찰했을 때에 나타난 표현일 듯싶다.

그런데 우리의 한글 ‘훈민정음’ 과 이 불교의 신성한 숫자 108이 밀접한 관련을 맺고 있는 것이다.

“나랏말쏘미 中國에 달아 文字와로 서르 ᄉᆞᄆᆞㅅ디 아니 홀씨…” 이렇게 시작하는 세종어제(世宗御製) 훈민정음 서문이 꼭 108자로 되어 있고, 그것을 한문으로 바꾸어 놓은 “국지어음 이호중국(國之語音 異乎中國)…” 이란 글은 108자의 절반인 54자로 되어 있기 때문이다. 처음에 이러한 사실이 발견되었을 때에는 ‘그것참 재미있는 일이구나.’ 하는 호기심 정도에 머물고 말았으나 그것이 우연한 일이 아닐 것이라는 사실이 점점 더 분명해졌다. 이제 그 이유를 간추려 본다.

첫째, ‘국지어음(國之語音)’ 으로 시작하는 한문 서문과 ‘나랏말쏘미’ 로 시작하는 한글 서문을 대비해 보면, 각각 54자와 108자를 만들기 위하여 바꾸거나 있어야 할 낱말이 생략된 사실을 확인할 수 있다.

둘째, '월인석보(月印釋譜)'는 세조 5년에 '월인천강지곡'과 '석보상절'의 일부를 고쳐 합본한 책인데, 그 첫째 권이 108장으로 꾸며져 있다. 내용이 완결되지 않았는데 108장에서 첫째 권을 마무리 짓고 있다. 더구나 그 마지막 장에는 총 일백팔장(一白八張)이라고 기록하여 108을 강조하였다.

셋째, 세조대왕은 108이란 숫자에 의미를 부여한 행사를 좋아하였다. 세조 3년 초여름에 날씨가 오래 가물자, 5월 27일에 108명의 승려를 흥천사(興天寺)에 모으고 기우제(祈雨祭)를 지냈는데 그 다음날인 28일에 비가 내렸다. 이에 임금님은 크게 기뻐하여 기우제를 지낸 108명의 스님들에게 비단을 한 필씩 하사하면서 "오랜 가뭄 끝에 기도하여 비가 왔으니, 이것은 하늘과 사람이 서로 감읍한 까닭이다." 하고 기뻐하였다.

이러한 사실로부터 우리는 세종, 세조 두 임금이 훈민정음을 창제하고 불경을 간행하면서 가슴속에 은밀히 간직하고 있었던 숨은 염원이 있었으리라는 추측을 하게 된다. 그것은 어리석은 백성이 문자생활을 함으로써, 생활의 편의를 도모할 뿐만 아니라 불법의 교화로 모든 백성들이 극락정토

(極樂淨土)를 살아가는 마음의 행복도 함께 누리기를 기원한 것이 아닐까? 그렇다면 훈민정음은 극락을 만들고자 하는 이상(理想)을 갖고 창제된 것이다.

오늘날, 한글이 세계 제일의 문자임을 자랑하면서도 여전히 민족분단의 설움과 정치, 사회적 혼미에서 헤어나지 못하는 우리 후손들을 세종대왕과 세조대왕은 저세상에서 어떤 심정으로 바라보고 계실까.

한글과 우리 문화의 특질

몇 해 전 미국에 머물던 때의 일이다. 친구의 집에 초대되어 저녁을 먹는 자리에서 어떤 분이 나에게 물었다.

"미국에서 살다 보면, 가끔 미국 사람으로부터 이런 질문을 받는 수가 있어요. '당신네 한국 사람들은 한국 문화가 중국이나 일본과는 다른 독자적인 문화를 가졌다고 말하는데, 그것을 구체적으로 증명할 수 있습니까?' 이런 경우에 간단히 해결하는 방법이 뭐 없을까요?"

그때에 나는 이렇게 대답했었다.

"네. 있지요. 문자문화라는 말, 하나면 해결이 됩니다. 중국은 뜻글자인 한자(漢字)를 가지고 있습니다. 그리고 일본은 그 한자를 간략하게 줄여 쓰는 방법을 통하여 음절문자인 '가나(カナ)'를 만들어 사용하고 있습니다. 그러나 한국은 뜻글자인 한자로부터 형태상으로나 기능상으로 완벽하게 벗어난 한글을 만들었습니다. 한글은 한자를 초월한 문자이거든요. 일본의 가나처럼 한자의 어느 부분을 떼어낸 것도 아니고, 또 소릿값이 음절 단위에 그치는 것이 아니라 자음과 모음으로 나뉘는 음소문자 아닙니까?"

그분은 다시 물었다.

"그거야 우리 한국 사람이면 모르는 사람이 없지요. 문제는 전통적으로 음소문자인 알파벳을 쓰고 있는 서양 사람들은 한글이 알파벳과 같다는 사실에 대해 놀라움을 표시하지 않는단 말이에요. 뭐 좀 화끈하게 놀라게 해줄 것이 없을까요?"

그래서 나는 그분과 약속을 하여 그 다음날 버클리 대학의 동양학 도서관 서고에서 다시 만났다. 나는 대체로 17세기에서 18세기에 걸친 시대에 간행된 중국책, 한국책, 일본책을 두세 권씩 꺼내다가 책상에 나란히 놓고 그분에게 말했다.

"이 책들은 지금부터 이삼백 년 전 비슷한 시기에 간행된 중국 · 한국 · 일본 세 나라의 책입니다. 책의 장정, 특히 겉표지의 지질(紙質)과 모양에 어떤 차이가 있는가를 살펴보시지요."

그분은 중국책이나 일본책의 겉표지가 한국책보다 얇을 뿐 아니라, 중국책은 표지라고 해서 특별히 두꺼운 종이를 쓰지 않았다는 사실을 확인하였다.

"중국책이나 일본책은 겉표지에 전혀 정성을 들이지 않았군요. 우리 책만 도톰한 한지에 노르스름한 물감을 입혀서 책의 품위를 살렸는데요." 하면서 기뻐하였다.

"그것뿐입니까? 조금 더 살펴보시지요."

나는 웃으면서 좀 더 세밀한 검토를 부탁드렸다. 한참을

더 들여다보더니

"좌우간 겉표지가 튼튼하면서도 우아하다는 점은 분명한데, 그것 말고는 모르겠군요."

"무엇 때문에 우아하다고 하십니까?" 나는 집요하게 추궁했다. 그분은 우리나라 책을 들고 이리저리 살펴보다가 이렇게 외쳤다.

"아! 알겠어요. 이거군요. 이거. 책 표지에 문양(紋樣)이 들어 있어요. 그렇지만 주의해 보지 않으면 없는 것처럼 은은하게 숨겨져 있는데요 …우리 조상들의 아름다움에 대한 감각이 이렇게 섬세하고도 은근한 줄은 정말 미처 몰랐습니다. 바로 이런 점이 한국 문화의 특질이라 해도 지나치지 않겠습니다. 아, 이걸 미국 친구들에게 얘기하자면 항상 실물을 들고 다니면서 비교 대조를 시켜 보아야 하는데 무슨 좋은 방법이 없을까?"

그날 그분은 정말 지나치다 싶을 정도로 흥분을 감추지 못했었다. 그날 저녁 그 기쁨의 보답으로 술자리를 마련한 저녁 밥상에서 나도 고마움을 나타내는 아첨(?)의 한마디를 덧붙였다.

"한국문화의 특색은 한국 근세의 제책(製冊)이나 장정(裝幀)문화에 있는 것이 아니라 그런 것을 발견하고 기뻐하는 당신 같은 사람에게 있는 것입니다."

백성을 부르는 소리

한글로 발표된 최초의 공문은 무엇일까? 한자교육의 필요성을 주장하는 목소리와 함께, 한글전용이니 한자혼용이니 하는 논의가 다시 고개를 드는 요즈음, 최초의 한글 공문에 어떤 것이 있었는지를 살펴보는 것은 의의가 있을 것이다.

한글이 창제된 지 꼭 1백50년이 지난 선조 26년(서기 1593년)은 임진왜란이 일어난 다음 해였다. 그해 가을 음력 9월, 임금님은 의주(義州)에 몽진(蒙塵 : 임금님의 피난살이)하여 계시면서 명나라 원군의 도움을 얻어 서울을 되찾으려 할 무렵이었다. 이미 많은 백성이 왜군에게 붙들려 가서 마음에도 없는 부역을 하며 목숨을 부지하고 있었고, 임금님은 이제 그들을 다시 찾아 조선왕국의 백성으로 받아들이고 그들의 부득이하였던 옛날 죄를 씻어주며 위로할 필요가 있었다. 그러니까 잃었던 백성을 다시 부르는 임금님의 애타는 목소리가 요구되는 시점이라 할 수 있었다. 이때 임금님은 순한글 포고문을 적진에 살포하였으니 그 글월은 다음과 같은 것이었다.

《백성에게 이르는 글이다.

임금이 이르시되 너희가 처음에 왜에게 위협을 받아 그로 말미암아 끌려다니기는 너희 본 마음이 아니라 도망쳐 나오다 왜에게 붙들려 죽을까도 여기면서 도리어 의심하기를, 왜에게 협력했던 일에 나라가 죽일까도 두려워하여 이제까지 나오지 아니하니, 이제는 너희가 그런 의심을 먹지 말고 서로 권하여 다 나오면 너희를 각별히 죄주지 않을 뿐 아니라 그중에 왜놈을 사로잡아 나오거나 왜놈들이 하는 일을 자세히 알아 나오거나 포로가 된 사람을 많이 데리고 나오거나 아무런 공이 있으면 전의 일을 묻지 않고 벼슬도 시킬 것이니 너희는 생심도 전에 먹던 마음을 먹지 말고 빨리 나오라. 이 뜻을 각처의 장수에게 다 알리었으니 조금도 의심하지 말고 모두 나오너라. 너희 중에 설마 모두 어버이와 처자가 없는 사람이 있겠느냐? 네가 살던 곳으로 돌아와 옛날대로 도로 살면 후련하지 않겠느냐? 이제 곧 아니 나오면 왜놈에게도 죽을 것이요, 나라가 평정한 후이면 너희들도 후회가 되지 않겠느냐? 하물며 당병(唐兵)이 황해도와 평안도에 가득하였고, 경상도 전라도에 가득히 있어 왜놈이 곧 갑자기 제 땅에 아니 건너가면 합병(合兵)하여 부산과 동래에 있는 왜인들을 다 칠 뿐만 아니라 강남 배와 우리나라 배를 합하여 바로 왜나라에 들어가 다 분탕(焚蕩)할 것이니 그때에는 너희까지 휩쓸어 죽을 것이다. 너희는 서로 일러 그전에 빨리 나오라. 만력(萬曆) 이십일 년 구월 일》

선조대왕 이전에 이런 형식의 한글 공문서가 또 있었는지는 알 길이 없으나, 현재로서는 이것이 가장 이른 시기의 한글 포고문인 것 같다. 선조대왕은 이런 글월 외에도 언문 편지를 즐겨 쓰신 임금님으로 알려져 있거니와, 언문이나 겨우 뜯어 읽을 수 있는 불쌍한 우리 백성들이 새로운 전황(戰況)을 정확하게 파악하고, 하루빨리 고향을 찾아가게 하려는 임금님의 생각을 간절하고도 소박하게 펼치고 있다.

이런 글월을 대하면, 옛날 우리 조상들은 한글전용과 한자혼용의 문제를 전혀 고민하지 않았던 것 같다. 한글전용을 해야 할 대상에게는 한글전용을 했고, 공부한 사람들끼리는 또 부담 없이 한자만을 즐겨 사용하였기 때문이다.

(이 한글교서(教書)는 가로 47cm, 세로 74cm의 두꺼운 장지 한 장으로 된 육필본으로 김해의 한 고택에 보관되어 있는데, 몇 해 전에 내무부에서 빌려다가 일반에게 전시하여 세상에 널리 알려진 보물이다.)

한글만 쓰기의 내력

우리나라 문자생활의 역사를 한마디로 간추린다면 '한자만 쓰기에서 한글만 쓰기를 향하여 걸어온 길' 이라고 할 수 있다. 그렇다고 하여 현재 우리가 한글만 쓰기의 문자생활을 실현했다고는 말할 수 없다. 단지 앞으로 언젠가는 한글만 쓰기를 하면서도 완벽한 문자생활을 할 수 있으리라는 소망을 갖게 되었다는 정도에 머물러있다. 그러나 이 정도의 소망에 이르기 위하여서는 일찍이 한글만 쓰기에 모범을 보인 여러 분의 선구적 노력이 필요했었다.

이와 같은 선구적 노력의 첫 번째 공로자는 아마도 18세기 말에 우리나라에 천주교를 받아들인 남인계(南人系)의 학자들이 아닌가 싶다. 그들은 이미 정통유학(正統儒學)인 주자학(朱子學)에 조예가 깊은 학자들이었으며, 그들이 받아들인 천주학도 역시 중국을 통하여 입수한 한문 서적으로 이해의 폭을 넓힌 것이므로 그들에게 있어서 한문은 당대의 다른 사대부와 마찬가지로 그들의 체질화된 표기 수단이었다.

그럼에도 불구하고 그들은 한글만 쓰기를 방편으로 삼아 천주교의 교리를 전파하였다. 보다 많은 사람에게 보다 쉽게 천주교를 알리기 위하여 그들은 오늘날 우리가 지니고 있는 문자의식을 이백 년이나 앞서서 실천에 옮기고 있다. 다음 글을 읽어 보자.

> 《ᄆᆞ롯 사ᄅᆞᆷ이 하ᄂᆞᆯ을 우러러 보매 그 우회 님ᄌᆡ계신 줄을 아ᄂᆞᆫ고로 질통고난을 당ᄒᆞ면 양텬축슈ᄒᆞ야 면ᄒᆞ기ᄅᆞᆯ 바라고 번ᄀᆡ와 우레ᄅᆞᆯ 맛나면 ᄌᆞ거죄악을 ᄉᆡᆼ각ᄒᆞ고 ᄆᆞᄋᆞᆷ이 놀랍고 송구ᄒᆞ니 만일 텬샹에 님ᄌᆡ 아니 계시면 엇지 사ᄅᆞᆷ마다 ᄆᆞᄋᆞᆷ이 이러ᄒᆞ리오.(띄어쓰기는 필자가 하였음)》

이것은 '쥬교요지'라 하는 글의 첫머리 부분이다. 이 글은 정약종(丁若鍾, 1760~1801)이 1790년대에 지은 것으로 추정되는 천주교 교리 해설서로서 우리나라 최초의 기독교 교리 관계 문헌이다. 질통고난(疾痛苦難) 앙천축수(仰天祝壽)와 같은 한자어가 나타나긴 하지만 하느님의 존재를 한국인의 토착신앙에 접목시키려는 노력이 역연히 드러난다. 또 한 부분을 더 읽어 보기로 하자.

《비유컨대 독 속에 잇ᄂᆞᆫ 물을 종ᄌᆞ로 퍼내여 ᄒᆞᆫ 번 푸고 두 번 푸고 천만 번을 퍼내면 필경 그 독에 물이 업서질 거시오 ᄉᆞᄅᆞᆷ이 이 셰상에 ᄉᆞᆷ겨나 하로 지나가고 잇흘 지나가고 쳔만 날이 지나가면 필경 죽을 긔약이 니ᄅᆞᆯ지니 독의 물이 마ᄅᆞᆫ 거ᄉᆞᆯ보고 엇지 나죵 죵ᄌᆞ가 그 물을 업시 ᄒᆞ엿다 ᄒᆞ리오. 반ᄃᆞ시 첫 종ᄌᆞ부터 물이 업서진다 ᄒᆞᆯ거시오 ᄉᆞᄅᆞᆷ의 죽ᄂᆞᆫ 거ᄉᆞᆯ 보고 엇지 죽ᄂᆞᆫ 날이야 죽엇다 ᄒᆞ리오 반ᄃᆞ시 나던 날브터 죽어간다 닐을지라.》

인간이 살아간다는 것이 곧 죽어가는 것이요, 삶이 죽음에 붙어 있음을 실로 평이하고도 부드럽게 설명하고 있다. 한글만 쓰기의 참모습이 어떠해야 하는가를 이백 년 전에 이렇게 분명하게 예시하였다는 사실이 놀랍기 그지없다. 이와 같은 '한글만 쓰기'의 전통은 천주교가 박해를 받으면서도 꾸준히 지속되다가 다시 백여 년 전인 1880년대부터 시작된 개신교의 성서번역을 통하여 활기를 띤다. 이 활기는 새로운 시대의식의 흐름을 타고 개화사상의 구체적 실천항목이 됨으로써 독립신문의 한글만 쓰기의 실현을 가져오게 하였다.

돌이켜 보면, 부처님의 가호를 빌며 백팔번뇌에서 백성들을 건져 내겠다는 편민사상(便民思想)을 꽃피우기 위하여 한글이 탄생하였고, 그로부터 삼백여 년이 흐른 뒤에 하느님의 가호를 빌며 이 세상에 하느님 사랑을 펼쳐 보겠다는 평등·민주사상을 열매 맺기 위하여 '한글만 쓰기'가 시작되었으니, 이제 정말로 '한글만 쓰기'가 실현되는 날은 우리나라 우리 민족이 진정으로 평화와 자유를 노래하는 시절을 맞을 것이 아닌가.

한글만 쓰기와 한자 공부

이른 아침에 친구의 집으로 전화를 걸었다. 이른 시간이라 실례가 아닐까 염려스러웠지만 급한 일이라 어쩔 수가 없었다. 다행스럽게도 저쪽에서는 중학생쯤으로 짐작되는 어린 아들의 목소리가 들려 왔다.

"네, ××동입니다."

"아, 그래요? 여기는 세검정인데, ○○○ 씨가 아버지이신가?"

"네, 그렇습니다."

"아버지 기침(起寢)하셨으면 세검정 전화라고 해요."

"아버지는 감기도 안드셨는데요, 조금 전에 산보 나가셨어요."

나는 아차 싶었다. 어린 중학생이 '기침(起寢)'이라는 한자말을 잘못 알아들은 것이었다. 나로서는 별로 부담이 없는 말버릇이었으나 그것은 아미 낡은 세대의 표현이었다.

하기는 지난해, 대학입학 학력고사에서도 비슷한 현상이 발생했었다. '삼순구식(三旬九食)'의 뜻풀이를 묻는 국어문제에 바른 대답을 적은 학생들보다는 기상천외의 기묘한 답안을 적은 학생들이 더 많았기 때문이다. 채점을 하다가 그 절묘한 답안이 나오면 큰 소리로 낭독하며 한바탕씩 웃곤 하였으나 웃음 끝에 묻어오는 씁쓸한 표정은 감출 수가 없었다. 한 달에 아홉 끼니밖에 먹지 못한다는 가난한 살림을 묘사하는 문맥을 놓고, 학생들은 무책임한 상상력을 동원하고 있었다.

○ 세 때를 따라 아홉 가지 음식을 차림.

○ 삼십 년에 아홉 번 잔치함.

○ 세 번을 굶으면 아홉 번을 먹음.

○ 삼일을 먹으면 구일을 굶어야 함.

○ 세 끼니의 식사를 아홉 사람이 나누어 먹음.

○ 세 개의 고구마를 아홉 번에 먹음.

우리가 지금 한글만 쓰기를 주장하고 그 방향으로 나아가고자 노력하는 것은 우리 문화와 문자생활의 바른길이다. 그러나 그것이 한자어의 전면적인 포기를 의미하는 것은 아니다. 전통과 관습에 관련된 한자어는 그대로 살려 쓸 수밖에 없고, 그러자면 부득이 한자에 대한 이해가 요구된다. 다시 말하여 '한글만 쓰기' 의 방향 설정이 한자에 대한 '무식'을 정당화할 수는 없다는 말이다. 우리는 여전히 '운동권 학생' 이니, '의식화 운동' 이니 하는 말을 하고 있는데, 이때에 '운동(運動)' 이나 '의식(意識)' 이란 낱말은 한자를 바탕으로 한 낱말일 뿐만 아니라 다분히 시대상황에 의해 변질된 뜻으로 통용되는 낱말이다. 이러한 낱말을 우리의 후손이 역사적 개념으로 이해하려 할 때에 한자에 대한 기본 소양이 없이 바르게 알기는 어려울 것이다.

며칠 전에 혜강(惠岡) 최한기(崔漢綺 : 19세기 중엽의 학자)의 '기측체의(氣測體義)' 를 읽다가 창작활동과 관계되는 대목이 마음에 들어 우리말로 옮겨 보았는데, 거기에서 '신기(神

氣)'라고 하는 낱말은 끝내 바꿀 수가 없었다. 그 대목의 처음은 다음과 같다.

〈내가 말을 할 때에는 신기(神氣)가 움직이기 때문에 사람들이 그 말을 들으면 반드시 그들의 신기도 움직인다. 내가 글을 짓는 것도 신기가 활동함에 말미암은 것이므로 사람들이 그 글을 이해하게 되면 반드시 그들의 신기도 개발된다. 사진·글씨·그림의 경우에도 신기에 도달하면 사람들이 우러러 바라볼 수 있게 된다.〉

만일에 이 글을 한글로만 써 놓고 젊은 대학생들에게 '신기'의 개념을 파악하라고 한다면 어떤 반응이 나올까? 새롭고 이상한 것〔新奇〕이나 신묘한 기술〔神技〕을 연상하지 않으리라는 보장이 없고 보면 최소한의 한자공부는 여전히 문화의 계승이라는 차원에서 강조되어야 할 것 같다.

옛사람만이 한자어로 사념을 펼친 것이 아니라, 오늘 우리도 여전히 한자어를 통하여 생각하기도 하고 느낌을 나타내기도 하는데….

한자漢字는 과연 동양의 공통 문자인가

나이 들어가면서 어린 시절의 고향산천을 그리워하듯, 과거의 영광을 회상하는 것은 분명 즐거운 일이다. 그러나 그것은 지나간 시절의 즐거움을 반추하는 감상적 위로의 영역이지 냉엄한 현실을 올바르게 바라보며 현재를 살아가는 삶의 현장이 될 수는 없다.

지난해 가을, 두 개의 국제학술모임이 연달아 개최되었었다. 그 모임은 모두 한(韓)·중(中)·일(日) 세 나라의 언어정책을 점검하는 것이었는데 중심 과제는 한자(漢字) 생활문제였다. 거기에서 세 나라는 모두 그들 나름대로 한자·한문 교육에 어려움이 있음을 고백하였다. 특히 우리 한국은 전통문화 계승의 차원에서 한자·한문 교육이 더욱 강화되어야 함에도 불구하고 그것이 제대로 이루어지지 않는 것으로 밝혀졌다. 한자 · 한문 교육의 범위와 한계가 확정되지 않았으며 약자(略字) 문제가 한자교육의 새로운 과제로 부각되었다. 한 · 중 · 일 세 나라의 공통 문자로 확립하기 위한 새로운 기구 창설을 제안하는 것까지 있었다. 물론 그러한 논조가 한글과 같은 고유문자의 존재 등, 세 나라의 특수성을 무시하려는 것이 아님을 전제로 한 것이기는 하지만 그 밑바탕에는 한자가 '동양삼국'의 공통문어문자(共通文語文字)의 기능을 상실하였다는 사실에 대한 아쉬움이 깔려 있었다. 이것을 지나치게 해석한다면 '동양삼국'이라는 용어가 일본 군국주의자들의 제국주의적 야욕을 상기시키기 때문에 우리의 기분을 상하게 하는 것이지만, 그러한 감정상의 문제를 떠나서도 그 주장은 이 세상의 어떤 것도 고정적인 것이 없다는 만물유전(萬物流轉)의 소박한 상식을 외면하였다는 점에서 그 부당성이 지적되어야 한다. 한자는 이미 동양 세 나라의 공통 문자가 아니기 때문이다.

중국에서 생성 발전한 한자가 과거에는 한국과 일본에 두루 통하는 공통 문자의 기능을 수행하였지만, 그 문자는 세 나라에서 각기 독자적인 발전을 전개함으로써 이미 개성이 강한 변종으로 성숙하였다. 첫째로, 글자 모양에서 서로 다른 형태로 변화하였다. 중국은 1950년대 이래 이른바 간자화(簡字化) 작업을 진행하여 일종의 문자혁명을 이룩하였다. 최근에 북경을 방문한 우리나라 사람들이 부딪히는 최초의 당혹감은 북경 거리에 나붙은 간판 글자들을 제대로 읽을 수 없는 데서 생긴다. 며칠 지나면서 한두 자 뜯어 읽는 재미를 느꼈지만 그것은 결국 새 문자를 배우면서 느끼는 기쁨일 뿐이다. 일본도 그들 나름의 약자(略字)를 개발하였다. 약자개발에 관한 한, 우리나라만 가장 보수적인 자세를 지키고 있다. 둘째로, 비록 글자가 같다 하여도 그 의미는 세 나라가 각기 자기의 길을 걷는 것이 많아졌다. 중국어 '東西'는 '동쪽과 서쪽'이 아니라 '물건'이요, '兄弟'는 '형님과 아우'가 아니라 '동생'만을 가리킨다. 일본어 '馬鹿'은 '말과 사슴'이 아니라 '바보 자식'이라는 욕설이고, '大丈夫'는 바람직한 남성 '대장부'가 아니라 '괜찮아요'라는 의사표현에 쓰이는 말이다.

한자를 발음·형태·의미의 세 가지로 구분해 볼 때, 발음은 진작에 세 나라가 다르게 변하여 왔고, 형태와 의미가 공통성을 유지해 주었는데, 이제 그 두 가지가 모두 분화(分

化)와 분열을 거듭하고 있다. 이렇게 보면, 이제 한자는 더 이상 세 나라의 공통 문자가 아닌 셈이다. 한자는 물론 근대에 이르기까지 과거 문화유산을 반영하는 부분에서 공통성을 유지하고 있으나, 그것은 어디까지나 과거에 한정되는 영광일 뿐이다. '한자의 운명' 이라는 책을 쓴 일본인 학자가 중국인 한자학의 권위자 곽말약(郭沫若) 씨와 나눈 대화를 다시 한번 음미해 보자.

> "한자는 장차 어떻게 될까요?"
> "그야, 영원히 보존되지요."
> "어떻게, 어디서 보존된다는 말씀입니까?"
> "박물관에서…."

우리말을 아름답게, 우리글을 정확하게

한국 사람이라면 누구나 한국어를 아름다운 말이라고 생각합니다. 왜냐하면 한국 사람들은 한국어로 의견 교환을 하며 의사를 소통할 때가 가장 쉽고 편하기 때문입니다. 쉽고 편한 것이 모두 아름다운 것이라고는 할 수 없지만 언어의 경우는 쉽고 편하기 때문에 좋은 언어요, 좋은 언어이기 때문에 아름다운 언어라고 생각합니다. 아름답다고 하는 것이 지극히 주관적인 것이기 때문이기도 합니다. 그러나 한국어를 아름다운 말이라고 생각하는 까닭은 뭐니 뭐니 해도 우리가 틀림없는 한국 사람이요, 또한 한국을 사랑하기 때문입니다. 사랑하는 것은 모두 아름다운 것입니다.

이와 같이 우리는 한국 사람임을 사랑하고 한국어를 사랑합니다. 그러므로 우리가 한국어를 아끼고 보존하여 진정으로 아름다운 언어로 가꾸어 후손들에게 남겨야 하는 일은 우리의 권리요 의무입니다. 이러한 권리와 의무를 행사하기 위하여 우리가 최소한으로 알아야 하고 지켜야 할 것은 무엇인가? 이제 그러한 문제 몇 가지를 짚어 보고자 합니다.

1. 말과 글자

대단히 유식한 사람이 다음과 같은 글을 쓴 적이 있습니다.

"아름다운 우리말, 한글이 창제된 지 어언 600년이 가깝습니다."

무심히 읽으면 자칫 놓쳐 버리기 쉬운 구절입니다. 이 분은 우리말을 적는 데 그야말로 안성맞춤인 우리 글자, 한글을 자랑스럽게 여기고 사랑하는 분임에 틀림없습니다. 그러나 한글을 사랑하는 것이 너무 정도에 지나쳐서 우리말－곧 한국어－과 한글을 혼동하고 말았습니다. 어째서 우리말이 한글입니까? 한글은 글자이고, 우리말은 그야말로 말－언어-입니다. 우리말이 600여 년 전에 만들어졌다면 이것은 기막힌 망발입니다. 아마도 우리말은 "우리 민족이 언제, 어디에서 출발했느냐" 하는 문제를 풀어야만 대답할 수 있는 것입니다. 우리말은 적어도 만 년 전, 이만 년 전에 우리 민족의 형성과 함께 만들어졌을 것입니다.

우리는 이제 행여라도 한글이 600여 년 전에 세종대왕이 만드셨다는 것과, 우리말의 형성을 혼동해서는 아니 되겠습니다.

2. 한글 맞춤법

세상 사람들은 한글 맞춤법을 어렵다고 생각합니다. 그러나 맞춤법을 어렵다고 생각하는 분의 마음속 깊은 곳에는 한글은 소리글자이니까 아무렇게 써도 되는 것 아닌가 하는 생각을 감추고 있습니다. 그런데 이런 분일수록 우습게도 영어의 철자에는 대단히 민감한 경우가 많습니다. 영어도 소리글자인 알파벳으로 적힌다는 것을 짐짓 외면하면서 말입니다.

우리 맞춤법이 약간 어려운 것은 사실입니다. 두 받침 글자로 낱말의 어간 형태를 고정시킨 것이 어렵게 느껴지는 중요한 요소입니다. 가령 '값, 넋, 삯' 이라든지 '없다, 많다, 닮다, 늙다, 넓다, 훑다' 같은 용언의 어간을 바르게 적는 것은 분명히 까다로운 일에 속합니다. 그러나 조금만 정성을 들여서 공부하면 초등학교 상급반 실력으로 이 정도의 철자법은 능히 극복할 수 있습니다.

철자법에 대해서 불평을 하시는 분들은 철자법을 배울 기회가 없었던 60~70대의 나이 든 어른들인데, 요즈음 젊은 세대는 아마도 그 어른들이 왜 철자법을 가지고 불평을 하는지 이해가 되지 않을 것입니다. 우리가 맞춤법을 바르게 지켜야 하는 것은 길을 걸을 때 교통 규칙을 지켜야 하는 것과 같은 것입니다. 교통규칙이 통행의 안전과 편의를 위해서 지켜야 하는 약속인 것처럼, 한글 맞춤법은 우리들의 문자 생활을 안전하고 편리하게 누리고자 하는 약속이기 때문입니다. 물론 맞춤법의 세부 내용에는 기억하기가 번거로운 부분이 없지 않습니다. 그러나 그런 정도의 배려도 하지 않는다면 문화인의 문자 생활을 논의할 자격이 없다고 보아야 할 것입니다.

3. 외래어 표기

'외래어' 를 바르게 표기하는 방안을 말하고자 할 때, 우선적으로 문제되는 것은 '외래어' 자체를 올바르게 아는 일입니다. 엄격하게 말한다면 '외래어' 는 '국어' 라는 사실입니다. 기원을 밝혀보자면 다른 나라 말이지만 우리나라에 들어와 국어 어휘 체계 안에 수용된 어휘가 외래어입니다. 그러나 일반인들은 아직 국어 속에 수용되지 않은 외국어를 우리말 속에 섞어 쓸 때, 그 외국어를 외래어라고 생각하는 경향이 있습니다. 가령 다음과 같은 말을 생각해 보기로 합니다.

"너, 오늘 아침에 무슨 크림으로 메이크업하였니?"

이 말에서 '크림' 은 우리말 속에 녹아버린 외래어이고, '메이크업' 은 '화장(化粧)' 이라는 우리말이 쓰일 수 있는 낱말이므로 영어로 취급하여야 합니다. 그러나 대부분의 사람들은 '메이크업' 과 같은 낱말을 외래어라 생각하는 경향이 있습니다.

물론 여러 가지 전문 분야에 들어가면 적당한 우리말이 없어서 외국어가 그대로 외래어 취급을 받아야 할 경우가 없지 않습니다. 또 외국의 사람이나 땅 이름 같은 것을 우리 한글로 적고자 할 때에도 원음을 정확하게 모르면 잘못 적는 수가 있습니다. 특히 중국이나 일본의 사람 이름이나 땅 이름을 적을 때는 문제가 복잡합니다. 그것들이 한자(漢字)로 적혀 있는데, 그 나라의 한자음과 우리 한국 한자음은 서로 다르기 때문입니다. 우리 외래어 표기법은 그 나라의 원음을 따르도록 규정하고 있어서, 가령 '北京', '東京'을 '베이징', '도쿄'로 적어야 합니다. 그렇지만 우리는 관행대로 '북경', '동경'도 허용하는 실정입니다. 한자를 사용하는 중국과 일본의 고유명사에 대해서는 관행대로 한국 한자음대로 읽고 쓴다고 해서 크게 나쁠 것은 없을 듯합니다. 우리는 '등소평(鄧少平), 이붕(李鵬)'이라고 말하고 써야지, '떵샤오핑, 리펑'이라고 말하고 쓰기엔 거부감이 있기 때문입니다. 또 한자음에 관한 한민족 자주성을 지키는 것도 좋을 것이기 때문입니다.

우리는 참고로 영국 사람, 미국 사람들이 프랑스의 수도 '파리(Paris)'를 영어식으로 발음하여 '패리스'라고 한다는 사실과 이탈리아의 도시 '베네치아(Venecia)'를 영어식으로 고쳐서 '베니스'라고 한다는 사실을 타산지석으로 삼아야 할 것입니다.

4. 불필요한 외국어

우리말을 아름답게 가꾸는 가장 확실한 방법은 우리말만 쓰는 것입니다. 새로운 기술 문명이 외국에서 물밀듯이 들어오는데, 어떻게 우리말만 쓰느냐고 항의할 수 있습니다. 물론 새로운 기술용어를 우리말로만 쓰자는 것은 아닙니다. 그런 것은 우리말로 바꾸는 작업을 하는 데에도 시간이 걸리는 일이기 때문에 아무리 부지런을 피워도 원어의 유입을 허용할 수밖에 없습니다. 그러나 위험스러운 것은, 그러한 외국어 전문용어의 수입을 빙자하여 불필요한 외국어를 남용하는 일입니다. 더욱 한심스러운 일은 일부 식견이 짧은 기업들이 새로운 상품을 선전할 때에 우리말로 해도 될 표현을 굳이 알기 어려운 외국어를 그대로 쓰고자 고집하는 일입니다.

최근에 나타난 한두 가지 예를 생각해 보기로 합니다.

요즈음 016, 017, 019로 대표되는 PCS 상품이 선전에 열을 올리고 있습니다. 영어를 웬만큼 아는 분들도 아직은 PCS가 무엇을 뜻하는지 모릅니다. 그것은 직역하면 '개인용 통신 체계(Personal Communication System)' 라고 할 수 있겠는데, 이것을 영문 첫 글자 모음 그대로 '피 시 에스' 로 선전하고 있습니다. 이런 식으로 새로운 문물의 이름이 정해진다면 일상생활에서 고유한 우리말은 점점 줄어들 것입니다. '피 시 에스' 대신에 그것을 번역한 적절한 우리말을 찾는 노력이 있어야 할 것입니다. 그런데 그러한 노력이 산업계나 학계나 두루 모자란 듯합니다. '휴대폰' 이란 낱말만 해도 만족스럽지는 않으나 그런대로 받아들일 수 있겠는데, 그 방식을 적용하면 '피 시 에스' 는 '개인통신(기)' 정도로 바꿀 수 있을 것입니다.

또 최신 '휴대폰' 에는 손을 쓰지 않고도 통화를 할 수 있는 장치가 개발되었다고 합니다. 손을 쓰지 않는다 하여 영어로 'Hands Free' (손쓰지 않음)라고 하는데, 그 말을 우리말로도 '핸즈프리' 라고 부른다면 그것이 옳은 태도이겠습니까? 그런데 실제로 업계에서는 그러한 현상이 일어나고 있습니다. 억지로 번역하면 '손없이' 가 되는데, 이것을 그대로 쓸 수 없다면 더 좋은 말을 찾는 노력을 해야 할 것입니다.

그런 노력도 기울이지 않고 어떻게 우리말을 아름답게 가꾸고 지켜 가겠다고 하겠습니까?

이제 우리말을 지키는 최첨단 파수병은 문인이나 국어학자가 아니라, 새로운 기술 분야에 종사하는 기술계, 산업계 역군들입니다. 그들의 국어 의식이 건전해야 참신하고 건전한 기술용어, 산업용어가 우리말로 선을 보일 것입니다. 그러한 풍조가 나타나기를 기대해 봅니다.

(쌍용투자증권 사보, 1997년 10월호)

어문語文 질서秩序의 과거와 현재

언어와 문자 생활이 오늘날처럼 극도의 타락에 빠져 있다고 생각되었던 시대는 일찍이 없었다. 20세기에 접어들면서 시작된 이 혼란은 오늘에 와서 거의 수습할 수 없는 막다른 골목에 이르지 않았나 보인다. 그러나 헤쳐나갈 길이 전혀 없지는 않으리라는 기대와, 왜 이 지경에 이르렀는가를 차분하게 검토해 보자는 마음에서 이 글은 쓰여졌다. 국어를 공부하면서 한때는 이러한 현실적인 문제에 참견하는 것이 불순하다고 생각되었던 순수한 상아탑(象牙塔)의 시절이 있었다. 그러나 어문 현상이 점차 깊은 혼란에 빠져드는 때에, 그 혼란을 수습하려는 적극적인 참여자들이 서로 엇갈린 자기주장에 도취되어 상대방의 좋은 의견을 묵살 또는 간과하려는 풍조가 커지는 것을 보면서, 국어를 공부하는 사람으로서뿐만 아니라 일컬어 한 사람의 교양인으로서 침묵을 지키는 것이 미덕일 수만은 없다고 생각한 것이다.

글의 처음 부분은 외국어의 간섭과 이에 저항한 국어 의식이 어떠했는가를 개괄했으며, 그다음으로 현재 혼란이라고 생각되는 문제들을 발음 · 어휘 · 문자의 순서로 취급하여 보았다. 논리의 비약과 거듭되는 군더더기의 말은 오로지 이 글이 나타내고자 하는 명제를 강조하려는 목적으로 쓰여졌다고 생각해 주었으면 한다.

1.

해방이 되고 한 세대의 세월이 흘렀다. 한민족이라는 하나의 문패를 달고 살아온 지 수천 년, 나라가 몇 갈래로 나뉜 적은 있었으나 나라를 송두리째 빼앗겨 다른 민족의 말발굽에 시달린 경험은 오직 한 번 일제 치하뿐이었다. 그 이유 하나만으로도 해방의 감격은 우리 겨레 모두에게 서른여섯 해 그 고통과 설움의 크기만큼 커다란 기쁨이요 흐느낌이었다. 그 어두움의 세월 속에서 조선어 말살 정책에 의한 국어의 수난이 이만저만 가슴 아픈 것이 아니었음은 이제 새삼스런 애깃거리가 되지 않으려니와, 그 설움을 깨끗이 떨어내고자 하는 반작용으로서의 국어 회복 운동은 뜻밖에도 빗나간 화살이 되어서 오늘날까지 그 상처를 아물리는 데 자그마치 민족적 역량을 기울여야 할 계제에까지 이른 느낌이 있다. 이토록 오랫동안 국어 문제로 심각한 고민에 빠진다는 사실은, 좀 부끄러운 얘기가 될지 모르겠으나 문화민족임을 내세우는 우리들 자신이 스스로 문화 발전과 그 계승의 힘이 없음을 드러내는 처사 이외에 아무것도 아니다. 그러나 우리는 그렇게 간단하게 자폄(自貶)의 괴로움에 빠질 필요는 없을 것이다. 무엇인가 애초의 출발이 잘못되었다는 데에 있을 것이므로 국어의 혼란이 어디에서 왔는가, 또 구체적으로 무엇에 혼란이 있었는가를 궁리해 봄으로써 우리를 짓누르는 질곡(桎梏)에서 숨돌릴 활로가 열리리라고 본다.

도대체 '나라'를 팔아 먹은 것에서 비극의 문은 열렸다. 그 이유가 조선왕조의 대외 의존적 외교 정책에 있었건, 근대화에 뒤처짐에서 온 경제적 영세성, 사회적 폐쇄성에 있었건, 또는 지정학적 숙명에 있었건 간에, 제 집에 들어온 나그네한테 종살이를 해야 했던 20세기 초반의 우리 역사가 오늘날 언어혼란의 화근이었다. 홍길동은 서자로 태어나서 호부호형(呼父呼兄) 못하는 것이 억울하여-그러니까 마음대로 말 못하는 것이 억울하여-율도국의 이상을 품고 호협한 대장부의 꿈을 펼쳐 보였었거니와, 그 자손들은 어찌해서 나라를 잃고 제 말을 못쓰게 하는데도 '아노네 옥쌍' (여보세요 아주머니쯤의 뜻, 일본어)을 연발하면서 비굴한 웃음을 흘리며 서른여섯 해를 늙어왔는지 모를 일이다. 하기야 '아노네 옥쌍' 이 죽어도 입에서 나오지 않는 박제상의 자손들이 사뭇 없지는 않아서 어느 구석에서고 기회만 있으면 한 번 찔러볼 양으로 비수를 갈며 안광(眼光)도 무섭게 잠을 사리고 있었다. 민영환과 이완용으로 대표되는 이 두 계열의 우리 선조의 피는 그리하여 현대에까지도 줄기차게 명맥을 유지하여 온다. 민영환의 피는 창씨개명을 거부했고, 이완용의 피는 매일 아침 황국신민서사(皇國臣民誓詞)를 목줄기에 핏대를 올려가며 외쳐대곤 하였다. 이 두 개의 피가 서로 부딪치는 불협화의 마당에서 국어의 혼란은 일어나는 것이었다. 말하자면, 일제의 이른바 국어 상용(그러니까 일어 상용)을 장려하기 위한 끈질긴 노력은 드디어 문어발처럼 뼈다귀 없는 식민지 아전(衙前)들을 지식인이라고 만들어내는 데 얼마간 성공을 거두게 되었는데, 그로부터 민영환의 피는 점차로 서슬이 꺾이는 운명을 맞았다. 엄연히 존재하는 제 민족 고유의 언어를 하나둘씩 잊고, 귀에 익고 눈에 익은 왜말을 손쉽게 사용하는 일이 편의에 의해서 보편화되었기 때문이다. 이러한 타성은 시간이 흐를수록 그나마 남아 있는 민족의식조차도 계속 마비시켜 가고 있었다. 일제의 발악은 대동아전쟁(大東亞戰爭)을 일으키면서 더욱 극렬해지고 식민지 기간 중에 태어난 서글픈 후손들은 어쩔 수 없이 나면서부터 '종의 자식' 이란 의식에서 헤어나기 어렵게 되어 있었다. 대문 안에서 쓰는 말과 대문 밖에서 쓰는 말이 태초부터 있었던 것인 양 받아들여지는 그러한 의식의 세계였다.

지금은 이미 지나간 얘기가 되어 이와 같은 역사적 서술에 감정적 여유를 맛볼 수 있는 것이지만, 사실 1940년대를 앞뒤로 하는 한반도의 상황은 실로 절망적이고 참담한 것이었다. 그러다가 갑자기 꿈에서 만난 '님' 처럼 해방이 찾아왔다. 그러나 이렇듯 꿈도 아니요, 꿈 아닌 것도 아닌 환상적 환희는 오히려 몽유병을 일으키는 결과가 되고 말았다. 왜말을 거의 자유자재로 구사할 수 있는 능력과 타성이 해방으로 얻어진 몽유병에 겹쳐져서 언어 현상은 걷잡을 수 없는 무궤도를 치달리었다. 몽유병은 대체로 두 가지 증세를 보이는 것이었으니, 그 하나는 제 말을 아주 잊기나 한 듯이 왜말을 그대로 쓰는 것이요, 다른 하나는 왜말 대신에 해방을 가져다준 다른 손님의 말을 빌어쓰기 시작한 것이었다. 물론 이러한 무궤도의 혼란에서도 박제상의 목소리가 가냘프게 울리고 있었고, 민영환의 멈추었던 피가 다시 돌기 시작하였으나 몽유병은 좀처럼 쉽게 치유될 기미를 보이지 않았다.

2.

일본어를 배운다.
애비는 창씨개명을 않겠다고 주재소에 끌려가
혼백도 유야무야로 장살(杖殺)이 났는데,
그 장독(杖毒), 태독(笞毒)이 자자손손 유전되어
몽고반(蒙古班)처럼 엉덩짝에 멍이 들어
유복자(遺腹子)로 태어난 자식 새끼가
일본어를 배운다.
일본어를 배운다.

한일국교가 정상화된 이래로 지난 몇 년간 시중에 일본어 학습의 '붐' 이 일어났을 때(이 붐은 지금도 계속되고 있다) 30대 후반 이상의 연령을 가진 식자들은 착잡한 심경에 아니 빠질 수 없었다. 외국어의 하나로서 일본어를 선택하여 배운다는 것이 무엇이 나쁘단 말인가? 또 좋건 궂건 가장 가까운 나라임에랴. 하지만 백 가지 말을 다 배워도 '왜말' 만은 배우지 않았으면 좋겠다는 생래적인 반발이 왜말을 아는 사람에게는 더욱 고조되는 기현상이 있다. 이러한 갈등은 대한민국 정부가 새로이 수립된 이후에 정치인의 판도에서 매우 상징적이고도 아이러니컬한 모습으로 나타났었다. 두말할 것도 없이 그것은 자유당 정권하의 이승만 대통령과 그 휘하의 일부 관료들이었다. 왜놈이라면 그 이응자(ㅇ)만 보아도 펄펄 뛰던 철저한 반일주의자인 대통령 밑에는 언제나 권력의 그늘에서만 숨쉴 줄 아는 왕년의 친일파와 그 아류(亞流)들이 일부 끼여 있었다. 대통령은 물론 하루아침에 왜말과 왜색이 쓸리어 없어지기를 희망했고, 일부 정치인들은 '마아, 마아' (말을 더듬을 때 쓰는 일본식 말투. 우리말의 '저어, 저어' 에 해당할까?) 소리를 연발하면서 대통령의 유시를 받들어 왜말과 왜색을 깨끗이 쓸어버리자고 역설하였다. 마치 불란서 작가 몰리에르의 희극과도 같은 현상이 연이어 일어났다.

이때 이를 바로잡겠다는 한 무리의 언어 정책가가 출현하였다. 그 대부분이 식민 통치 기간 중 목숨을 내걸고 국어 연구에 몸 바친 조선어학회 회원들이었고, 그 가운데에서도 특히 외솔 최현배는 국어 순화 정책을 수행하는 데 있어 명실상부한 우두머리였다. 특히 그가 문교부 편수관으로 재직하는 동안 각급 학교의 국정교과서는 그의 문법 이론과 이상대로 개편이 되었다. 그의 업적은 크게 세 가지인 바, 그 하나는 왜말 안쓰기요, 둘째는 가능한 모든 말을 고유한 우리말로 바꿔쓰기요, 셋째는 문자 생활에 있어서 한글만 쓰기의 주장이었다. 당시의 언어 현실은 국어와 일본어가 무분별하게 쓰이던 때였으므로 무엇보다도 먼저 일본어를 절대로 입이나 붓 끝에 담지 않게 하려는 노력은 상찬(賞讚)에 값하는 것이었다. 둘째로 모든 표현을 고유한 우리말로만 하자는 노력은 종래에 이미 우리의 언어 체계 속에 깊이 굳어 버린 한자어조차 언어 대중에게는 오히려 생소한 고유어로 바꾸었기 때문에 일반은 이를 우스운 말장난으로 받아들이게 되었다. 그 결과 언어 개혁 운동에 대한 일반의 인식을 그르치게 하였다. 또 한글만 쓰기의 주장은 대통령 유시라는 뒷심을 믿고 너무 서두른 나머지 이 문제는 지금까지 어문 질서를 혼란에 빠뜨리는 하나의 실마리가 되었다.

이와 같이 외솔의 이상은 그 태반이 실패하였으나 그가 추구했던 목표는 바로 지금의 시점에서도 우리가 계속 추구해야 할 지표임을 우리는 확인하지 않을 수 없다. 특히 그와 같은 이상(理想)과 방법론을 생각해 낸 사상적 배경과 줄기를 더듬어 보면 우리는 별수 없이 옷깃을 바로 여미어야 한다. 그것은 구한말에 신채호, 주시경 등이 생명처럼 주장했던 민족주의였다. 그 민족주의가 사상적으로 반제(反帝)에는 강했으나 반봉건(半封建)에는 약했기 때문에 근대화를 적극적으로 추진시키는 밑거름이 되기에는 부족했었다는 아쉬움이 있기는 했으나(안병직, 「단재 신채호의 민족주의」, 『창작과 비평』 29호) 당시로서는 민족의 마음을 묶는 데는 또 다른 방법이 있을 수는 없었던 강력한 것이었다. 이제 잠시 주시경의 민족주의적 언어관이 어떠했는지를 살펴보기로 하자.

> 是以로 自國을 保存하며 自國을 興盛게 하는 道는 國性을 奬勵함에 在하고 國性을 奬勵하는 道는 國語와 國文을

崇用함이 最要하므로, 自國의 言과 自國의 文이 某國 의 文만 不如할지라도 自國의 言과 自國의 文을 磨하여 光하며 求하며 補하며 期於히 萬國에 並駕하기를 是圖하거늘 嗟我檀朝以來에 德政을 行하던 優等의 言語와 子母의 分別이 簡要하여 記用이 便利한 文字를 開國 四千餘載에 硏究가 寂然하여 語典 一卷도 尙此未成하므로 近者에 國語로 著作하는 文字가 各各 自意를 從하여 言語의 訛訛함과 文字의 誤用하는 弊가 相離하여 正當한 言文이 되지 못하므로 國民이 自國言과 自國文을 愛重할 思想을 發치 못하는지라…
(주시경, 『국어문전음학』 제2회 하기 강습 서문, 1908)

국어 · 국문의 연구가, 곧 국성(國性 ; 국민 정신 · 민족정신 · 민족혼에 해당하는 말일 듯)을 지키고 발전시키려는 하나의 수단이었으므로 이런 논리 밑에서 언어의 목적적 변개는 피할 길 없는 하나의 단계였던 것이다. 이러한 언어관은 지식인들에 있어서는 거의 일반화된 통념이었다. 같은 무렵에 위당 정인보의 '얼' 이라는 신조어도 나왔다. 그의 『조선사연구』는 '오천 년간 조선의 얼' 이라는 부제가 밝혀주듯 한국적 얼의 발견과 발전이라는 의도로 집필되었다. 바로 이

'얼' 이 주시경의 '국성' 에 해당하는 단어로서 그것이 보다 앞선 시기에 '혼' 이나 '정신' 이란 뜻으로 쓰인 예가 전연 없다고 하더라도 언어 대중의 심리 속에는 민족애에 직결되어 '얼' 이란 단어를 뼛속 깊이 받아들이는 상태였다. 앞서 말한 바와 같이 이 민족주의적 언어관은 구한말에서 해방 이후까지 일관되어 흐르는 시대적 요구였다고 생각된다. 따라서 오늘날의 안목으로 보면 언어를 인식하는 데 잘못을 불러올 염려가 있기는 하여도 또 다른 관점에서 배우고 취해야 할 점이 컸다는 것을 우리는 아울러 깨달아야 할 것이다.

3.

그러면 당시 지식인들이 가지고 있었던 언어 인식의 한계는 어느 정도였는가를 살펴보기로 하자. 이해를 돕기 위해 다음의 일화를 먼저 소개한다.

엄정무사(嚴正無私)하기로 이름 높은 위당이 한 제자의 방문을 받았다. 조심스레 꺼낸 용건은 결혼을 하게 되어 주례를 맡아 주십사 하는 청탁이었다. 스승은 즐거이 승낙을

했고, 그 제자는 청첩장을 찍어 들고 스승의 서재를 다시 찾았다. 그러나 청첩장을 받아든 스승은 제자를 향하여 대갈일성(大喝一聲)이 아닌가!

"나는 자네 결혼에 주례를 못 하겠네."

혼비백산했던 제자가, 스승의 진노가 가라앉은 뒤에 확인한 번의(飜意)의 이유는 어처구니없게도 청첩장에 찍힌 글자 하나 때문이었다. 신부의 이름 밑에 쓰인 '양(孃)' 이 문제였는데, 그것은 원뜻이 '할미' 로서 이렇게 무식한 제자의 혼인에는 나설 수 없다는 말씀이었다.(서강대학교 출간, 『대학국어 I』)

그 후로 위당의 가문에서는 결혼 청첩장의 신부 이름 밑에 '낭(娘)' 자를 쓰는 것이 매력 있는 가통(家統)이 되어 온다는 후문(後聞)이거니와, 요컨대 언어 문자가 경전의 자구처럼 고정불변이 아니라 강력한 사회성을 가지고 변천한다는 사실을 위당과 그 이외의 많은 식자들, 심지어는 국어학자인 외솔조차도 대수롭지 않게 보아 넘겼던 것이다. 외솔 같은 이는 아마 민족혼의 확립이라는 대전제 앞에 언어의 사회성도 무력하게 사라져 버리리라는 기대를 가졌는지도 모르겠다. 그래서 세상이 용납하지 않는 배움집〔學校〕, 날틀

〔飛行機〕 따위의 언어 유희가 심심치 않게 사람들 입에 오르내리게 되었던 것이다.

이러한 민족주의적 언어관이 불러일으킨 부수적 결함은 외래어에 대한 인식을 불분명하게 하였다. 좀 더 분명하게 말한다면, 당시의 학자들은-물론 언어정책을 주도한 학자들을 가리키는 것이나-외래어를 구별해 내는 적절한 판단 기준을 세우고 있지 못하였다. 왜냐하면 '우동', '다다미' 등 일본 특유의 음식이나 사물의 명칭조차도 고유한 한국어로 바꿔놓아야 직성이 풀리는 극단적인 태도를 가진 반면에 서양에서 들어온 말에 대해서는 너그럽게 용서하는 이율배반적인 태도를 보였기 때문이다. 더구나 그 당시 서양에서 들어온 말들은 외래어라기보다는 아직 생소한 외국어였던 것이다. 여기에 매우 중대한 위험이 내포되어 있었다. 앞서 말한 바 몽유병의 한쪽 부분인 왜말의 찌꺼기는 사라지는 반면에 다른 부분인 서양말, 좀 더 정확하게 말하여 미국식 영어는 점차 과거 일본어의 위치에 자리바꿈하는 현상을 묵인하게 되었으니 말이다.

그리하여 민족주의적 언어관을 바탕에 깔고 배일(排日) 감정의 고취로 겨우 일본어를 상당량 일상 회화에서 뽑아 버리는 데에 성공을 거두자, 영어는 기다리기나 하였다는 듯이 국어 생활 속에 들어와 우리의 언어생활을 혼탁하게 만들었다. 게다가 6 · 25사변으로 발생한 사회적 혼란은 언어의 혼란을 더욱 부채질하여 지금까지 언어 순화에 공헌하였던 민족주의조차 간 곳을 모르게 하였다. 처음부터 남의 힘에 의해 주어졌던 해방과 또 역시 남의 힘으로 미리 획책되었던 38선의 국토 분단은 소박한 반제(反帝) 민족주의의 기반을 근본적으로 흔들어 놓게 되었고, 결국 민족주의가 민주주의의 이념 속에 흡수되는 동안 언어의 관점에서 보면 '민주주의, 곧 영어 사용' 이라는 등식을 형성시키는 데 별다른 장애를 받는 것 같지 않았다. 경박한 출세욕으로, 호구(糊口)의 방편으로 미군 부대와 또 다른 미국인, 예컨대 각종의 경제 원조 단체의 주위를 배회해야 했던 많은 사람들, '핼로, 오케이' 밖에 다른 말을 모르는 하우스보이에서부터 영국이나 미국에서 고등교육을 받은 지도층의 인사들에 이르기까지 영어를 사용한다는 것은 공기를 호흡하고 김치를 먹어야 하는 것만큼이나 필수적인 것으로 우리의 언어 현상을 물들이게 되었다. 심지어 국제적으로 통용되는 의학용어 '비타민' , '비루스' 같은 단어가 '바이터민' , '바이러스' 로 말하여지지 않으면 그 말을 입에 올린 사람은 기막힌 무식꾼으로 지목되어야 하는 희화(戲畵)가 전쟁으로 황폐하여진 산하에 구호물자처럼 넘쳐 흘렀다.

일부의 인사들은 이 현상을 순전히 전쟁의 상처로만 돌리려 하였고, 어떤 이는 과도기라는 용어 속에 모든 불합리와 혼란의 모습을 해석하려고 하였다. 과도기라는 편리한 말은 실상 인류가 존속하는 한, 언제라도 역사 진행의 한 단면으로 쓰여질 수 있는 것이다. 그러니까 그것은 현실을 외면하거나 거기에 손쓸 수 없다는 자포자기적인 체념이 있을 때에 자신의 무능을 감추려는 마음으로도 쓰여질 수 있고, 다른 한편으로는 문제를 의식한다는 자각의 표현 내지는 반성의 징후로 받아들여질 수도 있는 것이다. 우리의 심정으로는 과도기가 결단코 개탄이나 절망의 의미이어서도 안되고 책임 회피나 책임 전가의 방편이어서도 안된다. 그러나 불행하게도 많은 사람들이 어설픈 영어, 또 국적을 알 수 없는 서양말이 난무하는 것을 속수무책의 과도기로 접어두려 할 즈음에 더 큰 과도기가 몰아닥쳤던 것이다. 우리나라가 제3공화국으로 돌입하여 경제입국(經濟立國)의 깃발을 높이 들고 온 정력을 경제 건설에 발분하자, 잠시 거추장스런 언어야 아무래도 좋다는 듯이 더욱더 언어생활에 있어서 외국어의 비중은 무거워지고 다양하게 침투하였다. 70년대에 와서 외국어 사용의 문제는 다음의 외래어 항목에서 다시 논의가 되겠지마는, 어쨌든 이제는 외국어의 간섭 때문에 정말 큰일났다는 위기 의식이 모든 지식인의 가슴을 무겁게 내리누르고 있다.

4.

우리는 다시 한번 정신을 가다듬고, 이제야말로 모든 문제를 차분하게 생각해야 할 계제에 이른 것 같다. 인생에는 언제고 해결해야 할 문제들이 완전히 없어지는 일도 없거니와 또 문제 해결의 노력이 단절될 수도 없겠기 때문이다. 또 모든 문제와 현상을 긍정적 추진 과정으로 바라보려고 한다면 바로 그 순간에 우리는 뜻하지 않게 해결의 실마리를 붙잡을 수 있다는 희망도 있다.

그러면 그토록 비관적인 국어의 혼란이란 어떤 것인가? 어문 문제로 고민하는 많은 지식인들 가운데에는 언어학적 견지에서 보면 전혀 문제시하지 않아도 좋을 것까지 근심하는 사례가 있음을 본다. 따라서 조금 번거로운 느낌이 있으나 어문 현상에 관련된 모든 문제를 간략하게 언급하고자 한다. 혼란으로 생각되는 것이 혼란이 아니라 바로 언어의 본성이라고 이해된다면 국어의 장래를 위해 근심하는 선의(善意)의 사람들에게는 한 가지 근심을 덜어 주는 일이 되겠기 때문이다.

이러한 기우(杞憂)에 속하는 대표적인 것이 발음의 변화라고 하겠다. 종래의 표준 발음이라고 생각되는 것에서 벗어난다고 느껴지는 현상의 하나로 우선 경음화를 지적할 수 있다. '가죽〔皮革〕' 을 '까죽' 으로, '답답하다(鬱)' 를 '땁땁하다' 로 말하는 경향이 많아졌다. 앞의 것이 옳은 것인데 잘못된 나중 발음이 만연한다고 개탄한다. 그러나 이와 같은 경음화 현상은 현재 우리가 알고 있는 자료에 따른다면 중세 국어 시대 이후로 계속 경험하는 바로서 '가치(鵲)' 가 '까치' 로, '곶(花)' 이 '꽃' 으로, '곳고리(黃雀)' 가 '꾀꼬리' 로 변한 사실과 전혀 동궤의 현상이다. 오늘날에 와서 '까치' , '꽃' , '꾀꼬리' 를 말할 때 우리는 아무도 그 된소리에서 천박성을 의식하지는 않는다. 된소리가 청각을 자극하는 심리적 인상이 우리에게 평음보다 강박한 것으로 느껴지고 심지어는 언어 자체의 타락으로 오해되는 성싶다. 말소리는 본질적으로 윤리성이 없는 것이므로 거기에 가치 기준을 세우고 호오(好惡)의 판단을 내리는 일은 고쳐져야 할 것이다.

이 경음화는 한자어의 경우에도 마찬가지 현상을 보이고 있다. 다음의 단어들을 발음해 보자.

簡單(간단 · 간딴)　　效果(효과 · 효꽈)

教科(교과 · 교꽈)　　終點(종점 · 종쩜)

5, 60대 이상의 노년층은 대개 위 단어들의 제2음절을 평음으로 발음하지만 세대가 젊어짐을 따라 개인차를 드러내면서 점차 경음으로 발음한다. 이러한 현상이 일어나는 원인은 매우 복잡하여 어떤 하나의 원리로 설명할 수는 없는데, 문제는 거기에 윤리성을 부여하여 왈가왈부할 일이 아니라는 점이다. 그러나 발음에 관한 한, 예전 것이 옳고 새로이 변한 것이 잘못이라는 일종의 복고주의적 생각 때문에 때로는 뜻하지 아니한 문화적 대사업을 성취한 사례가 있는 것은 매우 흥미있는 일이 아닐 수 없다. 한글 창제의 밑바닥에도 바로 이러한 어음(語音)의 복고주의적 사상이 깔려 있

었다. 세종 당시의 우리나라 한자음을 오류로 생각한 당대의 석학들이 세종을 중심으로 하여 한국 한자음을 중국의 그것으로 복귀시키기 위해 한 책을 저술하였으니, 그것이 『동국정운(東國正韻)』이요, 이 『동국정운』에 한자음을 표기할 발음 부호의 필요성이 한글을 창제하게 된 직접적 동기의 하나였음은 국어학에 종사하는 이들의 상식이 되어 있다. 그러면 『동국정운』 서(序)에 나타난 다음 일절을 주의해 읽어 보자.

우리나라는 안팎으로 산하가 스스로 한 구역이 되어 풍기(風氣)가 중국어에 틀리므로 어찌 중국 말소리와 같을까 보냐. 그런즉 말소리가 중국 것에 비하여 다름은 그 까닭이 있다. 그러나 한자음에 있어서는 마땅히 중국음에 일치해야 할 것인데, 그 자음(字音)이 전달되는 과정에서 경중흡벽(輕重翕闢)의 기틀이 반드시 저절로 우리나라 말소리에 이끌리어 우리나라 한자음이 따라서 변하게 되었다. 그 음이 비록 변한다 하여도 청탁(淸濁) 사성(四聲)은 예와 다름이 없어야 할 터인데 일찍이 책을 지어 그것을 바르게 전달하지 못하였으므로, 실력이 없는 스승이나 속된 선비가 절자(切字)의 법을 모르고 유섭(紐躡)의 요(要)에도 어두워 혹은 자체가 비슷하다고 하나의 음을 만들고, 혹은 전대의 피휘(避諱) 때문에 다른 음을 빌기도 하며 점이나 획을 가감하고 어떤 것은 중국 한음(漢音)에 따르고, 어떤 것은 우리나라 말소리를 따르니 자모(字母) 칠음(七音) 청탁(淸濁) 사성(四聲)이 모두 변하게 된 것이다.

윗글에서 한자 운학의 술어인 경중흡벽 · 청탁사성을 모른다고 할지라도 그 문맥으로 보면, 한자음의 변천을 와전 내지 무질서로 보아 그 문란상을 근심하고 있음을 엿보게 한다. 그러나 그처럼 막대한 노력을 경주하여 저술한 『동국정운』도 드디어는 당시의 현실 음과의 타협으로 23자모 91운모(韻母)에 부분적으로는 '인속귀정(因俗歸正)' 이라는 절충선에 머무르고 말았다. 『동국정운』은 그리하여 세종대 한자음의 이상도(理想圖)를 제시하는 데 그치고 우리나라 한자음은 의연히 제 갈 길을 찾아 오늘날까지 내려오고 있는 것이다.

발음 문제와 관련하여 또 하나 빼놓을 수 없는 것은 음의 길이, 곧 장단(長短)에 관한 문제이다. 중세국어에서는 낮은 소리와 높은 소리라 하는 소위 성조[tone]를 가지고 있었는데, 오늘날에 와서는 그 체계가 무너지고 말소리의 길고 짧음만이 말의 뜻을 구별하는 요소로 변하였다. 성조가 존재하던 훈민정음 창제 당시에는 그 성조의 표기를 위하여 종서(縱書)하는 글자 왼쪽에 권점(圈點)을 찍던 이른바 방점법(傍點法)이 존재했었다. 그 후 표기의 번거로움과 성조 자체의 변화 때문에 방점법은 없어진 채 20세기에 이르렀다. 그러다가 음의 장단이 단어의 의미 식별에 중요한 요소임을 인식한 개화의 선각자 지석영은 그의 저서 『신정국문(新訂國文)』, 『아학론(兒學論)』, 『언문(言文)』 등에 장음 부호인 권점을 마련하여 실용한 바가 있었다. 오늘날에 와서 음의 장단이 의미 식별에 중요한 구실을 하는 기본적인 어휘들은 고작 '밤〔夜 · 栗〕', '눈〔眼 · 雪〕' 같은 고유한 우리말과, 단어 내의 위치 곧 첫째 음절에 오는가, 둘째 음절에 오는가에 따라 음의 길이에 변화를 가져오는 한자들이 더러 있을 뿐이다.

발음에 관련하여 사투리 억양이 또한 논의되어야 한다. 꽤 오래전부터 사투리 억양이 공식 석상에서 종래 가상해 오던 표준 발음의 한계를 훨씬 넘어서고 있다는 것이 지적되어 왔다. 이 사실은 나라를 잃은 설움 속에서 세련된 국어 교육을 별로 받아 보지 못한 기성인의 운명이라고 체념해 버린다면 구세대에 대한 해답은 일단 주어지는 셈이지만, 그러나 성장하는 어린 세대에게는 어떻게 해야 할 것이냐는 대책의 제시가 문제로 된다. 발음의 문제는 어느 정도의 복고주의와 표준어 교육이라고 하는 훈련밖에는 다른 방도가 있을 수 없다고 여겨지기도 한다. 언어음〔音韻〕이란 어쩌면 흘러가는 대로 내버려 두어야 하는 대하(大河)에 비겨봄직하다.

5.

현대 사회의 병리적 현상을 말하라면 누구든지 불신 풍조를 예로 드는 데 주저치 않을 것이다. 그 불신을 나타내는 언어적 수법, 즉 표현법을 검토해 보면 불신 풍조와 언어의 타락이 얼마나 밀접하게 결합하여 서로 표리의 관계를 맺고 있는지를 깨닫게 된다. 불신은 인격을 파괴하기에 앞서서 언어가 수행해야 하는 의사 전달의 질적 가치를 파괴해 버린다. 비속어를 중심으로 하여 일어나는 여러 가지의 비유 · 강조 등의 표현법이 이와 같은 언어의 타락을 조장하고 있다.

비속어는, 하나의 사물에 대해 기본적인 의미를 전달하는 데는 같은 효과를 가지는 여러 개의 동의어(同意語)가 있을 때, 가장 나쁜 정서적 반응을 일으키는 어사(語辭)를 가리킨다. 어떤 언어 사회에든지 상류와 하류의 계층이 있고 고귀하고 우아한 품위를 자랑하는 계층이 있는 반면에 그따위는 강아지에게나 주라는 부류의 막된 계층이 존재하게 마련이다. 그 막된 계층이 비속어를 즐겨 쓰리라고 생각하기는 어렵지 않다. 그러나 품위를 지키려는 계층은 말할 것도 없고 막돼 먹은 계층조차도 비속어는 아무 때나 쓰지 않는다. 감정의 불균형 때문에 자신의 인격까지도 해체시켜야만 다소간 그 정서적 불균형으로부터 벗어날 수 있겠다고 판단될 때, 아무리 지위가 높고 지식이 많아도 이 비속어는 입에서 튀어나오는 것이다. 이렇게 본다면 비속어는 언어 사회, 아니 인간 사회에서 필요불가결한 일종의 심리 치료제라고 말할 수 있다. 이른바 욕설이 비속어의 하나인데 누구든지 욕설을 자기감정의 정화[카타르시스]를 위해 이용하고 있다. 그런데 현대 사회에서 이 욕설, 이 비속어가 쓰인다. 쓰이되 너무나 많이 쓰이고 있다. 더구나 어른보다 청소년들이 쓰고 있다. 너무나 손쉽게 자주 쓰임으로 말미암아 비속어가 비속어라는 의식 없이 쓰이고 있다. 그러니까 불행하게도 이렇게 쓰인 비속어는 그 본래의 기능인 감정의 정화에 기여하지 못하는 결과가 된다. 비속어 자체의 입장에서 보면 일상어가 가지는 의사 전달의 기능만을 수행하게 되니까 급수가 올라간 것으로 이해되어도 좋을 것이다. 그러나 여기에서 문제가 생긴다. 이미 일반 언어 대중에게 비속어라는 어휘 범주 속에서 이해되었던 어사들은 거기에서 비속미(卑俗味)를 제거시킨 뜻으로만 사용했다 하여 그것이 쉽사리 비속미를 떨어버릴 수는 없는 것이다. 불량배의 무리에서 탈출해 나온 개심(改心)한 청년은 배반자로 지목되어 계속 자기가 속해 있던 집단으로부터 압력을 받는 법이며, 창녀였던 여인은 아무리 현숙한 여염집 여인으로 갱생하여도 그 전력을 아는 이들에게 여전히 창녀로서의 대우를 받는 것이나 마찬가지라고 할 수 있다. 언어는 그보다 오히려 더 장구하고 지속적이다. 이렇듯 무서운 언어 사회의 암(癌)인 비속어가 현대 한국 사회에 만연되어 가고 있다. 실로 언어의 공해(公害) 현상을 부르고 있는 것이다. 이 글에서 우리는 그 원인을 성급하게 찾아내려고 할 수도 없다. 워낙 그 피해가 엄청나게 크기 때문에 그러한 결과에 놀라고 무서워하는 가슴을 진정시키는 데 시간이 요청되기 때문이다. 이것은 교육자만이 고칠 일도, 국어학자 · 윤리학자만이 근심할 문제도 아니다. 국어를 타락시킨, 국어 사용자의 주체인 온 국민이 옷에 묻은 먼지를 털듯이 마음속에 묻은 먼지를 털어낼 수 있을 때에만 비속어는 비속어의 본래의 기능에 충실할 수 있게 될 것인데, 문제는 누가 먼저 그 먼지 낀 언어생활을 털어내느냐 하는 것이다.

6.

최근 국어 순화 운동을 벌이는 어느 신문에 다음과 같은 글이 외래어가 많이 쓰인 예문으로 적혀 있었다.

한 아이가 태어나면 캐시미런 포대기 속에서 플라스틱 젖꼭지를 빨며 조니 크래커나 스마일 쿠키를 먹고 코카 펩시를 마시며 자란다. 프로레슬링의 타이틀 매치를 관전하며 피를 흘리는 케이 · 오 승에 브라보를 외친다.

더 자라면 팝송이나 재즈 뮤직에 넋을 잃고 트위스트나 고고에 땀을 흘리고 바겐 세일 센터, 뚜아 쌀롱의 아스팔트위를 리베와 같이 데이트한다. 사회에 나와선 미스 김, 미스터 리를 연발하며 사꾸라 씨 · 엠송 샐러리맨 매스콤의 홍수 속에 쇼부를 치러 다닌다.(『경향신문』, 1973. 10. 9)

이것은 물론 억지로 꾸며낸 글이기는 하나, 실제의 언어생활에서 우리는 이 이상으로 서양 여러 나라에 본적을 둔 외래어의 사용을 발견하게 되는 것이 오늘의 현실이다. 이미 상식화된 얘기이거니와 언어학적 관점에서 보면 외래어는 국어의 일부요, 부족한 표현력을 보충하고 보다 풍부한 어휘를 확보하기 위해서 외래어의 증가는 어느 언어에서나 기대하고 있는 실정이다. 사회가 다극화하고 복잡해지며 문화가 발달함에 따라 여러 분야, 여러 상황에서 그때마다 적절한 표현방법이 강구되지 않을 수 없다. 이때에 외국어를 수입하여 그것을 자기 나라 언어 체계에 일단 용해하여 쓰는 것이 외래어다. 거듭 말하거니와 외래어는 자기 나라의 말이지 외국어가 아니다. 그러므로 외래어의 사용이 권장될지언정 결코 비난의 대상이 되어서는 안 된다. 그럼에도 불구하고 우리는 외래어를 쓸 때, 또 들을 때 그 말에 대해 심한 저항과 반발을 느낀다. 그 가장 큰 이유는 구체적으로 어떤 단어가 외래어라기보다는 외국어라는 느낌이 더 크기 때문이다. 바꿔 말하면 궁극적으로 서양어 근원의 외래어는 그 수입된 시기가 일천하여 아직도 국어의 일부로서 떳떳하게 이용되지도 않고 우리의 토착적인 분위기에 젖어들지도 않는다는 뜻이다. 그렇다면 고유한 우리말이나 적당한 한자어가 없는 새로운 문물에 속하는 말은 받아들여 사용할 것이로되, 현실은 그 이상을 받아들이고 사용하고 있다는 반증이 된다. 이들 나머지의 말은 외국어이지 외래어는 아닌 셈이다.

외국어를 일상 생활에서 자기 나라 말에 섞어 쓴다는 것은 천만부당한 어불성설이다. 그러면 어째서 현대 한국 사회는 외국어의 홍수 속에 허덕이게 되었는가? 우리는 그 책임의 대부분을 경망한 지식인들의 반사회적 행위 속에서 구하지 않으면 안 될 것이다.

앞서 언급하였듯이 1950년대 전쟁의 소용돌이 속에서 혼란된 도덕적 체계가 수습될 겨를이 없이 새로운 서구 문물이 쏟아져 들어왔다. 우리의 활로는 오직 그 꼬불꼬불하게 쓰여진 로마문자의 문명 속에서만 나올것으로 기대되었다. '此頭可斷이나 此髮不可斷이라' 고 옹고집의 정신으로 호통을 치던 조선왕조의 양반은 고작하여 왜놈 손에 나라를 넘겨줄 수밖에 없었으니, 과거의 것은 모든 것을 내버림으로써만 살 길이 열리지 않겠느냐는 얄팍한 생각이 신생 대한민국을 이끌어가는 사상적 기둥이 된 셈이다. 이 자리에서는 전통의 단절을 몰고 온 이러한 단견과 외곬으로 몰리는 편향성를 민족 심리와 관련하여 논술할 여유가 없다. 단지 '흰 것 아니면 검은 것' 이라는 식의 군중심리적 사고방식이 사회의 표면을 지배하는 현 실정에서 지식인들은 자기네들이 알고 있는 서구적 지식을 무분별하게 그 배운 바의 언어로 지껄였음을 지적하려는 것이다.

그들이 외국어를 지껄이지 않을 수 없었던 이유에 대해서도 우리는 충분한 양해를 하고 있다. 일제 식민 기간 중에 일제의 문화 정책 및 교육이 도무지 우리의 전통문화를 올바로 이해할 수 없게 했으며, 그 결과 그들은 전통문화나 국어에 대해 원래 아는 바가 없었다는 불리한 조건이 그들을 양해하는 첫째이고, 둘째로는 상당수의 서구 지식 보유자들이 서구 문화의 진수를 과연 맛볼 수 있었을까 하는 의심이 드는 것이요, 셋째로는 설사 서구적인 문화를 깊이 인식하고 그 지식을 충분히 활용할 수 있는 능력이 있다손 치더라도 그들은 현대 한국 사회에서 제대로 자기 능력을 발휘할 수 있었을까 하는 의심 내지는 동정이다. 그리하여 그들은 자신이 상상하고 있었던 사회적 대우 및 사회 현상과 자신과의 거리감을 외국어를 사용함으로써 심리적 보상을 받으려 했을 것이라는 추측을 낳게 한다.

그러나 유행이 상류 계층에서 일반 대중에게 하향식으로 확대되는 현대 사회에서 지식인들의 무분별한 외국어 사용은 언어 사회의 순수성과 성실성을 지켜나가는 데 치명적인 것이 되었다. 따라서 외국어를 정확하게 모르는 일반 언어 대중이 자기비하증(自己卑下症)을 만회하려는 한갓 허황한 허영심으로, 또 외국에 대한 동경의 표현으로 외국어는 갈수록 끝을 모르고 치닫게 되었다. 이러한 추세에 영합하지 않을 수 없는 상업주의의 대중 홍보 기구들, 예컨대 신문·잡지·방송은 외국어의 난무장이 되는 것이 필연적인 귀결이었다. 어느 외래어-필자는 외국어라고 말하고 싶다-사용 실태 조사 보고서는 국내 아홉 개의 방송국에서 방송 프로그램 명칭의 36.8%, 명동 간판의 44.3%, 집에서 기르는 개 이름의 84.5%, 어린이용 과자 이름의 96%, 이화여대 입구 양잠정 23개 점포의 100%가 서구어였음을 밝히고 있다.(『경

향신문』, 73. 10. 9 이후 국어 순화 시리즈 기사 참조)

'언어는 존재의 집' 이라는 철학적 명제의 깊은 의미는 모른다 치더라도 그러한 어구를 '인간은 언어의 집' 이라는 상식적인 표현으로 바꾸어 볼 수 있을 것이다. 그러면 우리는 '한국인은 한국어의 집' 임을 깨닫지 않을 수 없다.

7.

이제 우리는 문자 생활에서의 표기 문제를 생각할 단계에 왔다. 여기에는 두 가지가 논의의 대상이겠는데, 그 하나는 어떤 문자를 쓰느냐요 또 하나는 어떻게 쓰느냐는 문제다. 전자는 한글 전용론과 국한자 병용론에 관한 논의로서 지나간 2, 30년간 워낙 불꽃 튀기는 쟁점이었으므로 뒤로 돌려 마지막에 검토해 보기로 하고, 우선 어떻게 쓰느냐 곧 철자법의 문제를 생각해 보기로 한다.

현행 철자법이 어려워서 배우기 힘들다는 점과, 실제로 일반인 가운데는 철자법에 자신 있는 사람이 그리 흔치 않다는 점에서 철자법의 혼란은 매우 오랜 연륜이 쌓인 것이다.

항상 새로운 세계로 진화·변천하는 언어를 표기하기 위하여는 그 변하는 정도에 따라서 표기법도 계속 진화·변천하는 것이 바람직한 일인지 모른다. 그러나 언어 변화가 있을 때마다 표기법이 그 사실을 반영시킨다면 오히려 문자생활에는 큰 혼란이 오고 말 것이다. 그런데 다행스럽게도 문자의 보수성은 멀찌감치서 언어의 변화를 서서히 뒤좇고 있다. 이때에 만일 전통적 표기법이 너무 굳어 버려서 실제로 사용되는 언어 변화에 전혀 뒤따르지 못한다면 그 표기법은 현실 언어를 전혀 표현하지 못하게 된다. 가령 '하늘, 땅'을 요즈음도 여전히 '하놀ㅎ, ᄯᅡㅎ'로 표기한다고 생각해 보자. 한글이 표음문자라는 명색도 없을뿐더러 그것은 얼마나 비현실적인가?

한편 한글 표기법－좀 더 포괄적으로 말하여 정서법이고, 그 알맹이는 철자법이 되겠다－의 전통은 한글 창제 당시에 이미 완벽하리만큼 정제된 표기체계를 갖고 있었으나 점차 부녀자의 전유물로 수 세기를 내려오는 동안, 한글의 표음성만을 충실하게 반영하게 되어 그 결과 통일된 애초의 체계를 잃고 부동(浮動)하는 신세가 되었었다. 그러다가 개화기 이래로 국문 연구열이 높아지면서 한글 철자법이 본격적으로 연구 검토되고, 드디어는 1933년에 조선어학회가 『한글맞춤법통일안』을 완성하게 되었던 것이다. 현행 철자법은 바로 이 통일안에 극히 일부의 지엽적 수정이 가해진 것으로 상당 수준의 언어학적 이론을 모르면 그 원리를 알아내기가 어렵도록 되어 있다. '소리 나는 대로' 적는다고 하는 표음주의를 내세운 듯하면서도 '어법에 맞도록' 해야 한다는 부대조건을 충족시키기 위해서 어간과 어미를 분리하여 어간을 고정시켜 놓았다. 바로 이것이 철자법을 배우기 어렵게 만든 근본 이유이다. 다시 좀 더 쉽게 말한다면 받침을 붙이기가 어렵다는 말이다.(이기문, 『국어표기법의 역사적 연구』, 1963년 참조)

이러한 철자법의 문제점이 지나간 수년간 한글 전용 문제와 아울러 중대 관심사로서 세상 사람의 주목을 끌었었다. 그리하여 문교부는 국어 조사 연구 위원회로 하여금 새로운 철자법과 표준어 사정을 위한 기초 조사를 작성케 하고 있다. 이 위원회가 만든 자료는 국어 심의회에서 심의 결정한 뒤, 그 최종안은 문교부 장관의 행정권 발동에 의해 실시될 전망인데, 처음 계획으로는 1972년에 모든 것을 완결할 방침이었으나 졸속을 염려한 나머지 다시 1974년까지 연기하여 완성할 예정으로 있다. 새 철자법은 받침이 훨씬 줄어들고 종전보다 더 표음주의에 입각한 것이 되리라는 것은 의심할 여지가 없다. 받침이 줄어들 수 있는 근거는 두 가지 관점에서 그 가능성을 보인다, 첫째, 현행 철자법에서 쓰이고 있는 받침은,

ㄱ ㄴ ㄷ ㄹ ㅁ ㅂ ㅅ ㅇ ㅈ ㅊ ㅋ ㅌ ㅍ ㅎ

ㄲ ㄳ ㄵ ㄶ ㄺ ㄻ ㄼ ㄽ ㄾ ㄿ ㅀ ᇚ ㅄ ㅆ

등으로 모두 28종인 바, 1955년 문교부에서 시행한 『우리말에서 쓰인 글자의 잦기 조사(문자 빈도 조사)』에 의해 그 실용도를 순위별로 보이면,

ㄴ ㄹ ㅇ ㄱ ㅁ ㅆ ㅅ ㅂ ㅎ ㅌ ㄶ ㅄ ㄷ ㅍ ㅈ ㄺ ㅊ ㄲ ㅀ ㄼ ㄻ ㄵ ㄳ ㄿ ㄾ ㄽ ㅋ ᇚ의 순서로 되어 있다.

그런데 받침 있는 글자의 백분비에서 1% 이상을 점유한 것이 'ㄴ ㄹ ㅇ ㄱ ㅁ ㅆ ㅅ ㅂ ㅎ ㅌ'의 10개 정도에 불과하므로 사용 빈도가 아주 낮으며, 또 몇 개의 특수한 단어에만 쓰이던 ᇚ(나ᇚ · 그ᇚ), ㅋ(부엌 · 남녘), ㄽ(돐 · 곬) 따위를 없애버릴 수 있는 점이다. 둘째, 표준어의 모태가 될 수 있는 서울 지방의 말 가운데 받침이 몇 개의 대표음으로 수약(收約)된다는 것이니, 즉 'ㅈ, ㅊ, ㅌ' 받침을 갖고 있던 '빚〔負債〕,

젖〔乳〕, 숯〔木炭〕, 돛〔帆〕, 옻〔漆〕, 뭍〔陸地〕, 팥〔小豆〕' 같은 말이 실제음에서 각각 '빗, 젓, 숫, 돗, 옷, 뭇, 팟' 으로 발음되는 점이다. 이러한 사실은 새로 나올 철자법이 매우 간편하고 쉬워지리라는 밝은 전망을 갖게 한다.

8.

한글 전용과 국한자 병용 논쟁은 어느새 30년 가까운 연륜을 소모했다. 그러나 아직도 그 승부가 나지 않고 있다. 아니, 엄격하게 말한다면 벌써 무승부의 판정이 내려진 것이라고 해야 옳을지 모른다. 다시 말하여 한글 전용론은 우리의 이상이요 목표에 틀림없으며 국한자 병용론은 사실로 지금 우리가 사용하고 있는 현상이기 때문이다. 전용론자들이 이상론을 주장할 때에 병용론자들은 현실론으로 맞섰으니 그 결론은 처음부터 확정된 것이나 다름이 없었던 것이다. 다음의 글은 이러한 기본적 딜레마의 슬픔을 보여준 매우 가냘픈 호소의 소리다.

역사를 서술하는 자리에서 가정법을 사용한다는 일은 전

혀 부당하다는 사실이 상식화되어 있다. 그런데 우리는 한글 전용의 문제가 나올 때마다 역사 서술의 가정법을 연상하게 된다.

가령, 우리 민족의 여명기에 한글에 맞설 만한 우리 문자가 발생하여 중국의 한자 문화를 수용하는 단계에서 한자를 그대로 받아들이지 않고 당시의 우리 문자로 변용하는 일이 가능하였다면 오늘날 한글 전용의 문제는 일어나지 않았을 것이 아닌가? 그러나 이러한 황당무계한 공상은 우리나라 문화가 애초에 동양 문화권의 중심이 되지 못하였음을 한탄하는 것이나 마찬가지로 무의미한 것일 수밖에 없다. 지나간 역사란 결국 우리에게 주어진 하나의 운명과도 같다. 그 운명은 절대적 운명애(運命愛)로 승화됨으로써만 초극될 수 있는 성질의 그 무엇이다.

문자에 관한 한, 우리 민족의 운명은 참으로 아이러니컬한 상황을 빚고 있다. 세계의 어떤 언어학자, 문자학자가 '한글'의 우수성을 칭찬하지 않는가? 한글이 문자로서의 우수성이 크면 클수록 우리가 그것만을 오로지 사용할 수 없는 슬픔이 깊고 넓음을 숨길 수가 없다.

그러나 엄연한 역사는 한글이 우리 민족에게 너무 늦게 찾아왔고, 또 그것에 대한 충분한 인식이 너무 늦게 왔음을 알려준다. 다시 말하면 그토록 우수한 문자인 한글은 한글을 전용해야 되겠다고 논의가 일기 시작한 바로 20세기 중반 오늘의 시점에서 창제된 것이나 다름이 없다는 결론이 나온다.(『숙대 신문』 390호, 1971. 10. 7)

이러한 머뭇거림은 현대를 사는 지식인들의 공통된 심정이다. 그리고 그 머뭇거림은 무엇인가 적극적인 대책을 갈망하고 있는 것으로 보인다. 대책이란 무엇인가? 언젠가는 한글 전용이 이루어져야 한다는 대전제를 위한 대책일 것이다. 그러기 위하여 우리는 지금 당장 무엇을 할 것인가? 이와 같은 성실하고도 진지한 자문(自問)으로부터 지금까지 제시된 해결책을 보면 이미 우리는 몇 개의 공통된 의견을 갖고 있는 셈이다.

그중에서 가장 손쉽게 누구나 말하는 것은 집현전의 재건이다(유종호, 「한글만으로의 길」, 『창작과비평』 1969 봄 · 여름/남광우, 『국어국문학의 제문제』, 일조각, 1970). 훈민정음의 산실이 바로 집현전이었기 때문이다. 매우 손쉬운 발상이며 또 기대를 걸어봄직하다. 집협전뿐만 아니라 그와 비슷한 정부기관이 그 이후로도 한글 사업을 위해 좋은 일들을 많이 해

낸 역사적 경험을 우리는 갖고 있다. 정음청, 언문청, 간경도감, 그리고 국문연구소에 이르기까지 한글의 나라답게 어문 문제를 다루었던 이들 기관은 제각기 그 시대에 있어 그 시대 상황이 허락하는 한도 내에서 역사적 사명을 훌륭히 수행하였다고 생각된다. 집현전 학사들은 한글을 만들어내었고 그 뒤의 몇몇 기관은 한글〔諺文〕의 보급을 위해 경서의 번역과 출판에 공헌했으며, 마지막으로 국문연구소는 개화기에 새로 일어난 자주 의식에 입각하여 한글에 관한 본격적인 재검토를 수행했었다. 그것이 나라를 잃음으로써 실효를 얻을 수 없었지만 그 사업의 일부는 천만다행으로 조선어학회의 몇 가지 빛나는 업적으로 계속되었던 것이다.

그러나 이와 같은 전통이 있음에도 불구하고 오늘날의 집현전은 그렇게 쉽사리 결성될 수 없는 어려운 점을 갖고 있다.

억지로 말하라면 현재 존재하고 있는 국어 조사 연구 위원회와 국어 심의회가 바로 집현전이라고 말해볼 수 있다. 그런데 이들 기관은 정서법의 개신-그것도 주로 철자법에 국한하여-이라는 하나의 사업을 수행하는 데에는 그 사명을 해낼 수 있을 것이지만 현재 우리가 당면한 문자 생활의 근본적 개혁, 다시 말하면 한글 전용의 이상을 실현하기 위한 것으로는 너무나 초라하고 연약한 기구인 것이다. 정서법은 문자 표기상의 한 규약의 문제이고, 한글 전용이니 국한자 병용이니 하는 문제는 한 언어 사회의 생활 전반을 다루어야 하기 때문이다.

더구나 우리는 철자법 문제에서는 1930년대에 완성한 현행 맞춤법보다 더 쉽고 합리적인 것이 만들어져야 한다는 방향 설정에 온 국민이 의견의 일치를 보이고 있지만, 그러나 한글 전용이냐 국한자 병용이냐 하는 데에는 서로 간에 예각적인 대립을 보인다. 앞에서도 여러 번 말한 바와 같이 도도히 흘러가는 언어 사회의 물결은 그 사회 전체가 저항을 느끼지 않는 방향에서만 개조가 가능한 법이다. 이제 한글 전용을 외치는 사람들은 부작용이야 어떻든 대뜸 바꿔 놓으면 그 해결책이 나선다고 하여 잠시 중등 교육 과정에서 한자 교육을 철폐하도록 만들고 그 결과 실제 언어 사회와의 괴리 때문에 실로 엄청난 부작용을 일으키고 말았다. 그리하여 국한자 병용론을 주장하는 사람들은 국한자 병용을 영구히 하자는 논조가 되어 버렸다. 이들의 논쟁은 잠잠하다가는 극렬해지고, 또 고요한 듯하다가 요란하여서 이제 식상이 되어 버린 제삼자의 견지로서는 근조(近朝)의 붕당들이 별 것 아니라 다 이런 것이었겠구나 하는 마음을 갖게 한다. 이와 같은 영원한 평행적 대립으로 민족문화는 도저히 한걸음도 발전할 수 없지 않겠나 하는 두려움마저 안겨준다.

우리의 주장은 여기에서 단도직입적인 결론에 도달한 셈이다. 즉 대립되는 두 개의 주장을 변증법적으로 지양하자는 것이다. 그러니까 양립론이다. 한글 전용을 위하여 국한자 병용을 할 수밖에 없다는 것이다. 2천 년이나 되는 긴 세월을 한자 문화에 의해 의식이 중독되었는데 그것을 뽑아낸다는 것은 참으로 힘들고 험난한 작업이 아니겠는가? 한자 교육이 역설적으로 강화되는 가운데 한글만을 쓴다는 것이 보다 유익하고 한국적임을 모든 언어 대중이 어느 분야에서나 느끼지 않으면 한글 전용은 불가능한 것이다. 영국에서 화폐 단위를 십진법에 의해 개조하는 데 자그마치 1세기를 기다려야 했었음을 상기할 필요가 있다. 어문 생활의 개혁은 달리 말하여 의식의 개혁이다. 이것은 간단히 작은 연구기관의 설립으로 해결될 문제가 결코 아니다.

국한자 병용을 주장하는 논조 속에 이런 말이 있었다.

한자가 외국 문자라고 한다면 우리 국어의 반 이상을 차지하고 있는 한자어는 무엇인가 말이다. 만약 한자어를 외국어라고 한다면 초등학교에서는 국어 교육을 하지 말아야 할 것이 아닌가? 이 기회에 첨가해서 말해 두어야 할 것은 한글이 우리 문자임은 물론이지만 한자 역시 우리 문자란 것이다.(「교육, 국어, 한자」, 『어문연구』 1호, 1973)

이 글은 한자와 한자어라는 두 개의 개념의 혼동, 국어 교육을 문자 교육이라고 생각한 것 등 아주 소박한 내용의 글이어서 논지의 잘잘못을 고려할 여지가 없으나, 한자는 이만큼 우리 문자화하여 있고 이것이 식자층의 사고의 방향을 알려 준다는 점에 주목을 하게 한다. 한자에 대한 의식에 관련하여 다음의 일화를 음미해 보자.

한글 전용을 열렬히 주장하던 모임에 한 명의 새 동지가 찾아왔다. 한 사람이 새로운 이에게 물었다.

"성함이 어떻게 되십니까?"

"유 아무개입니다."

"아 그러세요. 유씨면 대개 문화 유씨인데 그러면 종씨(宗氏)가 되네요."

"아 아네요. 저는 묘(卯) 금(金) 도(刀) 유(劉) 자 강릉 유씨 예요."

한글전용을 천만년 주장해도 이러한 의식 구조에서는 도저히 한글전용이 안 될 것이다.

9.

한글 전용 논쟁이 가열되는 동안 한자어의 특성은 꽤 많이 밝혀졌다고 생각된다. 그 특성은 크게 둘로 나누어 볼 수 있는데, 그 하나는 한글 전용을 낙관적으로 만드는 것이고, 다른 하나는 비관적으로 만드는 것이다. 이제 이 특성들을 요약해 보기로 하자.

한자어의 특성을 생각하기 전에 먼저 한자의 특성부터 밝혀 보기로 한다. 한자는 표의문자다. 따라서 개개의 한자들은 음상(音相)과 의미(意味)의 양대체계(兩大體系)를 갖고 있다. 다시 말하면, 음상과 의미가 각각 독립된 체계를 가지면서 하나의 문자 속에 묶여 있는 것이다. 음상, 곧 한자음은 시대와 장소에 따라 다르다. 고대 중국과 현대 한국의 한자음을 비교해 본다면 어떤 것은 전혀 공통적인 음질(音質)을 발견치 못하는 것도 있을 것이다. 한자의 의미는 원래부터 복잡하게 되어 있었다. 한자의 생성과 운용의 변화에 따라 원래 육서(六書)라는 것이 있음은 누구나 아는 것이지만, 그 가운데 전주(轉注)와 가차(假借)의 용법은 한자의 의미를 매우 다양하게 변화시키는 기능을 해왔다. 음상과 의미가 따로 노는데 다만 일정한 형태로 고정된 문자가 서로 다른 두 체계를 이어주고 있을 뿐이다. 그러니까 글자 하나를 안다는 것은 엄청난 지식을 동반하게 된다. 그 예를 '락(樂)' 자로 들어 보인다.

악, 낙(락), 요 ← 樂 → 노래, 즐거움, 좋아함

여기에서는 '악 – 노래, 낙(락) – 즐거움, 요 – 좋아함' 이라는 대립 관계를 세울 수가 있어서 오히려 기억에 쉽지만 '곡(曲)' 자의 경우에는,

곡 ← 曲 → 노래, 굽음, 잘못됨 ……

으로 되어 단일한 음상에 잡다한 파생 의미들을 기억해야 하는 어려움이 따른다. 이 정도의 의미 체계라면 또 기억해낼 수가 있을 터이지만, 이것은 한자의 일반적인 용례에 불과한 것이고 그것이 특정한 시대, 특정한 분야에 이르면 그 음상과 의미는 더욱 복잡한 갈래를 가지게 된다. 또 두세 자의 복합으로 이루어진 한자어에 이르면 그 복잡도는 배가·상승하게 된다. '인간(人間)' 이란 원래 '사람이 사는 세상' 이란 뜻이니, 지금의 '사회' 란 말이며, '방송(放送)' 은 '죄인을 풀어준다' 는 뜻이니, '석방(釋放)' 이란 현대 한자어에 해당되고, '경제(經濟)' 는 딱히 오늘날의 '政治' 라는 의미로 쓰이면 쓰였지 도대체 'economy' 란 개념으로는 쓰이지 않는다. 좀 더 궁벽한 우리나라 고제도(古制度)의 용어를 들추어 말하면 그것은 더욱 큰 놀라움을 자아내게 될 것이다. '다방(茶房)' 을 여조(麗朝) 이래 동반(同班) 관원의 명칭으로 알 사람은 사학자에 국한되는 것이며 '정액(定額)' 을 오늘날의 '정원(定員)' 으로 알 사람도 역시 몇몇의 전문가에 제한되고 만다. 한자어는 이렇듯 문자 자체의 견지에서 보면 의미의 비지속성·단절성을 가지는 것이요, 사용자의 견지에서 보면 필요한 때만 꺼내 쓰는 개념의 창고에 지나지 않는다. 따라서 한자의 표의성이란 것은 그 진폭이 너무 넓어서 자칫 그 마력에 빠져 들다 보면 논리적 사고와 그 표현이라는 언어 문자의 참세계로부터 벗어나 신비와 공허만 남아있는 우주미아(宇宙迷兒)적인 현묘(玄妙)의 세계로 들어가 버리게 된다. 대체로 한자를 버리지 못하겠다는 입론(立論)의 밑바닥에는 한자가 지닌 이와 같은 신비로운 마력을 떨쳐버리지 못하겠다는 최면이 작용하고 있다. 한자와 한문을 아는 사람에게 한자와 한문은 이처럼 강한 견인력을 갖고 있으므로 어디까지나 외국 문자인 한자를 우리나라의 문자라고 주장하게 되는 것이다.

그러나 한자어는 분명히 국어 어휘 체계의 일부로서 우리말·우리글 속에서 호흡을 같이 한다. 먼저 한자어의 계보를 살펴 가면서 그 특성들을 검토해 보자. 한자어는 다음과 같은 세 가지 경로를 통하여 국어 어휘 체계 속에 흡수되었다. 한자어의 원국적(遠國籍)을 나타내는 세 개의 경로는 다음과 같다.

① 한자의 원산지인 중국에서 수입한 것. ㉠ 중국의 각종 고전〔경사자집(經·史·子·集)〕에 연유하는 것. ㉡ 중국식으로 여과된 불교 경전(인도문화)에 연유하는 것. ㉢ 문적

(文籍)과는 관계없이 수입된 것. 즉 백화문(白話文) 구어에 연유하는 것. 편의상 위의 셋으로 분류했으나 우리나라가 중국 문화와 접촉·교류한 기간이 줄잡아 2천 년을 넘을 것이므로 이 세 계열의 한자어는 다시 시대적으로 재구분할 수도 있다. 문화 교류가 있는 동안, 한자어는 계속 수입되었을 것이다.

② 우리나라의 한자·한문의 수준이 향상되면서 우리 스스로 우리의 필요에 따라 만든 것.(여기에선 이두(吏讀)가 별도로 논의되어야 할 것이다.)

③ 일본으로부터 수입한 것. 근대 서양 문명과 관련된 사물의 명칭 및 근대 과학의 개념어들이 모두 여기에 속한다.

위의 세 계열의 한자어에서 중국 기원의 것이 대체로 오랜 세월 우리의 언어생활에 친숙해 있기 때문에 그 가운데에는 전혀 한자어라는 인상을 주지 않는 것도 있다.

> 성냥(石硫黃) 숭늉(熱冷) 장구(長鼓) 푸주(庖廚) 바랑, 배랑(鉢囊) 차례(次第) 서랍(舌盒) 맹세(盟誓) 시새(細沙) 양재기(洋磁器) 곤두박질(筋斗撲跌) 호락호락(忽弱忽弱) 흐지부지(諱之秘之) 조용(從容)하다 불쌍(不祥)하다

위의 단어들은 한자가 가지고 있는 음을 좇아 읽으면 오히려 이상하게 느껴질 만큼 우리말로 토착화하고 있다.

이런 단어 이외에도 아직 음의 변화는 입지 않았으나 한자로 썼을 경우가 도리어 이상하게 느껴질 만큼 우리에게 친숙해진 단어들이 있다.

역시(亦是) 필시(必是) 실상(實上) 이사(移徙) 처녀(處女)
수작(酬酌) 도대체(都大體) 좌우간(左右間) 심지어(甚至於)
어차피(於此彼) 이간(離間)질 은근(慇懃)히
막무가내(莫無可奈) 위(爲)하다 대(對)하다……

이러한 한자어를 읽어 가노라면 한자어의 한글 표기는 궁극적으로는 시간 문제라는 생각을 굳히게 한다. 우리가 오랜 세월 자주 쓴 것은 거의 고유의 우리말이나 다름없는 친숙한 느낌을 주기 때문이다.

그러나 일본을 본적으로 하는 한자어로 현대 문명 사회에서 없어서는 아니 될 말들은 현재로서는 거의 한글로의 표기가 절망적이다. 그럼에도 불구하고 그것을 해소하기 위하여 어떻게 할 것인가를 생각하는 것이 우리가 추구해야 할 문제점들이다.

10.

만난을 헤치고 어떻게 해서든지 한글 전용을 해야 한다면 우리는 아마 다음과 같은 장애물을 극복해야 할 것이다.

(1) 간략하게 두세 자로 나타낼 수 있는 한자의 강력한 조어력에 대치할 수 있는 방법.

(2) 무수한 동음이의어를 적절하게 처리할 수 있는 방법.(웬만한 경우는 문맥 속에서 해결된다고 하지만 문맥 속에서도 혼동을 가져오는 예가 얼마든지 있을 수 있다.)

(3) 이미 상당한 세력을 가지고 굳어 버린 각 분야의 전문용어를 대치할 수 있는 방법.

(4) 한자의 시각적 특이성에 대치할 만한 보상 방법.

이렇게 써 내려가면 어려운 문제는 항목을 늘려가며 계속 산적될 것 같다. 그러나 이렇게 산적된 문제를 떠받치고 있는 것은 한국인의 초롱초롱한 두 눈빛일 뿐이다. 한 줄기의 눈빛은 한국인의 창조력이 어디에서 솟아나는가를 찾고 있으며, 다른 한 줄기는 한국인의 사회 풍토가 어떻게 건전하게 형성되는가를 찾고 있다. 언어는 그 언어 사용자의 주관적 관점에서 보면 정신 활동의 형상화이고 객관적 관점에서 보면 의사의 전달, 곧 사회 활동의 모체이다. 그러니까 창조적 본능과 사회적 본능이 만나는 자리에 언어와 문자가 있는 것이다. 창조적 본능은 의식의 영역이고, 사회적 본능은 계약의 영역이다. 계약은 습관의 세계에 있고, 의식은 사고의 세계에 있다. 따라서 한글 전용을 하려면 한국인이 가진 관습과 사고의 세계를 바꾸어야 한다. 습관과 사고를 동시에 지배하고 이끌어 갈 추진력은 민족적, 국가적 차원에서만 찾아낼 수 있다. 한글 전용을 이상으로 삼는다면 무엇보다도 먼저 한국인의 마음 하나하나가 새로운 한국적 문화 창조의 열의를 가지고 서로 힘을 합치려는 태세가 되어 있는가를 점검해야 할 것이다.

우리나라는 진작부터 외세에 대항하고 외래 문물에 추종하지 않으며 그것을 자기 나름으로 정리하는 피나는 노력을 기울였을 때, 즉 외래문화의 주체적 극복이 실현되었을 때에만 보다 높은 단계의 사회적 성장과 문화의 향상이 있었다는 것이 많은 지식인에 의해 예증되어 왔다. 그리고 그러한 운동은 끊임없이 지속되어 오고 있다. 흔히 전통 문제를 논하는 자리에서 우리 나름의 창조적 기풍이 맹렬히 일어날 것을 바라면서도 아직 우리는 과거의 유산이 현대적 의미로 재생되지 않았고 외래의 사조는 뿌리를 내리지 못했음을 한탄한다. 그러나 이러한 근심은 조심스런 학자들의 지적 유희에 익숙한 몸사림에 불과한 것이며, 건전한 상식인의 소박한 판단은 언제나 역사 추진에 놀라운 박차를 가하였다는 것이 우리에게 용기를 준다. 다음의 고백은 우리의 언어 사회에도 새로운 기풍을 일으키는 힘이 이미 샘솟고 있음을 암시하는 말이다. 요약해서 적는다.

① 일제 시대에 기독교 가정에서 태어나 식민지 교육을 받은 나는 이중으로 한국의 문화 전통에서 소외당했었다.
② 이제는 악보도 읽고 노래도 부르고 그 형식도 분석할 수 있고 연주의 잘잘못도 분별하며 음악광은 아니라도 서양 음악을 조용히 즐겨 감상한다.
③ 그러나 한국음악에는 무식하다.
④ 얼마 전 우리의 고전 무용 발표를 구경하다가 나도 모르게 어깨와 허리의 근육이 장단 · 리듬에 따라 실룩거리는 것을 경험하고 크게 충격을 받았었다.
⑤ 서양 음악은 내 의식의 주위를 맴돌았으나 한국의 리듬

은 내 몸을 움직였다.(현영학, 「탈춤이여, 한국이여」, 『문학사상』, 1973. 12)

이 고백은 한국의 문화가 미로에서 제길을 찾아들어 한국인의 체질에 맞는 것으로 걸어갈 수 있음을 웅변으로 증명하고 있다. "객관적 정신이니 세계정신이니 하는 번역어를 그대로 사용하고 있는 동안 우리는 헤겔 철학의 테두리를 벗어나지 못하며 우리의 삶의 현실과는 생소한 개념들과만 놀게 된다."(이규호, 「우리의 말과 우리의 삶」, 『창작과 비평』 12호)라고 한탄한 철학계도 그 무수한 한자어가 고유한 우리말로 바뀔 수 있는 가능성의 실례를 보이고 있다.

모순은 긍정되는 것이다. 이런 말은 모순이 모순 그대로 존속한다는 뜻이 아니다. 헤겔은 모순이 스스로 자기를 지양(止揚)한다고 말했고, 이 말이 모순보다도 더 중요하다. 지양은 aufheben을 옮긴 것이요, 사물을 일단 폐기했다가 그 내용만을 이끌어 올려서 보존한다는 뜻이다. 초등학교 시절에 입던 의복은 그 당시는 꼭 맞았으나 중학생이 되고 보면 이미 맞지 않아 그것을 폐기하고 중학생의 교복을 입어야 한다. 그러나 중학생의 교복은 초등학교 시절의 의복을 거쳐서 비로소 입게 되는 것이고, 따라서 중학생의 교복 속에는 초등학교 적의 의복이 겉으로는 없어졌지만 그 의미의 내용은 역시 보존되어 있는 것이다. 즉 초등학교 적의 의복은 발전적으로 해소된 것이다. 이런 견지에서 지양은 순 우리말로는 '없애가짐' 이라고 표현할 수 있다.(최재희, 「논리적 사고의 제유형」, 『문리대 교양 강좌』 제2집, 1973)

'없애가짐' - 이 말이 철학 용어로서 앞으로 '지양' 에 대신해 쓰일지는 의문이다. 그러나 이것은 비행기가 '날틀' 로 바뀌는 것과는 다른 각도에서 평가하고 싶다. 그것은 한국인의 사고가 보다 순수한 한국말로 표현되었을 때 더욱 완전한 이해에 도달하리라는 기미를 보여주었기 때문이다. 근래에는 의사들도 쉬운 우리말로 의학 용어를 바꾸는 움직임이 보인다고 한다.

현훈(眩暈) → 어지럼　　영아(嬰兒) → 젖먹이
오심(惡心) → 구역질　　소양(搔癢) → 가려움
좌창(痤瘡) → 여드름

이들 두 계열의 어휘에서 한글로 쓰인 단어들이 얼마나

친근미가 있고 알기 쉬운가? 문학 평론 가운데서 가끔 '작가와 독자와의 만남' 이라고 할 때의 '만남' 이라는 단어에 접할 때마다, 우리는 그 단어가 한자어 '조우, 해후, 상봉, 대질' 그 어떤 것보다 그윽하고 특이한 색체의 언어로서 받아들여짐을 볼 수 있다.

한자어를 축소 · 감퇴시킴으로써 한글 전용으로 향할 수 있는 가능성은 다음 같은 관점에서도 검토될 수 있다. 즉 근대 조선왕조에서는 한자를 쓰는 사람과 한글을 쓰는 사람이 신분상으로 구별되어 있었다. 이른바 양반은 한자를, 부녀자와 서민은 한글을 주로 사용했다. 한자 · 한자어 · 한문은 양반들의 의사 전달 도구였고, 쉬운 말 · 고유한 우리말 · 언문은 서민들의 뜻을 담은 그릇이었다. 이때에 한자어는 양반적 체취, 곧 우아 · 고귀 · 심오의 어감이 붙게 되었고, 순수한 우리말에는 그 반대의 어감이 따르게 되었었다. 그러나 오늘날엔 이러한 사회 계층적 구별도 없을뿐더러 뜻있는 지식인들은 너도나도 오히려 고유한 우리말, 비록 순우리말이 아니더라도 토착적인 말을 더 값있게 여기는 풍조가 짙어감을 볼 수 있다. 한자를 배우고 가르치면서도 그것은 지적 호기심과 이미 존재하는 문화유산을 파악하기 위해 불가피한 것으로 생각하게 된다면 과거에 한자어와 순수한 우리말이 가졌던 정감적 의미는 오히려 반대로 뒤집힐 가능성도 있는 것이다. 물론 이러한 작업에 앞장서고 그러한 풍토를 꾸미는 사람은 두말할 것도 없이 현대를 지키는 모든 지식인이어야 한다.

한글 전용론과 국한자 병용론의 대결은 2천 년이나 한자문화에 빠져 들어있던 우리의 어문 질서가 2천 년 이상으로 꿰뚫고 있는 우리의 전통문화를 우리다운 것으로 세우기 위해 필연적으로 부딪쳐야 할 관문이다. 그 대결은 그야말로 없애가짐으로써 우리의 앞길을 밝게 비춰야 할 것이다. 자칫 잘못하면 한자는 우리의 문자 생활에서 영원히 벗어 버리지 못할 굴레가 될지도 모른다. 아마도 우리는 한자의 굴레를 벗으려고 애쓰는 동안 발전하고 성장할 것이며, 무엇인가 우리의 문화를 꽃피울 수 있을 것이다. 그 열쇠를 현대의 지식인은 누구나 다 가지고 있다.

(『창작과비평』, 1973년 겨울호)

우리말 어휘는 풍부한가?
-우리말 어휘의 규모 및 빈곤의 극복책

1. 언어와 현실

말(言語)은 사람을 사람답게 만들어 온 문화적 보물이다. 뿐만 아니라 인간이 추구하는 최후의 문제가 무엇이든 그것은 말을 통하지 않고 현실적인 가치를 가질 수는 없다. 지성이나 과학을 통하여 그리고 인생을 영위하면서 우리는 어떤 방법으로든 진리에 도달하고자 하는 것이 사실이기는 하나 그 인생 그 진리는 우리의 의사소통의 중계자인 말의 문제에 귀착하지 않고는 아무 의미도 없다. 인생이 단순히 살아간다는 것만으로의 인생이라면 얼마나 무의미할 것인가? 우리가 아무리 훌륭한 통찰력과 이해력과 상상력으로 인생

전반을 투시한다고 하더라도 그것이 인생으로서의 뜻을 갖게 하자면 어떤 종류의 말이건, 그 말을 사용함이 없이는 참답게 이해되고 표현될 수가 없는 것이다. 인류의 생활이 있어온 이래 잡다한 형식의 소설이며, 시며, 수필이며 하는 이른바 문학은, 그리고 제반 과학적인 연구 논문과 정치가들의 웅변은, 다시 말해서 인간의 표현과 의사소통은 그것이 인생의 일부 또는 전부라는 증거 이외에 아무것도 아니다.

참다운 의미에서 내 언어의 한계는 곧 내 세계의 한계가 된다. 과학이니, 철학이니, 종교니 하는 것도 마지막까지 분석해 보면 '잘 꾸며진, 잘 정리된 언어'라고 볼 수는 없는 것일까? 우리의 지성과 감성이 무엇을 알고 있는가를 해답해 주는 것은 오직 생생한 언어에 의해서 뿐이다. 그리하여 인류의 마음속에 매우 오래전부터 항상 무겁게 자리 잡아온 문제가 곧 언어에 대한 집념이었다. 인도의 오랜 고전 『우파니샤드』에는 이런 말이 전해지고 있다.

> 말이 없다면 옳은 것도 틀린 것도 알 수 없으며, 참과 거짓, 유쾌한 것과 불쾌한 것을 알 수 없다. 말은 이 모든 것을 우리에게 알려준다. 말에 대해 묵상하라.

진실로 언어가 없다면 세계가 없고 따라서 인생이 없는 것이다. 언어에 대한 이렇듯 오래고도 깊은 사념은 인간의 문화에 대한 모든 비평 속에서 계속하여 심각하게 다루어져 왔다. 인류 문화와 사고의 역사는 결국 언어에 대한 문제를 싸고돌면서 전개된 것에 불과하다. 언어의 내면적인 고찰이 깊이를 더할 때 많은 학구적 업적이 시대를 따라 변천하여 왔던 것이다.

그러나 우리는 지금 이와 같은 언어의 질적 문제를 고려하면서 언어가 사회 현상으로 나타날 때의 그 구체화된 재료, 곧 단어 구문 문장 등에 관하여 생각하려는 것이 우리의 주안점이다. 우리의 사고와 문화를 구축하는 언어에서 의미를 갖고 있는 최소 단위의 것을 일반적으로 말하여 단어라고 한다. 그 단어는 다른 단어들, 다른 언어적 요소들과 결합하여 하나의 통일된 사상 체계를 갖는 글이 되는 것인데 이 단어들의 일정한 집합을 일컬어 어휘라고 한다. 그러므로 어휘라는 말속에는 단어들이 어떤 상태로 결합하고 있다는 단어들의 수적 개념을 가진다.

어휘가 풍부하다고 말할 때에 그 어휘가 포함하는 사고력의 한계는 풍부한 정도에 비례하여 다양하고 복잡해질 수밖에 없는 것이다. 그렇기 때문에 한 나라의 언어가 갖는 어휘가 얼마나 많으냐 하는 것이 그 나라의 문화의 폭과 깊이를 반증하는 것이 된다.

2. 우리말 어휘의 연혁

그러면 한국어의 어휘는 얼마나 풍부한가? 우리는 이 문제를 생각하기에 앞서서 한국어 어휘의 변천 과정을 살펴보지 않을 수 없다. 다시 말하면, 한국 민족의 역사와 더불어 변천되어 생성, 소멸, 또는 증가되어 왔을 한국어 어휘는 한국 역사의 이면이 되는 셈이다. 그러나 보통 한국 역사의 출발이라고 말하는 3 · 4천 년 전 이전에 이미 한국어는 한민족과 더불어 그 언어 역사를 전개하고 있었다. 한반도의 우리 한민족 유입 당시에, 그러니까 약 5천여 년 전 경에-이 시기가 Altai 공통어에서 국어가 분기한 때로 추정되고 있다-참으로 한국어는 순수한 고유어만으로 소박한 농목 생활을 반영하는 민족의 그림자였을 것이다. 이 무렵의 고유어 어휘의 총수를 짐작한다는 것은 거의 완전하게 당시 생활의 전모를 파악하는 셈이 되겠는데, 정확한 숫자를 즐기는 언어학자들은 이 문제를 인류고고학 연구자들의 처리사항으로 돌려버린다. 그러나 현대의 언어 연구자들이 세밀한 자료 분석과 통계를 통하여 추정하는 어휘수로 잠시 원시 한국어의 어휘수를 짐작해볼 수는 있을 것이다. 1930년에 C. K. Odgen이 발표한 바에 의하면, 기본 영어 어휘는 850개에 지나지 않으며 일반인들은 2, 3천 개의 어휘를 사용하고, 고등교육을 받은 사람이 약 5천 개의 단어를 사용한다고 한다. 그렇다면 원시적인 농목 생활을 하였을 수천 년 전에 우리 선조가 사용한 어휘를 개인당 몇 백으로 잡을 수 있을까? 또 총 어휘수는 몇 천이나 될까? 그러나 이것은 어디까지나 허망한 추정에 지나지 않는다.

본질적으로 한국어가 하나의 문명한 언어로 발전한 것은 역시 그 당시에 이미 고도로 발전된 중국 문화권과의 교섭이 시작되면서부터였다.

역사적으로 이미 부족 국가의 형성 단계를 끝마친 통일신라시대를 배경으로 하는 남방계 한어-현대국어의 주류를 이루고 있는 것으로, 이에 대립하는 북방계 한어는 부여, 고구려 등이 사용한 언어로 현대 국어에는 별로 영향을 주지 않은 것이다-가 중국어와 대결하였을 때에 일차적으로는 중국을 따라 변모하는 문물제도에 맞추어 몇 개의 어휘가 생소한 외래어로 등장하였을 것이다. 이때에 물론 문자가 없던 우리 민족이 재빠르게 한자를 이용하여 우리말을 표기하는 이두를 발전시켰으나 능숙하게도 한문을 원문대로 사용할 수 있는 상류 지배층의 식자들이 발생하여 근대에 이르기까지 언어생활과 문자생활에 이중 체계를 유지해 오게 되었다. 이렇게 하여 19세기 말엽까지 계속되는 중국 문화의 영향은 문어에 있어서는 말할 것도 없고, 어휘 면에서는 점차로 고유어를 쫓아내고 그 자리에 한자어-중국어와는 전혀 다른, 우리말 음운 조직에 맞게 변모된 한자음으로 읽히는 단어들을 뜻함-가 들어가게 되었다.

통일신라시대를 대표하는 고대 국어에서는 인명 · 지명 · 관명들이 한자어로 바뀌었고, 이에 따라 다른 문물의 명칭들이 한자어로 바뀌게 되었을 것이다. 그 후 고려시대로부터 시작되는 중세국어에서 한문화(漢文化)와의 동화와 함께 한자어의 어휘의 막대한 분량이 수입되었다. 이 시기에 실로 오랜만에 동일한 어족에 속하는 몽고와의 정치적 교섭이 발생하여 당시의 사회 상태를 반영하는 몇 개의 어휘-특히 궁중용어로서 임금님의 진지를 '수라'라고 하는 것 등-가 근대에까지 존속하게 되었다. 그러나 계속하여 수입된 한자어 어휘수는 조선 중엽에 이르면 이미 고유어 어휘의 총 수를 능가하는 정도에 이른 것으로 보이고, 현대에 와서는 완전히 숫자상으로, 사용 빈도상으로 한자어가 고유어를 압도하게 되었다. 물론 19세기 이후 직접 간접적으로 접한 서양 문화와의 교제는 많은 서양 외래어를 우리 언어 재산으로 갖게 하였으나 아직도 그 수는 주목할 만한 정도에 이르지 않고 있다. 요컨대 국어의 어휘 변천의 역사는 고유어와 한자어와의 병존 대립, 한자어 증가의 역사였다. 그 이중 대립의 체계에 얼마간의 다른 언어로부터의 외래어를 포함시키면 국어 어휘의 목록을 작성할 수 있을 것이다.

《고유어 - 한자어 - 외래어》

그런데 이상 세 계열의 어휘는 각각 독자적으로 또는 다른 것들과 동의어의 관계를 유지하면서 국어 어휘의 전반을 구성한다.

3. 우리말 어휘의 규모

이와 같은 어휘군(語彙群)은 구체적으로 어떤 수적 비율을 보이는 것일까? 현재 우리가 쉽게 접할 수 있는 어휘 조사표는 한글학회의 『우리말 큰사전』에 수록된 16만4천여 단어에 대한 통계로써 고유어 74,612 단어, 한자어 85,527 단어, 외래어 3,986 단어가 실려 있다. 그러나 다시 고유명사와 사투리, 옛말을 제외한 표준어만의 비율은 고유어 56,115 단어, 한자어 81,362 단어, 외래어 2,987 단어로 고유어 · 한자어 · 외래어는 대략 40% · 58% · 2%임을 보여준다.

이와 같은 비율은 이희승 박사가 편찬한 『국어대사전』의 20만여의 어휘수를 가지고 조사한다고 하여도 별로 큰 변동은 보이지 않을 것으로 보인다. 숙명적으로 고유어의 수는 줄어들고 있는 것이며, 한자어 그리고 다른 외래어의 급격한 증가 현상이 오늘날 지속되고 있다. 서양 여러 나라에서 들어오는 외래어가 격증한다는 것은 우리 문화 속에 점차적으로 고유문화, 동양 문화보다 서양의 외래문화가 수입되어 팽창한다는 뜻이다. 외래문화가 전통적인 자기의 고유문화 속에 섭취 혼용되느냐, 전통을 파괴하느냐 하는 문제는 논외로 할지라도, 한 나라의 말에 외래어가 늘어난다는 것은 그만큼 문화적 다양성을 표시하는 것이고, 수사학적으로도 그만큼 풍부한 표현을 가능하게 한다는 점에서 지극히 반가운 현상이 아닐 수 없다.

일찍이 영어는 고대영어 시대에 많은 어휘를 라틴어에서 차용했고 노르만 정복 이후 13 · 14 양 세기에 걸쳐 받은 불란서어의 영향은 말할 수 없이 큰 것이었다. 그리하여 오늘날 웹스터 대사전의 약 55만 여의 어휘를 수록할 수 있는 국제적으로 우수한 언어가 되었다. 흔히 언어에 대한 식견이 부족한 사람 가운데는 고유어의 사용만이 가장 순수한 민족의식의 발현이고 애국의 방법이 되는 것으로 알고 있다. 더구나 국수주의적 일부의 학자들은 한자어조차 고유어로 바꾸자고 하여 한때 일반의 물의를 일으키고 빈축을 산 일도 있었거니와 언어의 순수성 내지 우수성은 그 어휘가 외래어냐 고유어냐에 있는 것이 아니라 그 언어의 표현 능력에 있는 것이다.

표현 능력이란 그 언어가 갖는 문법적 특성, 수사학적 발전 및 사회적 조건 등에 기대를 걸고 있는 것으로 영어가 그렇게 많은 외래어를 갖고 있으면서도 훌륭한 언어가 될 수 있었던 이유는 16세기를 전후하여 일어난 몇 가지 주목할 만한 현상에 있었다. 첫째, 이미 차용된 라틴어와 불어에 대한 새로운 정비가 일어났다. 즉 보다 영어답도록 어미를 바꾸고 철자를 고치고 발음을 영어식으로 고쳐나갔으며, 둘째로, 이와 같은 현상에 앞장선 표준 영역(英譯) 성서와 윌리엄 셰익스피어의 공로는 영어의 발전사에 길이 잊혀질 수 없을 것이다. 셋째로는, 새로이 일어나는 사회의 물결이니, 문예부흥, 종교개혁, 인쇄술의 발명, 아메리카 대륙 발견에 따른 세계관의 변천이 그것이었다. 이러한 조건들이 점진적으로 그리고 상호 긴밀한 관계를 가지면서 동시에 자연적으로 발생했던 것이다.

국어의 경우에 있어서도 풍부한 표현 능력을 가진 우수한 언어가 되려는 목표를 전제로 하는 한, 영어가 걸어온 길에서 좋은 암시를 받아야 할 것이다. 어휘의 증대, 좋은 글을 쓰는 문학가, 전 국민이 누구나가 읽을 수 있는 대표적인 서적(이것은 현대 매스컴이 해결하고 있다. 근세 서양은 성서가 누구나 접할 수 있는 서적이었다.), 그리고 불일 듯 일어나야 할 우리 민족문화에 대한 새롭고도 깊은 인식과 옹호가 한없이 기다려진다.

4. 우수한 언어로 만드는 길

상술한 바 고작 20만 정도에 머물고 있는 우리말 어휘는 웹스터 사전에 수록된 55만여 영어 단어에 비한다면 엄청나게 부족한 것이기는 하나 국어가 갖는 문법적 특성을 최대한으로 활용하여 좀 더 아름답고 우아한 표현술을 발전시키는 일은 그렇게 비관적인 일만은 아닐 것이다. 이제 우리는 그 열쇠를 다음의 몇 가지로 나누어 다시 한번 생각하기로 하자.

첫째, 국어가 감정적 효과를 높이기 위한 방법에서 매우 유용한 고유어 어휘들을 갖고 있다고 한다. 가령 의성의태어의 발달이라든가, 어간 모음의 대체에 의해 정감의 변동을 나타내는 따위는 다른 언어에서는 볼 수 없는 장점이라고 생각되어져 왔다. 물론 '발갛다 – 빨갛다 – 새빨갛다– 발그스름하다 – 발그레하다…' 따위가 색채의 미차(微差)를 드러내주는 효과를 거두는 것도 사실이다. 또 '염치' 보다 '염체', '염체' 보다는 '얌체' 가 강렬한 의미상의 인상을 주는 것도 사실이기는 하나 이것은 오히려 말하는 사람의 주관적 가치를 높이는 나머지 객관적인 표현의 명확도를 줄이는 결과를 갖고 온다. 동일한 불꽃을 보면서 한 사람은 '빨갛게 타오른다' 고 하고, 다른 한 사람은 '시뻘겋게 타오른다' 고 했을 때 그 두 사람의 말은 제삼자에게 불꽃 자체의 모양을 묘사하기보다는 두 사람이 불꽃을 보는 감정의 차이를 더 잘 나타내는 상태에 부딪친다. 그러므로 편의상 국어의 어휘를 정감을 표현하기에 좋은 어휘와, 사실을 표현하기에 좋은 어휘로 가르고 말을 사용하는 사람들이 항상 이것을 의식할 수 있어야 하겠다. 국어에 대한 무비판적인 편애로부터 벗어나서 누구나 냉철하게 국어의 장단점을 인식할 때에 비로소 국어의 발전은 그 가능성을 갖는 것이다. 세련된 언어일수록 언어에 논리적 조건을 보다 많이 갖추기 때문이다. - 이 말은 언어 자체가 가지는 언어 특유의 언어 논리와 혼동해서는 안 된다. 가령 '문 닫고 들어와라' , '덮어 놓고 먹어라' 같은 말은 훌륭하고도 완전한 표현이다.

둘째, 위에 말한 세련된 언어를 위해 우리가 추구해야 할 노력은 매우 심각하다. 우리말 표준어를 두고 보더라도 개화 이후 현대문학에서 얻은 것과 현대 서울 중류 사회의 언어에 토대를 두기는 했으나 조선어학회를 근간으로 하는 회의에서 결정을 본 것으로 아직은 소루(疏漏)한 느낌이다. 불어의 경우는 île de France라는 문학어를 파리 중산 계급의 사람들과 궁정의 상류 계급 사람들, 그리고 많은 저명한 문인들이 그들의 생활과 작품을 통하여 세련된 언어로 발전시킨 것이었다. 영국에서는 17세기에 와서 문화적 중심이 된 런던에 모여든 많은 시민들과 옥스퍼드, 케임브리지 대학의 지성인들이 그들의 표준 영어를 확립시켰는데 그러기까지는 불우한 환경과 실명의 고뇌 속에서도 8천여에 달하는 어휘를 자유자재로 구술하여 『실낙원』이란 장편 서사시를 쓴 밀턴이 있었고, 세계적 마법의 화술사(話術師) 셰익스피어가 1만 5천여 어휘를 사용했다는 배경이 숨어 있다. 하나의 언어가 성숙하고 세련되기 위하여는 실로 대중과 천재가 원만하게 융화된 시대를 기다리지 않으면 안 되는 것이다. 우리는 좀 더 광범위하게 표준어의 영역을 넓히고 국어에 대해 세심한 주의와 애착을 갖는 지성인, 특히 문인들이 나타나야 하겠다.

셋째, 표준어를 늘린다는 말은 곧 국어의 어휘가 늘어나고 풍부해질 것을 전제로 한다. 그러려면 무엇보다도 이미 존재하는 단어를, 방언의 경우엔 표준어로 활용시킬 것이고 외국어일 경우엔 외래어로 우리의 음운 조직에 맞게 변화

적응시키는 어휘 수입을 계속해야만 한다. 그뿐만 아니라 국어가 가지는 조어론적 특성을 살려서 어떤 방면의 단어, 또는 형태소(접두사, 접미사, 어미 등을 나타내는 언어 요소)들이 새로운 표현을 위한 적절한 단어를 만드는 데 어떻게 생산적인가를 찾아내고 활용해야 한다. '~하다'와 같은 접미사는 외래어를 어근으로 하여 새로운 동사나 형용사를 만드는 데 얼마나 생산적인가? '어필하다(appeal-), 카무플라주하다(camouflage-), 유니크하다(unique-), 그로테스크하다(grotesque)' 등의 어휘는 사실상 '호소하다, 감추다, 유일하다, 기괴하다'의 뜻을 떠나서 보다 다양하고 풍부한 어감을 가지고 있다. 외래어를 증대시킴에 있어서 자칫 빠지기 쉬운 잘못은 그것이 현학적 냄새를 풍기고 그 외래어에 정확하게 대응하는 고유어나 한자어가 있음에도 불구하고 남용하려고 하는 것이다. 이것은 한 언어가 발전하려고 할 때에 겪는 불가피한 장애인지도 모른다.

넷째, 국어는 앞서 말한 바 복합어에서 나타내는 생산적 특성 이외에도 통사론적으로는 어미와 조사에 의해서 상당히 섬세한 표현을 할 수가 있다. 이것은 물론 직접적으로 어휘 자체의 증가를 나타내는 것은 아니지만 풍부한 표현을 위해서는 어휘의 증가와 더불어 매우 긴밀한 관계에 있다. 국어 문장의 문체상의 변천을 상고할 때에 과거 수천 년에 걸쳐 한문 문장의 영향으로 인하여 우리나라 고대소설이나 가사 등에 보이는 것과 같이 중문(重文)과 복문(複文)이 끊이지 않고 연접(連接)된 혼합문의 문체가 존속하다가 근래에 와서 일본문화에 의한 국어 문장의 변천은 놀랄 만한 것이었다. 이제 다시 서구 문장을 빈번히 접하게 되는 현대의 지식인들에 의해서 국어의 문장은 사실상 점차 변모하고 있다. 간혹 연소한 작가들에 의해 서구문 번역체와 같은 생소하고 어색한 소설이 나온다 하여 일부의 평자측에서는 문장 수업을 다시 하라는 충고도 받고 있는 터이나 이러한 문장의 원숙한 발전 뒤에 국어가 가질 다채로운 수사상의 소득은 일부의 비평인들의 상상을 절(絶)하는 바 있다. 화법이나 수동형의 표현법은 그간 상당한 발전을 가져왔다. 관계대명사로 연결되는 비교적 기다란 서구문이 국어로 번역되고 그와 유사한 국어 문체가 일상으로 원만하게 쓰이고 있다. 이러한 글이 언중에 익숙하게 되고 세련된 문체로 발전하리라는 가능성은 명백하고도 확실한 것이다. 우리나라 현대 문학이 주로 일본을 통하여 서구 문학을 수입하면서 전개될

초기에 인칭대명사, 특히 제3인칭 대명사의 사용은 아주 미미한 것이었다. 그런데 춘원과 동인 등에 의해 시도되고 확정된 3인칭 대명사 '그'는 오늘날 얼마나 일반화된 단어인가?

끝으로 우리가 다시 한번 기억하고 다짐할 사항을 간추려 보자. 그것은, 언어는 소수의 식자들에 의해서 갑자기 형성되는 것도 어떤 정책에 의해서 좌우되는 것도 아니라는 점이다. 그 언어를 사용하는 대중 전체의 새로운 인식과 각성이 하나의 문화사적 분위기로 조성된 속에서 정력적이고 생산적인 문필가, 그리고 그들을 중심한 언론인의 성실한 글, 이것을 읽고 생활할 수 있는 사회적 여건이 수년간의 시행착오와 혼돈을 거쳐 침전되고 정화된 언어를 얻을 때에 비로소 좋은 말, 풍부한 표현력을 가진 언어가 나타나는 것이다. 그런 의미에서 새롭게 시도되는 젊은 작가들의 생경한 어휘, 불완전한 문장은 생각하기보다는 고무적인 현상의 하나라고 볼 수 있다. 대개 표현술의 새로운 모색은 기성 어휘 구조와 문체를 탈피하는 데에서 우러나오기 때문이다. 그리하여 글 쓰는 사람에게 허용된 어휘 오용이나 통사 오용은 매우 조심스럽게 다루고 변화 발전시켜야 할 문제들이다.

5. 우리말 사전의 평가

이와 같이 좋은 말을 만들려는 전체적 분위기를 근본적 · 구체적으로 강력하게 밑받침해 주는 것은 무엇일까? 두말할 것도 없이 좋은 사전이다. 우리가 지금 갖고 있는 가장 좋은 사전-이희승 박사의 『국어대사전』은 그 호화 방대함이 아직까지 우리가 접해보지 못한 훌륭한 것이다. 그러나 그것이 결코 만족할 만한 것은 아니다.

한 나라의 언어가 사전으로 정리 수록되기까지에는 어느 나라의 경우에나 매우 장구한 세월에 걸친 헌신적인 노력의 성과가 있었다. 19세기 후반, 1852년에 독일의 그림 형제는 그들의 독일어 사전을 착수하기는 하였으나 그의 후계자들에 의해 완성을 보았으며 사전 편찬에 있어서 국제적인 공헌을 한 불란서의 철학자, 물리학자, 어휘 수집가인 Emile Litré는 『Dictionaire de la Langue Francaise』를 실로 30여 년간에 걸쳐 만들었다. 그의 이 빛나는 노작은 과학과 천재의 황홀한 결합이라고 하여 어휘집의 기념비로 기억되고 있는데 초판이 간행된 지 백 년이 가까운 오늘날까지도 계속 신판 수정판이 나오고 있다. 오늘날 '사전' 이란 단어의 동의어처럼 쓰이고 있는 영국인 노아 웹스터는 1943년에 작고했지만 웹스터 사전의 세 번째 수정판이 1961년에 나왔다. 더구나 이 수정판이 나온 후로 재래의 묵인된 사전 편집 정책에 대한 맹렬한 논쟁이 일어나서 용례의 순차를 적당히 구분하는 일이 지양되어야 한다고 비평되기까지 하였다. 사전 편찬이란 이렇게 지난한 사업이다.

우리나라의 사전 편찬 사업은 20세기 초엽 이래 겪어온 민족의 수난과 더불어 문자 그대로 형극의 길이었다. 1929년 한글날에 전국의 대표자 108명이 모여 사전편찬회를 조직하였으나 그 후 재정상의 문제로 1936년 조선어학회(현 한글학회의 전신)에 넘겨버리게 되었었고, 조선어학회는 즉시 편찬에 착수하였다가 1942년 일제의 조선어학회 회원 검거로 이 사업은 와해되는 비운을 맛보았다. 그 무렵 1938년 청람 문세영의 『우리말 사전』이 근 10만의 어휘를 담고 세상에 나왔다. 이 사전이 이때까지 외국인의 손에 의해서 만들어졌던 몇 개의 우리말 사전보다도 많은 어휘를 담은 가장 참신한 것으로 주목되었다. 그리고 해방 이후 한글학회의 『우리말 큰사전』이 나오자, 우리는 잠시 민족적 숙원을 푼 듯한 감회에 젖었던 것이다. 그러나 그것이 이 사전의 우수성에서보다도 그 완성을 보기까지에 겪었던 정치적 곤고에 대한 것이었으므로 1950년대에 보다 좋은 사전을 갖자는 욕구가 국어문학회의 『국어 새사전』으로, 신기철 · 신용철 형제의 『표준 국어사전』으로 나타나기에 이르렀던 것이다. 그렇지만 이 정도로는 도저히 만족할 수 없었다. 드디어 1961년에 이희승 편 『국어 대사전』을 갖게 되고부터 얼마간 국어사전에 대한 안정감을 가진 것으로 보인다. 허나 좋은 사전을 가지려는 우리의 노력은 사실상 지금부터라고 하겠다. 우리의 문화적 풍토 속에서 가장 박약하게 존재하는 것 같은 이른바 전통의 수립이랄까, 계승의 정신이 바야흐로 발휘될 때가 지금이라고 생각되는 때문이다. 실례를 자꾸만 서양에서 빌린다는 것이 무언가 민족적 긍지에 누를 끼치는 것 같으나, 사실은 그것을 통해서 우리가 초극해야 할 운명이 있는 것이므로 다시 한번 서양으로 눈을 돌려 보자. 불란서의 유명한 교육자이며 15권의 백과사전식 불어사전 『Grand dictionaire universal』을 편찬한 Pierre Larousse는 1875년에 작고했고, 그의 사전은 그가 죽은 다음 해인 1876년에 발간되었다. 그의 후계자들은 이 속편을 계속 증보 개간하여 『Larousse du XXe siècle』이라든지 『Larousse universel』 등이 끊임없이 나오고 있다. 또 단순한 수정 증보에 그치는 것이 아니라 사전의 기능이 다시금 검토되고 고찰되어서 사전은 관례적인 설명과 기록에 따르기보다는 용법 용례의 기술적이고 정확한 기록이어야 한다고 강조되었다. 그리하여 사전은 많은 인용문을 싣게 되었고 분명한 용법을 충실히 예시하려고 애쓰게 되었다.

6. 좋은 사전을 위하여

그러면 현존한 우리말 사전들은 어떤 점이 불비되어 있는가? 그 미비 사항을 보충하려면 어떻게 할 것인가? 전술한 바와 같이 기존 사전에 대한 계승 보완의 정신 밑에서 우리가 주로 『국어대사전』을 중심으로 하여 다음과 같은 점을 생각하기로 하자.

첫째, 국어가 이미 20만의 어휘를 포용하고는 있으나 아직도 절대량의 어휘가 부족한 형편이다. 이때에 엄정한 어휘 선정으로 웬만한 단어는 수록에서 제외하는 것은 재고되어야 할 것으로 보인다. 그렇다고 조생석사(朝生夕死)하는 유행어를 무분별하게 수록하자는 것은 물론 아니다. 고전적 기풍을 벗어나서 선량후질(先量後質)의 방향으로 사전이 편찬되었으면 좋겠다. 그래서 웬만큼 전문적인 용어는 흔히 빠져 있고, 또 유행성을 띤 듯싶은 단어는 매우 빈번히 실제 사회에서 쓰임에도 불구하고 사전에는 실리지 않는 결과가 되었다. 요는 정확한 기술적 태도의 결여를 지적할 수 있다. 여기에 예 하나를 들어 본다. 화투 놀이에 '섰다' 는 있는데 '나일론뻥' 은 빠져 있다. '나일론' 이란 단어의 다양한 의미는 우리의 언어 사회에서 매우 착잡한 양상을 갖고 있는데 이런 것에 우리 사전이 아주 냉담하다.

둘째, 단어에 대한 설명이 지나치게 간결을 위주로 하였다. 정의할 것이나 묘사로써 풀이되어야 할 것이 단순한 설명에 그치고 만 예가 많다. 이 점은 예문이 극히 드물다고 하는 것과도 밀접하게 생각되어야 한다. 도대체 예문 없는 사전은 사전의 구실을 못하는 것이라고 생각된다. 가령 '아버지' 라는 단어의 세 번째 풀이는 기독교의 '하나님' 을 일컫는 말이라고 되어 있는데 주기도문의 첫머리쯤은 예로 들어야 마땅할 것이었다. '나무아미타불' 의 풀이를 보면 그 어구의 원의만을 밝히고 있는데, 이 단어에(원래 어구이지만 단어와 같은 기능을 국어 문장 속에서 가지므로) 서술어미 '-이다'를 결합하여 '나무아미타불이다'라고 했을 때는 거기에 얼마나 풍자적이고 변화된 뜻이 작용하는가? 이런 것은 언어 현상에 대한 더 크고 넓은 포괄적 태도를 사전 편집에 적용시킴으로써 극복할 수 있는 문제이겠다.

셋째, 우리는 사전 하나가 완성되기 위해 많은 다른 분야의 학문이 성숙되기를 기다리지 않을 수 없음을 절감한다. 하기야 언어가 생주이멸(生住異滅)하는 문화적 생명체인 만큼 사전의 완성이란 끝없이 추구해야 할 목표이기는 하나, 어휘 자체에 관한 학문도 너무나 되어 있지 않는 형편이다. 가령 어원(語源) 동의어에 관한 것, 고제도(古制度)에 관한 단어가 그렇고, 고어(古語) 따위는 그 발생과 소멸에 관한 거의 정확한 연대가 알려져 있지 않는 형편이다.

『국어대사전』이 가진 결함은 위의 몇 가지 외에도 동식물의 그림에 실상을 짐작할 수 있는 축도 표시 따위가 빠져 있는 것을 지적할 수 있다.

요컨대 사전이 민족문화의 보고라 하고 정수라 하는 이유는 사전을 통해서 한 나라 문화의 통시적 내지 공시적 구조를 완성할 수 있다는 데에 집약되므로 우리가 본격적인 대사전을 갖기 위해 기울여야 할 노력은 방대하고 잡다한 다른 학문의 발전 성숙과 더불어 실로 엄청난 시간과 정열을 우리의 미래에 요구하고 있는 것이다.

〈『青脈』, 1966년 10월호(통권 22호)〉

한글 전용專用의 부당성不當性

개화기의 국어학자 주시경(周時經) 선생은 하나의 민족은 하나의 나라를 세우고 하나의 언어를 사용하며 사는 것이 가장 바람직한 것이라고 주장하였다. 단일민족(單一民族), 단일국가(單一國家), 단일언어(單一言語)가 삼위일체(三位一體)가 되면 그것은 참으로 좋은 일이라고 생각할 수 있다. 거기에 단일문자(單一文字)까지 곁들인다면 민족, 국가, 언어, 문자가 사위일체(四位一體)가 되니 금상첨화(錦上添花)라 할 수 있겠다. 그런데 주시경 선생은 우리나라야말로 바로 그러한 조건을 완벽하게 구비하고 있으므로, 우리말을 갈고 닦아 바르게 다스리고, 우리 글자인 한글을 바르게 쓰기만 한다면, 민족국가의 장래는 밝을 것이라고 주장하였다. 그분의 국어 연구와 한글 전용론(專用論)은 이와 같은 민족주의적 국가관에 기초를 둔 것이었다.

주시경 선생의 이러한 이상론은 그 당시의 혼미한 정치 사회 전반을 민족문화 의식으로 회생시켜 보자는 간절한 소망에서 출발한 것이었기 때문에 나라와 민족의 장래를 근심하는 사람들의 호응을 얻기는 하였다. 그러나 결국 나라는 일본에 합병되었으며, 겨우 국어 연구의 명맥만이 조선어학회(朝鮮語學會)를 중심으로 하는 국어학자들에게 계승되었다.

거듭되는 말이지만 하나의 나라, 하나의 민족, 하나의 언어, 거기에 고유한 문자만을 사용하고 살 수만 있다면 얼마나 좋을 것인가? 그러나 그것은 그야말로 하나의 이상일 뿐이다. 이 세상을 둘러 보면 엄격한 의미에서의 단일민족, 단일국가가 단일언어와 고유문자만을 사용하고 있는 예는 존재하지 않는다. 그것은 인간의 생존이 어울림과 뒤섞임을 본성으로 하고 있기 때문이다. 다시 말하여 인류 문화의 본성은 부단한 복합과 혼합의 연속이며, 그 속에서 변할 것 같지 않은 전통이 형성되지만 그것은 언제나 새로운 도전과 혼합을 통하여 변증법적(辨證法的) 발전을 거듭해 왔다.

그러므로 이 세상에는 하나의 민족이 하나의 국가를 만들어 살고자 하는 부단한 노력이 있음에도 불구하고, 오히려 그러한 순정(醇正) 민족주의(民族主義) 때문에 오늘날에도 아프리카와 동유럽 등지에서 피 흘리는 민족 분쟁이 계속되고 있는 것 아닌가 싶다. 따라서 우리는 문화가 역사와 전통의 산물임을 바로 인식하고, 문자 문화도 역사와 전통의 본성에 따라 과거, 현재, 미래가 자연스럽게 연속되고, 변화 발전한다는 관점에서 이해할 필요가 있다.

그러면 다시 금세기 초반 나라를 일본에 빼앗긴 이후, 국어학자들의 문자 정책과 문자 문화 의식은 어떠하였는지를 살펴보기로 하자.

개화기에 싹튼 근대화 의식과 민족 의식은 1910년 나라를 잃으면서 뜻있는 선비와 지사들에게 더욱 강렬하게 작용하였다. 그들은 잃어버린 국권(國權)을 회복하기 위해서는 민족의 자주(自主), 자존(自尊) 의식을 높여야 하며, 그러기 위해서는 민족문화를 발전시키는 것이 가장 시급한 일이라고 생각하게 되었다. 총칼을 들고 만주 벌판을 누비며 게릴라전을 펼치는 독립군들이 있었는가 하면, 민족문화의 창달을 위하여 학교를 세우고 우리말과 우리 역사를 가르치는 교육

투사들도 있었다. 그러한 투사들 중의 한 지파가 다름 아닌 조선어학회(朝鮮語學會)를 중심으로 한 국어학자들이었다.

1920년대에 결성되어 1930년대에 이르러 결실을 본 조선어학회(朝鮮語學會) 학자들의 업적은, 그 당시에 우리가 떳떳한 민족 국가를 지니고 있었다 하더라도 서둘러 정리했어야 할 문화사업(文化事業)을 이루어낸 것이다. 조선어학회의 업적은 크게 세 가지로 요약되는데, 그 첫째는 한글 맞춤법 통일안(統一案)의 완성이요, 둘째는 표준어(標準語)을 사정(査定)한 것이며, 셋째는 우리말 큰사전을 만들어 낸 일이다. 첫번째 업적부터 생각해 보자. 그 무렵에 우리나라는 비록 한글이 창제되어 일반 백성이 사용하는 보통 문자의 구실을 하고 있었다 할지라도 일정한 표기법(表記法)이 없었기 때문에 하나의 낱말이 여러 가지로 표기되는 형편이었다.

따라서 한글 맞춤법을 통일하는 일이 늦으면 늦을수록 민족문화의 근대화가 늦어진다는 것을 의미했다. 그런데 일부 인사들이 종래의 관습대로 쓰자는 완강한 반대를 헤치고 한글 맞춤법 통일안을 완성시킨 것은 20세기 문화 사업 가운데 첫손을 꼽을 정도의 큰 의미를 갖는 사업이었다. 더구나 그 시절이 일제(日帝) 강점기(强占期)였기 때문에 더욱 의미가 큰 것이었다.

두 번째 사업은 숫자로는 얼마 안 되는 것이지만 표준어의 실체를 보여 주었다는 점에서 대단히 중요한 의미를 지니는 사업이었다. 그리고 마지막으로 우리말 큰사전 편찬은 그 사업이 진행되는 도중에 조선어학회사건 등 민족문화(民族文化) 말살(抹殺)을 획책하는 일제의 강압으로 결실을 보지 못할 뻔했으나, 해방 뒤에 사전 원고 뭉치를 서울역 창고에서 찾아냄으로써 다시 햇빛을 보게 되었다.

위에서 간략히 살펴본 바와 같이 일제 강점기에 조선어학회를 중심으로 한 국어학자들의 언어·문자 문화에 대한 공적은 아무리 찬양해도 지나치지 않는다.

그러나 이와 같은 한글 운동은 그 당시의 민족문화 창달이라는 대의명분을 앞세우고 한글 전용까지 주장하였으며 이것은 현재에 이르기까지 문자 정책의 불씨를 키우는 단서가 되었다. 물론 1920년대 이후 70여 년이 지난 오늘에 이르기까지 한글 전용론(專用論)은 조금씩 성격을 달리하기는 하지만, 순정의 민족문화 창달이라는 명분을 내세우는 것만은 변함이 없다.

그러면 이제부터 한글 전용론(專用論)의 부당성을 살펴보기로 하자.

1930년대의 한글 전용론은 그 당시의 문맹자(文盲者) 숫자와도 관계가 깊다. 그때의 우리나라는 아직 정상적인 근대화 과정을 거치지 못하고 갑작스럽게 일제의 식민지로 전락하였기 때문에 대부분의 일반 서민들은 교육의 기회를 얻을 수 없었다. 따라서 문맹율(文盲率)은 대단히 높았다. 해방이 된 다음 해인 1946년만 해도 전체 인구의 80% 이상이 문맹이었다. 이와 같은 형편에서 어려운 한자를 배우느라고 세월을 보낼 것이 아니라, 배우기 쉬운 한글만 깨우쳐서 부지런히 서양의 필요한 지식을 습득하자고 주장했던 것이다. 이때에 미군정 당국이 은근히 한글 전용을 부추기고 유도했다는 사실도 우리는 주의깊게 지켜보아야 할 것이다.

또 1950년대와 1960년대에 이르러서는 문자 쓰기의 기계화, 곧 타자기의 활용이 주목되던 시기였기 때문에 한자를 타자기로 치기가 불가능 또는 불편하다는 이유가 한글 전용론을 강력하게 뒷받침하는 결과가 되었다. 그러나 컴퓨터가 일반화되고 한자 쓰기도 컴퓨터로 쉽게 해결이 가능한 현재에는 기계화와 한글 전용이라는 등식관계(等式關係)는 그 의미를 상실하고 말았다.

한글을 전용하자고 주장하는 이들이 내세우는 또 하나의 근거는 문자 발달 과정에서 소리글자가 최후로 만들어진 것이며, 이른바 선진국들이 모두 알파벳 소리글자를 쓰고 있기 때문에 우리도 소리글자인 한글을 쓰는 것이 마땅하다는 주장이다. 더 나아가 중국에서도 표음성(表音性)을 가미한 간체자(簡體字)가 쓰이는 것으로 보아 소리글자의 보편화는 세계적인 추세라는 것이다. 이 주장은 한편으로는 그럴듯해 보인다.

그러나 이러한 주장에는 다른 나라, 다른 민족이 하는 일이면 그것이 옳은 것이므로 따라야 한다는 새로운 사대주의(事大主義) 요소가 잠재되어 있다. 민족의 주체성(主體性)과 자주성(自主性)을 주장하면서 다른 나라, 다른 민족이 하는 것을 뒤쫓아야 한다는 것은 발상부터가 문제된다. 이것은 오히려 소리글자가 문자 생활의 측면에서 뜻글자보다 얼마나 더 문화적 효용성이 높은지를 따지는 쪽으로 논의해야 올바른 접근이라고 생각된다.

한글 전용을 외치는 이들이 사실상 최후로 의지하는 방패는 민족문화의 창달이다. 겨레의 독립(獨立) 자존(自尊) 정신(精神)의 유지(維持) 고양(高揚), 겨레 중흥(中興)의 역사적(歷

史的) 사명(使命) 완수(完遂)를 위해서는 한글만 써야 한다는 주장이다. 그러면 과연 한글 전용을 해야만 독립(獨立) 자존(自尊)의 정신을 지니게 되고, 민족(民族) 중흥(中興)이 일어나며, 민족문화가 발전하는 것인지를 따져 보아야 할 것이다.

이때에 우리가 반드시 짚고 넘어가야 할 것은 앞에서 잠시 언급한 바와 같이 문화의 본성(本性)이 무엇인지를 해명하고 인식하는 일이다. 그다음에 민족문화의 정체(正體)를 해명하면서, 그 발전이 문자생활에서는 어떻게 나타나야 하는지를 논의하여야 한다.

문화는 넓은 의미에서 삶의 양식이다. 삶의 양식은 질적으로나 양적으로 향상되어야 한다. 그것이 인간의 기본 욕구이기 때문이다. 그중에서도 사람들은 삶의 질적 향상 쪽에 비중을 더 두는 경향이 있다. 따라서 삶의 질을 높이는 일체의 생활 양식을 문화라고 보면 좋을 것이다. 이처럼 질적 향상을 꾀하는 것이 문화의 본성(本性)이라고 볼 때 문화가 본질적으로 고급화(高級化), 정밀화(精密化), 전문화(專門化), 예술화(藝術化)의 성향을 띤다는 것을 짐작할 수 있다. 물론 양적 향상을 모색하는 문화 양상은 이른바 대중문화를 낳게 하는데, 이러한 대중 문화의 발전이 불필요하다거나 무가치하다고 말하는 것은 아니다. 대중문화보다는 고급 문화가 더 근본적인 문화의 특성이라는 점을 강조하려는 것이다.

가령, 글을 쓸 때 누구나 다 아는 한글만 쓰다가 새로운 변화를 시도하기 위하여(이것을 삶의 질적 향상이라는 개념으로 파악할 수 있다.) 영문자를 넣는다든지 한자를 섞어 썼을 때, 그것이 민족 정신을 해치는 것으로 보아야 할 것인가? 아니면 문자 생활의 고급화(高級化)를 시도하는 멋스러움으로 보아야 할 것인가를 생각해 볼 필요가 있다.

앞에서도 지적했거니와 문화(文化)의 특성은 교류와 결합을 본질로 한다. 인간의 생활이 역동적으로 삶의 터전을 넓혀 나가는 것이기 때문에, 새로운 요소와의 교류와 결합은 불가피한 것이요 자연스러운 현상이다. 그러므로 문화는 진돗개의 순종(純種)을 유지하듯이 혈통을 지키며 외부 요소를 차단해서는 안되고, 차단할 수도 없는 것이다.

다른 한편으로 문화는 역사의 산물이요, 전통의 일부라는 점이다. 삶의 양식(樣式)은 세월의 흐름에 따라 일정한 유형을 형성하면서 외부 요소를 부단히 흡수(吸收) 조정(調整)한다. 마치 고유어가 외래어를 흡수 조정하여 새로운 우리말 어휘 체계를 구성하는 것과 같다.

그러면 우리 조상들이 지닌 문자 생활의 역사와 그 전통은 어떠하였는가? 우리 조상들은 이천 년 가까이 오로지 한자를 통하여 새로운 문화를 창조하여 왔다. 인도에서 출발한 불교 문화도 한자에 의한 중국 불교 문화를 통하여 우리나라에 들어 왔으며, 중국 전통의 유교 · 도교 문화도 모두 한자를 매개로 수입되고 정착하여 토착화하였다.

그 뒤에 한자는 외래(外來) 문자(文字)라기보다는 우리 문자화(文字化)하여 그것으로 학문의 세계를 넓혔고, 그것으로 정치 행정도 펼쳤으며, 그것으로 예술 활동도 추진하였다. 원효(元曉)의 심오한 불교사상이 쓰여진 것은 유려(流麗)한 문체의 당대 한문이었으며, 퇴계(退溪)와 율곡(栗谷)이 지은 유교 사상의 금자탑(金字塔)도 그들의 원숙한 한문 실력의 결정이었다. 우리나라 정치 문화 사회에 걸친 모든 과거 역사는 한자와 한문을 모르고서는 근처에도 얼씬거릴 수가 없는 실정이다. 하다 못해 황진이(黃眞伊)의 연애시가 지닌 문학적 운치를 맛보기 위해서라도(물론 한글 시조가 없지는 않으나) 한시를 읽고 감상할 수 있어야 가능한 일이다.

이러한 역사적 배경 때문에 우리말에는 현재 70% 이상을 한자어가 차지하게 되었는데, 더구나 그것은 대부분 전문 분야의 용어들이다. 따라서 우리가 현재의 우리 문화를 온전히 파악하고 민족문화를 올바르게 발전시키기 위해서는 한자 실력을 갖추는 것이 필수적이다. 서양의 여러 나라가 알파벳 문자를 사용한다고 하여 거기에 역사적 전통을 배출한 것으로 오해해서는 안된다. 그들 언어에는 그리스 · 로마 문화의 오랜 전통이 그대로 계승 · 발전하여 왔기 때문에 그들 언어의 어원을 밝히려면 고대 그리스어와 라틴어의 지식을 필요로 한다. 이 고대 그리스어와 라틴어야말로 동양의 한자에 해당하는 것이다. 여기에 비하면 우리나라는 한자를 앎으로써 그대로 어원(語源)의 의문이 풀리기 때문에 서양 여러 나라보다 훨씬 사정이 좋은 것이라고 할 수 있다.

특히 오늘날에는 국제화 세계화의 길이 민족문화의 발전을 약속하는 통로임을 절감하게 되었다. 설사 백보를 양보하여 한자가 한때 고유 문자의 기능을 했으나 그것이 외래 문자로 보아야 한다면 중국과 일본을 아우르는 동양 문화의 전통을 완벽하게 파악하고 계승한다는 차원에서, 그리고 중국과 일본을 깊이 있게 이해하기 위한 수단으로서도 한자 실력은 필수적이다.

우리는 이제 대중성(大衆性)과 평이성(平易性)을 내세우며 하향(下向) 평준화(平準化) 논리(論理)를 펴는 한글 전용론에 대하여 비판적인 안목을 지녀야 할 때가 되었다. 고급화(高級化)를 지향하는 문화의 본성에 충실하려면, 그리고 문자 생활의 질을 높이고 덧붙여 예술적 멋까지 누리려면 2, 3천 자의 한자 공부를 외면할 이유가 없는 것이다. 아마도 부분적으로는 한글 전용이 이루어지는 분야가 확대될 것이다. 또 그것이 바람직한 일이기도 하다. 그렇다고 한자를 하루아침에 싹쓸이식으로 없앨 수 있으리라고 생각하는 것은 환상임을 깨닫고 한자 학습의 의욕을 키우며 국한(國漢) 혼용(混用)의 문자 생활에도 적응하도록 해야 할 것이다. 한 가지 우스운 가정을 해 보자. 우리는 모두 우리 민족의 동질성(同質性)과 단일성(單一性)을 믿으며 단일 민족임을 자랑한다고 생각한다. 그러니까 우리나라 사람 모두에게 성씨를 없애고 이름만 쓰자고 제안한다면 어떨까? 만일 그것이 심한 상상이라면 다음 제안은 어떤가? 신씨 성을 가진 세 사람이 각기 신(愼)씨, 신(申)씨, 신(辛)씨인데 이들더러 앞으로는 한글 전용이 되었으니 족보(族譜)를 통합하여 한 집안으로 행세하라는 법령을 공포한다면 어떠한가? 아마도 그들은 대뜸 헌법재판소에 위헌(違憲) 제청(提請)을 할 것이다.

그러므로 이제 우리는 명백한 결론을 내릴 수 있다. 그것은 한글 전용을 문자 생활에서 확대해 나가되 국한 혼용의 현실을 인정하고 한자 학습과 한자 교육의 강화를 통하여 진정한 의미의 민족문화 발전을 모색하여야 한다는 사실이다.

(仁中濟高 同窓會報, 1997년 4월 23일)

교양국어敎養國語 교육의 현재와 미래

1.

우리는 오늘 이 시간에 현재 시행되고 있는 대학에서의 교양국어 교육의 실태를 점검하고 앞으로는 어떻게 해야 할 것인가를 생각해 보기 위하여 이 자리에 모였습니다. 교양국어 교육이 오늘날, 비교적 원만하게 진행되고 있다면 아마 이런 모임은 마련되지 않았을지도 모릅니다. 그러므로 오늘 이문제가 거론된다는 것은 이 문제가 커다란 위기에 몰려 있다는 것을 뜻합니다. 그렇다면 오늘의 교양국어가 당면한 위기는 어디에서 연유하는가 하는 문제와, 대학에서 교양국어는 어떤 목적으로 설정된 과목인가를 검토하는 작업이 선행되어야 오늘 우리가 논의하고자 하는 내용이 밝혀

지리라 생각됩니다.

먼저 우리는 대학에서 교양국어의 위치가 어떠한가를 살펴보고자 합니다. 교양 과목은 첫째, 전공 과목을 이수하기 위하여 그 전단계로 이수하여야 하는 기초 과목이라는 측면이 있고, 둘째, 전공 과목이 지니는 지나친 폐쇄성-이것을 전문성이라고 해도 좋습니다-을 완화시키기 위하여 포괄적인 내용을 담고 있는 과목이라는 측면도 가지고 있습니다. 교양국어를 이러한 두 가지 측면에 비추어 그 성격을 규명한다면 첫 번째 측면은 이른바 도구 과목으로서의 성격을 말한다고 할 수 있습니다.

다시 말하여 교양국어는 첫째, 측면을 만족시키기 위하여 전공을 이수하기 전에 전공과목에서 부딪칠 새로운 용어, 새로운 표현 기법 등, 전공 과목의 특성에 자연스럽게 접근하도록 준비시키는 내용을 담고 있어야 할 것입니다.

만일에 전공해야 할 분야에 한자가 많이 쓰이는 용어를 다룬다면 아마도 한자에 대한 지식이 교양국어에 포함되어야 할 것이요, 명징(明澄)하고 간결한 논조(論調)로 어떤 명제를 증명하는 것을 생명으로 삼는 학문 분야라면 그러한 논증에 익숙하도록 문체(文體)를 훈련하고 논의를 전개하는 작문(作文) 교육이 교양국어에 포함되어야 할 것입니다. 대부분의 학문 영역이 학위논문을 써야 하는 쪽에 있기 때문에 교양국어가 작문 교육을 포함하고 있었던 것은 그러한 까닭에 연유하는 듯 싶습니다.

한편 교양국어는 둘째, 측면을 만족시키기 위하여 위하여 국문학 작품을 다루면서 한국의 문화적 특성을 이해하고 역사적 안목을 키우며 문학적 감성들을 훈련할 기회를 제공하고자 하였습니다. 이때에 고전작품에서는 간혹 한문으로 된 것도 포함되었고 고전 소설, 고전 시가가 다루어졌고, 현대 작품에서는 시, 소설, 수필, 희곡들이 골고루 다루어졌습니다.

교양국어 교육을 크게 나누어 언어(문자도 포함) 교육과 문학 교육으로 갈라 본다면 언어 교육은 도구 과목으로서의 특성을 살리는 것이고, 문학 교육은 교양 과목으로서의 특성을 살리는 것이라고 말할 수 있겠습니다.

2.

간략하게 정리한 것입니다만 이와 같은 두 줄기 큰 목표를 성취하고자 하여 대학에서 교양국어는 광복 이후 50여 년간 교양국어가 처음부터 한결같이 도구 과목으로서의 기능과 교양 과목으로서의 기능을 올바르게 수행하며 정상적인 발전을 한 것은 아니었습니다.

교양국어용 교재가 등장한 것은 겨우 50년대 후반부터였는데 그때의 교양국어 교과서라는 것은 대학생들에게 읽을거리를 제공한다는 뜻을 벗어난다고는 볼 수 없는 일종의 문장독본 같은 것들이었습니다. 그러다가 1960년대 중반에 가서야 작문 교육의 기법을 다루게 되고 수사학의 내용도 포함시키기에 이르렀습니다. 따라서 모든 대학에서 제대로 된 교양국어 교재를 편찬하여 작문 교육(논문 작성법 포함), 문자 교육(한자 교육 포함), 문학 교육의 세 분야의 틀을 갖춘 것은 1970년대부터라고 보아야 합니다. 그러니까 교재의 외형적 틀을 갖춘 것은 이제 30년이 채 되지 않는다고 말해야 할 것입니다.

그러나 1970년대 이후 교양국어는 바깥바람에 크게 시달려야 했습니다. 그것은 실험 대학의 확산으로 빚어진 학점 체계의 변동 및 교과 과정의 개편이었습니다. 학부 졸업에 필요한 학점이 1960년대에는 160학점이었으나 그것이 1970년대에 140학점으로 줄어 들었고, 다시 130학점으로 줄었습니다. 그러한 과정에서 교양국어 시간이 압박을 받았습니다. 그 결과 서울대학교의 경우 1학년 1학기 3학점, 1학년 2학기 3학점, 총 6학점의 교양국어는 한 학기에 3학점만 이수하는 것으로 축소되었고 그에 따라 교양국어의 교과 과정 조정 작업이 뒤따랐습니다. 이런 현상은 그 뒤에 모든 대학에 파급되어 현재는 대부분 1학기 3학점, 또는 2학점의 교양국어가 명맥을 유지하는 것으로 되어 있습니다.

교양국어가 바깥바람에 시달리는 것은 위에서 말한 학과목 규모의 축소에 그치는 것이 아닙니다. 1950년대 이래 열병처럼 불어온 한글 전용이라는 일종의 이념적인 폭풍이 그것입니다. 이것은 교양국어의 규모 축소 속에 끼어든 엄청난 외풍(外風)이요 압박이지만 지금까지 그 바람의 심각성을 짐짓 외면해 온 것입니다. 이것은 교과목의 내부 문제가 아니어서 교재를 논의한다거나 교수 방법을 논의할 때에는 정식으로 논의되지 않는다는 특성을 지니고 있으나 교육 현장에서는 강의 여건 이전의 문제로 부각되어 교양국어를 담당한 사람들이 일차적으로 넘어야 할 태산이 되었던 것입니다. 바로 이 문제에서부터 우리는 교양국어의 현재를 말하게 됩니다.

3.

앞에서도 말한 바와 같이 이제 비록 3학점 1학기에 국한되기는 하지만 이제 더 이상 과목 존폐의 위협은 받지 않으며, 또 그런대로 교재의 개발이라는 문제도 얼마간의 안정을 얻은 것이 현재 교양국어가 누리고 있는 형편입니다. 물론 여전히 전공 과목으로부터 교양국어 폐지의 압력이 상존하고 있으며, 교재의 개발도 후술하겠거니와 더욱 꾸준히 지속하여야 할 문제입니다만 교양국어가 이수되어야 한다는 대전제가 크게 흔들리지는 않는 것입니다.

그런데 현재 대학의 교양국어가 당면하고 있는 문제는 그러한 국어 교재를 교과목의 목표에 맞추어 가르칠 수 없는 형편에 봉착하였다는 것입니다. 교양국어 과목의 설정 목표가 아무리 훌륭하다 하여도, 그리고 그 목표에 맞추어 편찬된 교재가 아무리 짜임새 있게 만들어졌다 하여도 그것을 교육 현장에서 제대로 활용할 수 없다면 그 교재와 그 과목 설정의 목표는 한갓 뜬구름에 불과한 것입니다. 그것은 한글 전용의 결과 때문입니다. 한자를 모르고 한자어 어휘 실력이 현저히 떨어지는 학생들이 교과서의 글을 제대로 읽지 못하기 때문입니다. 설사 한글로 토를 달아 놓고 그 글을 읽는다고 해도 문맥을 제대로 파악한다는 보장이 서지 않습니다.

이러한 현상은 한글 전용을 빙자하여 중고등학교에서 한자교육을 등한히 하여서, 대부분의 대학 입학생들이 한자 문맹으로 전락하였기 때문입니다. 한자 지식에 관한 한 오늘날의 대학생은 일백 년 전 개화기의 소학교 학생만도 못합니다. 조금 너그럽게 표현한대도 1950년대 중학교 학생에도 못 미칩니다.

이러한 현상은 이미 20여 년 전부터 서서히 나타나기 시작하였는데 근년에 와서는 그 정도가 매우 심각한 지경에 이른 것입니다.

읽지도 못하는 교재를 가지고 무엇을 가르칠 수 있으며, 또 무슨 교육적 성과를 기할 수 있을 것입니까? 사실 그동안 교양국어를 담당한 교수들은 교과 과정에도 없는 한자 교육을, 온갖 수단 방법을 동원하여 개별적으로 가르쳐 왔습니다. 물론 어떤 대학에서는 펜 습자 숙제를 내고 한자 시험을 치르는 등 단체적이고 공개적인 한자 교육을 강화해 오기도 하였습니다만 그것은 교양국어가 지닌 본래의 강의 설정 목표나 교과 과정과는 아무런 관계도 없는 사사로운 비공식 교수 행위였습니다. 이러한 비공식 교수 행위가 교양국어라는 이름 아래 언제까지 지속되어야 하는 것입니까? 또 그렇게 해도 되는 것인지도 문제입니다.

지금 우리는 '한글 전용법' 이나 한자에 관련된 교육 정책에 책임을 돌리고 있을 여유가 없습니다. 한글 전용이 적용되는 범위가 넓어지는 것과는 상관 없이 현대의 국어 생활이 전문성이 요구되는 분야라면 반드시 한자 지식이 전제되어야 한다는 사실을 하루빨리 일깨우는 교재 개발을 서두를 필요가 있을 것입니다. 현재의 교재를 가지고 '눈 가리고 아웅' 식의 비공식 한자 교육을 할 것이 아니라, 한자 교육이 왜 필요한가를 당당히 교과 과정 안에 넣고 한자 교육이 진행되도록 하여야 할 것입니다.

돌이켜 보면 교양국어 과목의 설정 목표 속에 국어가 민족문화를 계승 발전시키는 수단이요, 민족 국가의 정체성을 드러내는 표징이 된다고 역설해 오면서도 그 국어의 구성 요소에 한자 및 한자어가 차지하는 중요성을 인식시키는 교과 내용은 없었습니다. 이제는 이러한 교과 내용을 교양국어 교재 속에 포함시키지 않을 수 없게 되었습니다.

건전한 교양인을 양성한다고 하면서 민족문화의 본성을

바르게 파악시키지 못한다면 그것은 교양국어의 목표를 달성하지 못하는 것입니다. 문화는 본질적으로 수평적 확대 지향성과 수직적 상승 지향성을 동시에 지니고 있다는 것, 즉 수평적 확대는 문화의 대중성 일반성이고, 수직적 상승은 문화의 전문성 고급성이라는 것을 가르치지 않는다면 문화를 총체적으로 이해하는 안목은 생기지 않을 것입니다.

만일에 문화의 대중성(일반성)과 고급성(전문성)을 바르게 이해한다면 문자 문화에도 그것이 적용될 것이요, 한국의 문자 문화에서는 한글이 대중성을 담당하고 한자가 고급성을 담당하여 왔다는 역사적 전통을 아주 쉽게 이해할 수 있을 것입니다.

과거에는 이러한 문화론을 교양 국어 교재에 넣을 필요가 없었습니다. 그것은 기초 상식이었기 때문입니다. 그러나 오늘날 한글 전용을 하나의 이상으로 생각하는 세대들에게는 이제 힘주어 강조해야 할 교과 내용이 되었습니다. '국어' 라는 말을 할 때 전통적으로 다양한 표현 방법의 기초적 원천이었던 한자어(漢字語)에 대한 지식이 포함되어야 한다는 것도 새롭게 강조해야 할 교과 내용이 되었습니다.

4.

국어의 중요한 일부분으로 한자어의 중요성이 강조되는 것과 함께 앞으로의 교양국어가 당면한 또 하나의 과제는 세계화의 바람입니다. 오늘날 세계화 바람은 우리나라의 미래가 당연히 받아들여야 할 시대적 조류임에 틀림없으나 그것이 과연 정당하게 수용되고 있는지는 의문이 아닐 수 없습니다. 흔히 "가장 한국적인 것이야말로 가장 세계적인 것이다."라는 말로 철저한 한국화의 바탕 위에 세계화가 시작되는 것임을 이해하려고 합니다. 그러나 이 명구(名句)는 특이한 풍속이라든지 한국적 음식, 예컨대 '김치' 같은 것을 가지고 세계화의 표본으로 삼을 때에나 사용할 뿐, 언어의 경우에도 적용된다고는 생각하지 않습니다. 다시 말하여 "가장 아름다운 한국어를 알고 사용할 줄 아는 사람만이 다른 나라 말도 제대로 배울 수 있고 나아가 세계인의 자격을 갖출 수 있다."라고 이해하는 사람은 드물다는 것입니다.

바로 이러한 내용을 이제는 교양국어 교재에 반영할 때가 되었습니다. 이것이 미래의 교양국어가 수용해야 할 두 번째 교과 내용입니다.

가장 아름다운 한국어란 무엇인가? 그것은 다른 나라 언어와 어떻게 다른가? 이러한 비교언어적 관점에서 한국어의 음운, 어휘, 통사적 특성이 교과 내용으로 들어갈 때 교양국어는 세계화의 밑거름이 되는 명실상부한 대학 교양국어의 진면목을 갖추는 것이 될 것입니다. 그렇지만 현재의 대학 교양국어 교재에 이러한 내용을 담은 것은 아직 나오지 않았습니다.

우리는 이 문제에 관련하여 영미인들의 영어관을 타산지석으로 삼을 수 있을 것입니다. 미국 대학에서는 '신입생 영어' 가 날로 인기를 더해 가는 교양 과목으로 번창하고 있습니다. 정확한 통계는 아니지만 미국 대학에서 '영어' 관련 과목은 학부 이수 학점의 5분지 1이 된다고 합니다. 우리나라식으로 말한다면 국어 과목이 학부 이수 학점의 5분지 1이라는 것입니다.(우리는 현재 130학점 중 겨우 3학점입니다.) 그러면 미국에서는 어째서 이렇듯 영어 과목이 인기를 누리고 있고, 또 이렇게 성공적으로 교과 운영을 하고 있는 것인가를 생각해 보아야 하겠습니다. 무엇보다도 영어의 실용적 가치가 인정되기 때문일 것입니다. 또한 그 이유는 영어가 실질적으로 세계를 지배하고 있다는 사실에 근거를 두고 있을 것입니다.

영어가 세계를 지배한다는 것은 틀림없는 사실이지만 그렇게 되기까지는 17세기 18세기 이래 영국의 제국주의적 팽창과 그에 따른 식민지 확장 및 영어 보급 정책이 뒤따라 주었기 때문일 것입니다. 그러면 한국어는 그러한 역사적 사건이 없었으므로 한국어의 세계화가 불가능할 것이고 이 문제는 논의도 하지 말고 덮어 두어야 할 것인가? 그렇지 않습니다. 영국의 제국주의와 영어 보급 정책은 사실은 영어를 모어로 말하는 사람들의 의식 속에 들어 있는 다음과 같은 두 가지 명제에 기인하는 것이라 볼 수 있습니다.

첫째, 영어는 가장 완벽한 세계 공통어다.

둘째, 이 세상 사람들은 누구든지 완벽한 영어를 위해 노력한다.

위의 두 번째 명제는 다시 "이 세상 사람들은 누구든지 완벽한 영어를 사용하기 위해 노력할 의무가 있다."라는 명제로 발전할 소지가 있습니다. 영어를 모어(母語)로 말하는 사람, 그리고 영어를 가르치는 사람들의 자만심을 이 두 가지 명제에서 발견하게 됩니다. 더 나아가 영어가 가장 완벽한 세계 공통어라고 말하는 근거로 영어를 말하는 사람, 그리고 영어를 가르치는 사람들이 내세우는 또 다른 두 가지 영어의 장점이 있습니다. 그것은 다음과 같습니다.

첫째, 영어는 이 세상 언어 가운데서 가장 풍부한 어휘 자산을 갖고 있다.

둘째, 영어는 이 세상 언어 가운데서 가장 논리적인 문장 구조를 갖고 있다.

위의 두 가지 장점 가운데서 가장 풍부한 어휘 자산만은 아무도 부정하지 못할 것입니다. 세계의 모든 언어 어휘를 영어는 지금도 왕성한 소화력을 가지고 계속 흡수하고 수용하고 있기 때문입니다. 문장의 논리성의 경우, 우리는 모든 언어가 모두 그들 나름의 독특한 논리 구조가 있어서 유독 영어의 논리성만 돋보이게 할 이유가 없습니다만, 유독 영어의 논리성이 강조될 수 있는 것은 역시 영어가 현실적으로 국제어로서의 기능을 수행하며 여러 분야에서 폭넓게 활용이 되기 때문이 아닐까 생각하게 됩니다.

위와 같은 영어 사용자들의 영어관은 그대로 우리가 미래의 대학 교양국어를 어떻게 활성화시킬 것인가를 생각할 때 하나의 지침으로 삼을 수 있습니다. 그러므로 우리는 교양국어의 미래가 국어를 가르치는 사람을 비롯하여 저술가,

작가 등 국어에 의지하여 문화 활동을 하는 모든 지식인들의 국어에 대한 인식을 변화시키는 데 달려 있다고 할 것입니다. 다시 말하여 국어관의 확립이 전제되어야 한다고 할 수 있습니다. 우리도 영어를 가르치는 사람, 영어를 모어(母語)로 말하는 사람들처럼 앞에서 언급한 네 가지 명제를 한국어에도 적용시켜 말하며 의젓할 수 있는가 하는 점이 문제입니다.

우리는 지금 적어도 다음과 같은 말을 자신 있게 말할 수 있어야 합니다.

첫째, 한국어는 가장 배우기 쉬운 언어다.

둘째, 나는 가장 아름다운 한국어를 구사할 수 있다.

셋째, 나는 가장 풍부한 한국어 어휘력을 갖고 있다.

이러한 명제들이 자연스럽게 받아들여질 때, 그리고 그러한 명제가 오늘날 대학생들의 심금을 울릴 때, 그때에는 교양국어의 미래를 위하여 오늘 같은 모임은 갖지 않아도 될 것입니다. 그날이 언제 올 것인가는 지금부터 우리의 노력에 달려 있습니다.

(강원대학교 주최 '교양국어의 당면과제' 세미나 주제 발표문, 1997년 10월 15일)

| 명문동양문고 ❽ |

심재기 교수 산문선[1]

한국인의 말씀 사랑

초판 인쇄 2019년 1월 25일
초판 발행 2019년 1월 30일

지은이 | 심재기
발행자 | 김동구
디자인 | 이명숙·양철민
발행처 | 명문당(1923. 10. 1 창립)
주　소 | 서울시 종로구 윤보선길 61(안국동)
　　　　우체국 010579-01-000682
전　화 | 02)733-3039, 734-4798(영), 733-4748(편)
팩　스 | 02)734-9209
Homepage | www.myungmundang.net
E-mail | mmdbook1@hanmail.net
등　록 | 1977. 11. 19. 제1~148호

ISBN 979-11-88020-76-8 (03810)
10,000원

* 낙장 및 파본은 교환해 드립니다.